HARALD SCHNEIDER

Erfindergeist

Palzkis dritter Fall

GMEINER *Original*

Personen und Handlung sind frei erfunden.
Ähnlichkeiten mit lebenden oder toten Personen
sind rein zufällig und nicht beabsichtigt.

Besuchen Sie uns im Internet:
www.gmeiner-verlag.de

Im Ehnried 5, 88605 Meßkirch
Telefon 07575/2095-0
info@gmeiner-verlag.de

2. Auflage 2011

Lektorat: Katja Ernst, Sigmaringen; Claudia Senghaas, Kirchardt
Herstellung / Korrekturen: Katja Ernst / Susanne Tachlinski
Umschlaggestaltung: U.O.R.G. Lutz Eberle, Stuttgart
unter Verwendung eines Fotos von: Holiday Park, Haßloch
Druck: Bercker Graphischer Betrieb GmbH & Co. KG, Kevelaer
Printed in Germany
ISBN 978-3-8392-1009-3

HARALD SCHNEIDER

Erfindergeist

UNTER STROM Kommissar Reiner Palzki kommt selbst in seinem wohlverdienten Urlaub nicht zur Ruhe: Erst wird Erfinder Jacques Bosco, den Palzki schon von Kindesbeinen an kennt, bis zur Unkenntlichkeit verbrannt in seiner explodierten Werkstatt in Schifferstadt gefunden. Dann taucht auch noch eine Leiche im Holiday Park Haßloch auf. Der im Park beschäftigte Gärtnermeister wurde offensichtlich ermordet.

Palzki nimmt die Ermittlungen auf. Er trifft nicht nur auf einen verdächtigen Liliputaner, sondern findet auch heraus, dass sein Freund Jacques an einem revolutionären Verfahren zur Gewinnung von Energie gearbeitet hat, an dem auch der dubiose Verein »Solarenergie forever« äußerst interessiert zu sein scheint …

Harald Schneider, Jahrgang 1962, lebt in Schifferstadt in der Metropolregion Rhein-Neckar. Der Betriebswirt arbeitet in einem Medienkonzern im Bereich Strategieplanung. Bislang hat er sich vor allem als Autor von Rätselkrimis für Kinder einen Namen gemacht. »Erfindergeist« ist, nach »Ernteopfer« und »Schwarzkittel«, der dritte Kriminalroman um seinen beliebten Schifferstädter Kommissar Reiner Palzki. Lesern der regionalen Tageszeitungen ist Palzki bereits seit 2003 aus zahlreichen Kurzgeschichten gut bekannt.

Bisherige Veröffentlichungen im Gmeiner-Verlag:
Räuberbier (2011)
Wassergeld (2010)
Schwarzkittel (2009)
Ernteopfer (2008)

»Alles, was erfunden werden kann, wurde bereits erfunden.«
Vermutlich fälschlicherweise Charles Holland Duell (1850–1920), Beauftragter des amerikanischen Patentamts (1899), zugeschrieben.

In Gedenken an Jacques, den größten Erfinder aller Zeiten

Für die Besucher sowie die Mitarbeiterinnen und Mitarbeiter des Holiday Parks in Haßloch

1. ABSCHIED VON EINEM LIEBEN FREUND

Es hätte so ein schöner Tag werden können.

Kaum zu glauben, es war erst kurz vor 9 Uhr morgens und ich hatte schon fast die komplette Tageszeitung gelesen. Mit mehreren Kissen hatte ich meinen Körper an diversen Stellen gepolstert, um halb sitzend, halb liegend und ohne gefühllose Arme oder steife Gelenke das Großformat der Zeitung bändigen zu können. Regelmäßig fragte ich mich bei solchen Gelegenheiten, warum es nach wie vor so wenige Zeitungen im kleineren, wesentlich benutzerfreundlicheren Tabloid-Format gab.

Doch heute belasteten mich solche Alltagsproblemchen nicht wirklich. Stefanie war mit unseren beiden Kindern für eine Woche probeweise zu mir gezogen. Seit fast zwei Jahren lebten die drei von mir getrennt, aber jetzt wollten wir gemeinsam einen neuen Versuch starten.

Es waren Herbstferien und ich hatte Urlaub. Die ersten Tage verliefen zu unserer Zufriedenheit. Es gelang mir sogar, mit meinen Kindern Melanie und Paul einen Blitzbesuch beim Imbiss Caravella einzulegen, um so das Pommes- und Mayodefizit der beiden auszugleichen. Natürlich ohne Stefanies Wissen. Selbstverständlich bemerkte sie es trotzdem. Mir hätte vielleicht Pauls rot und weiß verschmierter Pulli auffallen sollen. Zur Strafe mussten die beiden heute Morgen nach einem ausgiebigen und zweifelsohne gesunden Frühstück mit ihrer Mutter einkaufen gehen. Ich hatte mich mit der Begründung, zwischenzeitlich die Küche aufräumen zu wollen, erfolgreich davor gedrückt. Bisher hatte ich meinen guten Vorsatz jedoch noch nicht in die Tat umgesetzt. Wann hatte ich denn schon mal die Gelegenheit, morgens in Ruhe die Zeitung zu lesen?

Leider war es mit der Ruhe nicht weit her. Seit gestern wurde auf unserem Nachbargrundstück, direkt in Verlängerung der Terrasse, eine Baugrube ausgehoben. Das ständig aufheulende und wieder abklingende Baggergeräusch konnte mich heute nicht wirklich auf die Palme bringen. Der Grund dafür lag schwarz-weiß auf dem Wohnzimmertisch. Er war quadratisch, hatte etwa zehn Zentimeter Kantenlänge und nannte sich Ultraschallbild: Stefanie war schwanger. Ihre Übernachtung bei mir, als meine Schwiegermutter kürzlich spontan die Kinder mit zu sich nach Frankfurt genommen hatte, zeigte Nachwirkungen. Und diese wurden immer größer. Ich war zurzeit der glücklichste Mensch der Welt. Stefanie empfand ähnlich. Wenn alles klappte, wollte sie mit den Kindern bis Weihnachten wieder fest bei mir einziehen.

Das Klingeln des Telefons riss mich aus meinen Gedanken. Nach dem dritten Läuten hatte ich mich aus meinem gepolsterten Lager befreit und ein Großteil der Kissen und mehrere einzelne Zeitungsseiten zerstreuten sich völlig ungleichmäßig auf dem Boden.

»Palzki.«

»Be… Becker hier, Dietmar Becker. Ta… tag Herr

Palzki«, stotterte der mir wohlbekannte Archäologiestudent.

»Becker? Na, das ist eine Überraschung. Ich habe ja schon seit Tagen nichts mehr von Ihnen gehört. Wie gehts Ihnen denn? Was macht die Schreiberei?«

»Äh, Herr Palzki, können wir später darüber sprechen?«

»Ja, ist schon gut. Was haben Sie denn auf dem Herzen?«

»Auf dem Herzen? Äh, wie meinen Sie das? Ach so, ich verstehe.« Becker schien hochgradig nervös zu sein. In solchen Situationen ging in seinem Kopf immer alles drunter und drüber.

»Jetzt mal ganz langsam, Herr Becker. Was kann ich für Sie tun?«

»Herr Palzki, haben Ihre Kollegen Sie schon angerufen?«

»Meine Kollegen? Warum denn? Ich habe Urlaub. Ist mit Ihnen alles in Ordnung? Brauchen Sie Hilfe? Wo stecken Sie überhaupt?«

Wieder fing Becker an zu stottern. »Ja, al… alles in Ord… Ordnung. Kö… Können Sie schnell vorbeikommen? Ich bin hier im Kestenbergerweg.«

»Im Kestenbergerweg? Was machen Sie dort? Geht es Ihnen wirklich gut?«

»Ja, natürlich. Ich stehe vor dem Haus von Jacques Bosco. Ich dachte, ich rufe Sie gleich an, er war doch Ihr Freund.«

»Natürlich ist Jacques mein Freund, das wissen Sie. Aber was heißt ›war‹?« Mein Brustkorb spannte sich, als handele es sich bei meinen Rippen um Expander, die von einem Hochleistungssportler auseinandergezogen wurden. Tausende von wirren Dinge schossen mir durch den Kopf und Becker antwortete nicht.

»Sind Sie noch dran? Um Himmels willen, was ist los?«

Becker schien sich etwas gefangen zu haben. »Herr Palzki, es tut mir so leid. Ich wollte Jacques gerade besuchen, doch ich kam zu spät. Er ist tot.«

Verkrampft umklammerte ich den Hörer, während mir die Tränen in die Augen schossen. »Ist das wahr? Was ist passiert? Reden Sie!«

»Seine Werkstatt ist explodiert«, erklärte der Student nun sachlich. »Es liegt alles in Schutt und Asche. Die Feuerwehr hat gerade die letzten Brandnester gelöscht. Hier sieht es furchtbar aus.«

Ich war wie gelähmt. Zitternd fragte ich mit einem letzten Quäntchen Hoffnung nach: »Hat man Jacques schon gefunden?«

Becker zögerte zunächst etwas mit der Antwort. »Ja. Vielmehr das, was von Ihrem Freund übrig geblieben ist, und das ist wirklich nicht viel. Oh, Herr Palzki, es tut mir ja so leid.«

Was er sonst noch zu mir sagte, bekam ich nicht mehr mit. Wie in Trance stand ich da, unfähig, irgendeinen meiner Sinne zu benutzen.

JACQUES IST TOT!

Selbst Minuten später, während mir die Tränen über die Wangen liefen, hielt ich den Hörer immer noch fassungslos in meiner Hand. Ich wusste nicht, ob Becker noch in der Leitung war, es war mir egal.

Obwohl ich unter Schock stand, stieg ich in meinen Wagen. Ich musste unbedingt alles mit eigenen Augen sehen. Meinen Freund, den Erfinder, kannte ich schon von Kindesbeinen an. Wir waren Nachbarn gewesen und ich besuchte ihn häufig in seiner Werkstatt. Damals lebte seine Frau noch; sie ließ ihn meist allein in seinem Reich vor sich hinwerkeln. Jacques Bosco war einer der letzten Allgemeingelehrten der Menschheit. Er machte sagenhafte Erfindungen, die meist aufgrund seiner Bescheidenheit Jahre später von einem anderen ein zweites Mal erfunden und erfolgreich vermarktet wurden. Nur von wenigen Entwicklungen profitierte er selbst. Er hatte sehr zurückgezogen in seiner eigenen Welt gelebt.

Als Kind hatte ich viel Spaß mit Jacques. Er war mir in zahlreichen Dingen nicht nur ein guter Lehrer, er verhalf mir während meiner Schulzeit auch mit so manchem Spezialeffekt zu einem gewissen Renommee als Zauberer. Wenn ich im Chemiesaal mitten im Unterricht für blauen Bodennebel sorgte oder der Kopierer im Lehrerzimmer unabhängig von der Vorlage oder der bedienenden Person entweder den Text ›Sie sind nicht berechtigt, dieses Gerät zu bedienen‹ oder ›Bitte dringend Schokoladeneis nachfüllen‹ ausspuckte, wusste jeder, dass ich meine Finger im Spiel hatte.

Schlagartig nahm ich meine Umgebung wieder wahr. Ich hatte keine Erinnerung mehr an die bereits zurückgelegte Strecke und erschrak über meine geistige Abwesenheit. Dem Kestenbergerweg wurde vor rund 20 Jahren im Zuge des Wegfalls beschrankter Bahnübergänge die direkte Verbindung zur Innenstadt genommen. Seitdem musste man die neu gebaute Unterführung und damit einen kleinen Umweg in Kauf nehmen, um die Sackgasse vom anderen Ende her zu erreichen.

100 Meter vor Jacques' Haus war kein Durchkommen mehr möglich. Einsatzfahrzeuge aller Art füllten jede noch so winzige Parkmöglichkeit. Ohne lange darüber nachzudenken, hielt ich in der Hofeinfahrt eines beliebigen Hauses und lief zum Ort des Geschehens. Menschenmassen drängten sich hinter dem rot-weißen Absperrband. Von hier aus war, außer einigen sich hartnäckig haltenden Rauchschwaden, nichts weiter zu erkennen. Jacques' Haus stand noch. Seine Werkstatt lag von der Straße aus gesehen dahinter und war nur über einen kleinen Durchgang zwischen Wohngebäude und Garage zu erreichen.

Ich duckte mich, um unter dem Band durchzuschlüpfen, was ein Beamter sofort bemerkte. Da wir uns vom Sehen her kannten, nickte er mir nur kurz zu und ließ mich passieren. In der Hofeinfahrt stand ein Drehleiterfahrzeug der Feuerwehr. Ich drückte mich am Vorgartenzaun und dem Fahrzeug vorbei und erreichte den Durchgang. Der Anblick, der sich mir nun bot, versetzte mir den nächsten Schock. Was für eine heftige Detonation musste das gewesen sein? Die Werkstatt war dem Erdboden gleichgemacht, von der Garage stand nur noch ein Meter und erinnerte mich an die Geschichte von den Potemkinschen Dörfern. Sämtliche Fensterscheiben auf der Rückseite des Hauses waren zerborsten. Etwa die Hälfte des Daches war abgedeckt. Zwei Feuerwehrleute liefen im Hintergrund immer noch umher und löschten im Acker, der sich an das Grundstück anschloss, kleinere, sich selbst entzündende Brandherde. Im Garten, oder vielmehr dem, was von ihm übrig geblieben war, entdeckte ich meinen Kollegen Gerhard Steinbeißer, der mit Dietmar Becker redete. Becker schien Verbrechen und Katastrophen magisch anzuziehen. Bei meinen Ermittlungen lief er mir ständig über den Weg. Fairerweise muss ich zugeben, dass er mir bei meinen Fällen schon das eine oder andere Mal sehr hilfreich gewesen war. Natürlich nur zufälligerweise. Sein Wissen hatte er dazu genutzt, um mittlerweile zwei einigermaßen bekannte Regionalkrimis zu schreiben.

Mir persönlich waren seine Bücher suspekt, da in ihnen häufig und detailliert die tatsächliche polizeiliche Ermittlungsarbeit beschrieben wurde und die Figur des Kommissars öfter ins Lächerliche gezogen wurde. Aber dass die Leser dieser Romane Realität als Fiktion vorgesetzt bekamen, mussten sie ja nicht unbedingt wissen.

Um sein Archäologiestudium zu finanzieren, schrieb Becker auch als freier Journalist für die hiesigen Tageszeitungen. Mit seiner Interviewmasche gelang es ihm immer wieder, Zeugen oder gar Verdächtige vor mir zu befragen.

Die beiden hatten mich fast im gleichen Moment ebenfalls erkannt und kamen auf mich zu. Becker, der Grobmotoriker mit dem knabenhaften Gesicht, stolperte fast schon obligatorisch über einen Feuerwehrschlauch. Gerhard gelang es, ihn aufzufangen, bevor er in den nassen Dreck fallen konnte.

Gerhard, mit seinen seltsam verquollenen roten Augen, war mein Lieblingskollege. Faktisch war ich zwar sein Vorgesetzter, doch das spielte keine Rolle. Wir verstanden uns prima und das galt auch für die Arbeit. Da in der Schifferstadter Kriminalinspektion der Posten des Dienststellenleiters seit fast einem halben Jahr unbesetzt war, war ich als Stellvertreter beziehungsweise kommissarischer Leiter für alles verantwortlich. Glücklicherweise konnte ich die meisten Bürotätigkeiten an meine überaus kompetenten Kollegen delegieren und so gemeinsam mit Gerhard vor Ort ermitteln. Büroarbeit war mir verhasst.

»Alter Junge, ich weiß, wie du dich fühlst. Glaub mir, mir geht es nicht viel besser.« Gerhard zog ein Taschentuch aus seiner Hose und schnäuzte. Er kannte Jacques zwar persönlich, dass ihn die Sache jedoch so mitnahm, wunderte mich. Jedenfalls bis zu dem Moment, als Gerhard sich entschuldigte: »Tut mir leid, Reiner, ich bin total verschnupft. Vielleicht solltest du mir nicht zu nahe kommen.«

Meine roten Augen hatten einen anderen Grund – ich war traurig.

Ich stand nur da und schaute mir den riesigen Schutthaufen an, der bis heute Morgen die Werkstatt von Jacques gewesen war. Ich drehte mich zu Gerhard um und fragte ihn mit leiser Stimme: »Ist es sicher, dass Jacques da drin war?«

Gerhard legte mir den Arm um die Schultern. »Es besteht nur sehr wenig Hoffnung, dass die Überreste, die wir gefunden haben, nicht von Jacques stammen. Dr. Dr. Hingstenberg hat bereits die erste Untersuchung vor Ort durchgeführt. Tut mir leid, da ist nichts zu machen.«

»Wie ist das eigentlich passiert?«

»Das wissen wir noch nicht. Die Nachbarn ringsherum haben die Explosion gehört und zuerst an einen Bombenangriff gedacht. In der näheren Umgebung wurde zu dieser Zeit kein Fremder gesehen. Vermutlich war es ein schrecklicher Unfall.«

Jacques soll seine eigene Werkstatt in die Luft gesprengt haben? Unmöglich, dachte ich sofort. Doch dann fielen mir ein paar seiner früheren Experimente ein, die recht grenzwertig waren. Warum hatte ihn heute das Glück verlassen? In diesem Moment mussten in meinem Hirn zwei Synapsen eine Querverbindung hergestellt haben. Warum war Dietmar Becker eigentlich hier? Auf diese Antwort war ich mehr als gespannt.

»Herr Becker, klären Sie mich mal auf. Woran schreiben Sie gerade?«

»Was meinen Sie, Herr Palzki? Ich schreibe im Moment an keinem Buch. Es ist gerade erst der Roman mit dem Pseudokruppfall erschienen. Ich lerne zurzeit für meine Prüfungen.«

»Aha, und dabei wollte Jacques Ihnen wohl helfen?«

Becker wand sich hin und her. »Nein, nein, natürlich nicht. Erfindungen und Archäologie passen ja nicht so ganz zusammen, oder?«

»Muss ich Ihnen alles aus der Nase ziehen? Was hatten Sie hier zu suchen?«

»Ja, also, das war so. Von einem Zeitschriftenmagazin habe ich den Auftrag bekommen, einen Artikel über ein hochaktuelles Thema zu schreiben. Das würde mir eine Stange Kohle, äh ein gutes Honorar einbringen. Zufälligerweise hatte mir Jacques nach unserer letzten Aktion in der Waldfesthalle gesagt, dass er zu dieser Problematik schon einige Experimente durchgeführt hat.«

»Aha, und hätten Sie die Freundlichkeit, mir zu sagen, woran er gearbeitet hat?«

»Neue Energien wie synthetisches Benzin.«

Ich schluckte. »Synthetisches Benzin? Was soll das für ein Quatsch sein? Benzin wird aus Öl hergestellt, basta.«

»Na ja, das stimmt schon. Es geht aber auch anders.«

»Anders? Klar doch, linksdrehendes Leitungswasser, das in Vollmondnächten den Benzingöttern geopfert wird.«

»Herr Palzki, das ist kein Humbug, sondern Chemie. Das Prinzip ist mehrere Jahrzehnte alt. Man nennt es Kohleverflüssigung. In Hydrierwerken wird daraus alltagstaugliches Benzin hergestellt.«

»Okay, von mir aus. Bloß, wo soll da der Unterschied sein, ob das Benzin aus Öl oder Kohle hergestellt wird? Beides ist auf diesem Planeten nur sehr begrenzt vorhanden.«

Becker war nun in seinem Element, was einen längeren Monolog provozieren konnte, wie ich wusste. Er nickte auch schon eifrig. »Freilich, aber überlegen Sie mal, wie viel Öl und Kohle es zum Beispiel in Deutschland gibt. Fast das komplette Öl muss importiert werden, wogegen es hier zahlreiche Kohlevorräte gibt.«

»Herr Becker, jedes Kind weiß, dass der Kohleabbau mittlerweile alles andere als rentabel ist.«

Der Student nickte erneut. »In diesem Punkt stimme ich Ihnen vollkommen zu. Wenn man das Ganze allerdings unabhängig von den Kosten betrachtet, würden sich durch den Kohleabbau Deutschland und andere Öl importierende Länder aus der Abhängigkeit von den Öl exportierenden Ländern lösen können. Bedenken Sie, wegen Öl wurden und werden immer noch Kriege geführt. Wenn man dagegen Benzin einfach aus Kohleverflüssigung herstellen würde, hätte man ein Riesenproblem weniger.«

»Ich verstehe. Das Ganze ist aber rein hypothetisch, oder? Wenn es dieses System tatsächlich bereits seit Jahrzehnten gäbe, hätte man es doch längst industriell vermarktet. Oder wollen Sie mir sagen, dass unser Jacques mit seinen Erfindungen dahintersteckt?«

»Nein, nein«, lachte der Student, wenn auch nur für einen winzigen Augenblick, bevor er wieder ernst wurde. »Ich sehe schon, ich muss mit meinen Erklärungen ein wenig weiter ausholen. Im Zweiten Weltkrieg gab es allein in Deutschland rund ein Dutzend solcher Hydrierwerke. Man war damals ja vom Rest der Welt ausgeschlossen worden. Der größte Teil des Treibstoffbedarfs der Wehrmacht wurde über Kohleverflüssigung produziert. Oder nehmen Sie zum Beispiel die Ölkrise,

1973. Kurz danach wurden mehr als ein Dutzend großtechnische Anlagen geplant. Als zehn Jahre später der Sprit billiger wurde, hat man die Pläne wieder verworfen. Die letzte Pilotanlage produzierte übrigens in Essen bis ins Jahr 2004.«

»Aha, so wie ich das verstanden habe, ist die Herstellung von synthetischem Benzin weniger eine Sicherheitsfrage als eine Frage der Kosten.«

»Jawohl, Sie haben es richtig erkannt, Herr Palzki. Allerdings bleiben da noch andere Fragen offen. Das Syntheseprodukt kann zu einem Preis von ungefähr 25 Dollar pro Barrel hergestellt werden. Dazu kommen die Kohleförderungs- und eventuell Transportkosten. Der Transport würde entfallen, wenn man die Hydrierwerke direkt beim Kohleabbaulager errichten würde. Ich denke, dass Sie eine ungefähre Ahnung haben, was zurzeit ein Barrel Öl kostet.«

»Natürlich weiß ich das, man liest es ja ständig in der Zeitung.« Ich schüttelte ungläubig den Kopf. »Und warum macht das niemand? Wie Sie vorhin selbst gesagt haben, wäre dadurch das Autofahren wesentlich billiger und die Abhängigkeit von anderen Ländern viel geringer.«

»Gute Frage, Herr Kommissar. Genau das will ich in meinem Artikel erörtern. Politik, Lobbyarbeit, internationale Vereinbarungen, das ganze Portfolio eben. Wie schon Jacques sagte: ›Ich kann erfinden, was ich will. Es gibt immer jemanden, der den Zustand ohne diese Erfindung beibehalten möchte.‹«

»Und jetzt erzählen Sie mir bitte, was Jacques mit

dieser ganzen Sache zu tun hat. Vielleicht war das ja gar kein Unfall?«

»Da muss ich Sie leider enttäuschen. Jacques hat mir zwar erzählt, dass er vor längerer Zeit damit experimentiert und sogar ein günstigeres als das bestehende Hydrierverfahren entwickelt hat, es jedoch bis jetzt niemand haben wollte. Glauben Sie bloß nicht, er wäre etwa wegen seiner Entwicklung ermordet worden. Er hat das Prinzip damals öffentlich gemacht. Jeder könnte es benutzen, wenn er nur wollte.«

»Und was tun Sie nun hier?«

»Wir haben in den letzten Tagen viel über dieses Thema diskutiert und ich kam mit meinem Bericht sehr gut voran. Heute wollte ich ein paar offene Punkte mit ihm besprechen, eigentlich nur Kleinigkeiten.«

»Sagen Sie mal, Herr Becker, als Sie in den letzten Tagen bei Jacques waren, ist Ihnen da etwas aufgefallen?«

Der Student überlegte kurz, bevor er langsam seinen Kopf schüttelte. »Nein, er verhielt sich ganz normal. Aber Sie wissen ja, dass ich ihn nicht lange kannte. Er hat häufig betont, dass ihm unsere Aktion in der Waldfesthalle sehr gut gefallen hat und er sich dabei so richtig jung gefühlt hat. Dabei erwähnte er auch, dass er hoffe, noch mehr solche Abenteuer erleben zu dürfen.«

»Ja, ja, das glaube ich gerne. Unser Jacques lebte hier relativ einsam. Vor allem, seit seine Frau gestorben ist.«

Gerhard, der sich währenddessen mit einem Feuerwehrmann unterhalten hatte, mischte sich in unser

Gespräch ein: »Reiner, es dürfte das Beste sein, wenn du jetzt heimgehst. Du hast Urlaub. Wir kriegen das hin. Morgen früh kommt der Bericht von Hingstenberg, danach rufe ich dich gleich an, in Ordnung?«

Ich musste meinem Kollegen beipflichten. Immerhin war er während meines Urlaubs der zuständige Chef. Da fiel mir eine weitere Frage ein: »Ist der Elektrofuzzi von der Verwaltung noch da?«

Gerhard bekam einen versteinerten Gesichtsausdruck. »Das kannst du singen, den bekommen wir so schnell nicht wieder los. Im Moment zählt er sämtliche Handys und Ladeschalen, die er in der Inspektion finden kann. Du kannst es dir nicht vorstellen, es ist die Hölle. Sei bloß froh, dass du nicht da bist.«

Puh, das nannte ich Glück. Das Präsidium in Ludwigshafen hatte uns wegen des ausufernden Stromverbrauchs unserer Dienststelle einen Prüfer geschickt, der vor Ort den Schuldigen ausfindig machen sollte. Dazu hatte man den unfähigsten Beamten weit und breit ausgewählt. Mit Ärmelschonern lief er bei uns in der Inspektion herum, nervte die Mitarbeiter und hielt alle von der Arbeit ab. Der Mann hatte nicht das geringste Verständnis für die tatsächlichen Abläufe in der Dienststelle. Bei seiner Suche nach dem Übeltäter, so hatte er sich ausgedrückt, musste ihm unser armer Hausmeister behilflich sein. Heribert Mertens, unsere gute Seele, war erst seit einem Jahr bei uns. Doch wenn das so weiter ging, war er es die längste Zeit gewesen. An meinem letzten Arbeitstag vor dem Urlaub hatte er den Stromverbrauch unseres Heißgetränkeautomaten messen müssen. Für jede Getränkesorte einzeln.

Ich verabschiedete mich von Gerhard und Dietmar Becker, blickte noch eine Weile sinnend auf den Schutthaufen, bevor ich zu meinem Wagen ging und heimfuhr.

Die Begrüßung zu Hause war, na ja, sagen wir mal, zwiespältig. Paul, mein Sohn, kam auf mich zugerannt, sprang an mir hoch und schrie in der hohen Stimmlage eines Zweitklässlers: »Papa, verdammt, mein Brüderchen ist immer noch nicht da!« Seine drei Jahre ältere Schwester bekam nur am Rande mit, dass ich zurück war. Sie saß auf dem Boden und sortierte ihre CD-Sammlung. Das Wiedersehen mit Stefanie hatte es dagegen in sich.

»Sag mal, Reiner, spinnst du? Bist du von allen guten Geistern verlassen? Wo warst du denn so lange? Hier in der Wohnung sieht es aus, als hättest du zwei Jahre lang allein gewohnt.« Ich bemerkte, dass sie den Tränen nah war. »Reiner, mach so etwas nie wieder. Ich hatte solche Angst um dich. Das Chaos im Wohnzimmer, die zerfetzte Zeitung, die Kissen auf dem Boden. Ich dachte, du hättest einen Herzinfarkt bekommen. Ich habe sämtliche Krankenhäuser in der Umgebung angerufen. Oh, Reiner, ich war so in Sorge.«

Ich umarmte meine Frau und setze mich mit ihr auf die Couch. Vorher schickte ich Paul in sein Zimmer. Nur murrend verzog er sich. Melanie war nirgendwo mehr zu sehen. Ich erzählte Stefanie, was ich gerade erlebt hatte. Zum Schluss heulten wir beide.

2. DAS OPFER IST IMMER DER GÄRTNER

Stefanie war ohne Zweifel genauso mitgenommen von Jacques' Tod wie ich. Trotzdem dachte sie weiter. Wahrscheinlich können das in solchen Situationen nur Frauen. Sie stellte Überlegungen an, die mir noch gar nicht in den Sinn gekommen waren.

»Sag mal, Reiner, was passiert jetzt mit Jacques' Haus und allem?«

»Was meinst du?«

»Mensch, stell dich nicht so blöd an. Wer erbt das Haus, und überhaupt, wer kümmert sich um die Beerdigung?«

»Ich denke, da dürfte nicht mehr viel für ein Begräbnis übrig geblieben sein.«

»Spinnst du?«, fuhr sie mich an. »Jacques hat es verdient, ehrenhaft bestattet zu werden. Es geht um das Andenken und nicht um eine mehr oder weniger vollständige Körperhülle.«

»Ja, natürlich, du hast recht. Ich werde mich darum kümmern. Das bin ich ihm wirklich schuldig, keine Frage. Das Erbe wird wahrscheinlich der Staat kassieren. Du weißt ja, dass Jacques keinerlei Verwandte hatte.«

»Das finde ich lieb von dir, Reiner. Weißt du was, wir organisieren eine ordentliche Trauerfeier für unseren Freund.«

»Gut, ich werde mich gleich morgen früh darum kümmern. Ist das in Ordnung, Stefanie?«

»Machs lieber morgen Abend, du hast morgen früh keine Zeit.«

Ich starrte sie an. Was meinte sie damit?

»Oh, ich sehs dir an. Du hast es vergessen. Unter diesen Umständen sei dir noch mal verziehen. Du hast den Kindern versprochen, mit ihnen nach Stuttgart in die Wilhelma zu fahren. Und ein bisschen Abwechslung tut dir in diesen Tagen bestimmt ganz gut.«

Klasse, den Zoobesuch hatte ich in der Tat ganz vergessen. Wahrscheinlich würde mir ein bisschen Ablenkung tatsächlich nicht schaden.

*

Am nächsten Morgen, es war immerhin schon kurz nach 7 Uhr, sprang Paul mit einem Hechtsprung in unser Bett. Bis dahin hatten wir friedlich und fest geschlafen. So schnell war ich noch nie wach geworden. Paul war auf mir gelandet und nicht auf meiner Frau, was ich schmerzhaft zur Kenntnis nahm.

Paul freute sich auf den Stuttgarter Zoo, Melanie dagegen war unser Ausflug ziemlich egal. Hauptsache, sie hatte genügend Ersatzakkus dabei.

Punkt 8 Uhr waren wir startklar. Diese Tageszeit hatte ihre Vorteile, denn von unserer Nachbarin, Frau Ackermann, die gerne tratschte, war nichts zu sehen. Meine Frau hatte uns Obst und Vollkornbrotschnitten eingepackt. Wer sollte das essen?

Ich musste jedoch vor der Fahrt noch Gewissheit wegen Jacques haben. Eine Viertelstunde würde reichen.

Ich parkte vor der Inspektion, und weil die Kinder so bettelten, nahm ich sie mit rein. Neben der Eingangstür hing ein kleines Schild unter dem Klingelknopf, das ich noch nicht kannte: ›Bitte nur kurz auf die Klingel drücken‹. Darunter konnte man den Namen des Elektrofuzzis lesen. Ich dachte einen Moment an eine versteckte Kamera, bevor ich mich mit meinen Kindern auf den Weg in Richtung Büro machte. Wir sollten es allerdings nicht erreichen.

Ein mir fremder Mann kam mit Gerhard im Schlepptau auf mich zu. Mein Kollege sah noch schlechter aus als gestern. Er wirkte deprimierter. Hatte etwa mal wieder eine seiner zahlreichen Bekanntschaften mit ihm Schluss gemacht? Dann wäre es halb so schlimm. In wenigen Tagen würde er über den Berg sein. Gerhard genoss sein Leben.

»Ah, guten Tag, Sie müssen Kriminalhauptkommissar Reiner Palzki sein. Willkommen an Bord! Mein Name ist Klaus Diefenbach. Ich denke, wir werden prächtig miteinander auskommen.«

Er schüttelte mir die Hand. Sein fester Händedruck passte optimal zu seinem streng geschnittenen Gesicht. In seinem eleganten, vermutlich für einen Beamten viel zu teuren Anzug wirkte er wie jemand, der niemals einen Widerspruch duldete. Weder im Berufs- noch im Privatleben.

Ich wollte ihn gerade fragen, warum er hier war, doch er schnitt mir bereits bei der ersten Silbe das Wort ab.

»Na, ich gehe mal weiter, die anderen Mitarbeiter begrüßen. Lassen Sie sich bei Frau Wagner einen Termin geben, dann können wir die Einzelheiten besprechen«, stellte er klar und verschwand im Treppenhaus.

Ganz verdattert schaute ich Gerhard an. »Was war das? Oder vielmehr: *Wer* war das?«

Gerhard starrte auf den Boden und nuschelte: »Das war KPD.«

»Was? KPD? Was soll das? Macht der hier Parteiwerbung?«

»Nein«, antwortete mein Freund. »KPD ist sein Spitzname, die Initialen seines Namens: Klaus P. Diefenbach.«

»Und für was steht das ›P‹? Vielleicht für ›Pfälzer‹?«

»Ich habe keine Ahnung, Reiner. Ich weiß nur, was er bei uns macht.«

»Aha, da kommen wir einen Schritt weiter. Was tut er hier?«

»KPD wurde wegen einiger Verfehlungen vom Präsidium in Ludwigshafen nach Schifferstadt ›aufs Land‹ strafversetzt, wie uns die Kollegen aus Ludwigshafen mitgeteilt haben.«

»Wie bitte?« Ich schrie beinahe. »Was sollen wir mit einem Beamten, der zur Bewährungsverwendung zu uns geschickt wurde? Was sollen wir mit dem anfangen?«

Gerhard nuschelte noch stärker als zuvor, sodass ich nachfragen musste. »Ich verstehe kein Wort, Kollege.«

»Er ist Kriminaloberrat.«

»Kriminaloberrat? Was soll der Scheiß?«

»Mit dem Scheiß hast du recht, Reiner. Das ändert aber nichts an der Tatsache, dass KPD seit heute der neue Dienststellenleiter in Schifferstadt ist.«

»Willst du mich veräppeln? Erst der Prüfer vom Präsidium, jetzt dieser komische KPD – Wo sind wir denn hier?«

»Harte Zeiten, ich weiß. Der Elektrofuzzi wird irgendwann wieder gehen, KPD wird uns vielleicht länger erhalten bleiben. Sag mal, Reiner, warum bist du heute eigentlich hier?«

»Unglaublich, mir wurde kein Wort davon gesagt. So etwas hätte man doch ankündigen müssen! Na ja, im Moment habe ich zum Glück Urlaub. Weswegen ich hier bin: Hat sich Hingstenberg gemeldet?«

Gerhard holte ein Taschentuch aus seiner Hosentasche und schnäuzte sich. »Er hat sich gemeldet. Ich hab dir das Fax in dein Büro gelegt, weil ich eigentlich auf dem Sprung zum Arzt bin. Mir geht es ziemlich übel. Ich befürchte, dass ich nicht nur eine einfache Erkältung habe.«

Ausnahmsweise interessierte mich das Wohlbefinden meines Lieblingskollegen nicht sonderlich. Ich musste Gewissheit bezüglich Jacques haben. »Was steht drin?«

»Tut mir leid, Reiner. Bei dem Toten handelt es sich eindeutig um Jacques. Laut der Gewebeproben gibt es nicht den geringsten Zweifel.«

Darauf war ich zwar gefasst, dennoch wurde mir flau im Magen. Ich hatte dank Stefanie gut und vermutlich auch gesund gefrühstückt, und trotzdem strebte mein Mageninhalt wieder nach oben. Nur mit Mühe konnte ich dagegen ankämpfen. Ich wusste nichts zu erwidern.

»Herr Steinbeißer, da sind Sie ja!«, rief eine aufgeregte weibliche Stimme durch den Flur. »Ich habe Sie überall gesucht.«

Gerhard drehte sich fragend in Richtung der Beamtin. »Jetzt haben Sie mich gefunden. Was gibt es so Dringendes?«

»Uns wurde vor ein paar Minuten ein Kapitalverbrechen gemeldet. Die erste Leichenschau attestierte einen unnatürlichen Tod mit Verdacht auf Fremdeinwirkung.«

Gerhard starrte seine Kollegin an. »Mensch, gerade jetzt. Ich bin auf dem Sprung zum Arzt. Wo ist es passiert?«

»In Haßloch.«

»Was? Schon wieder in Haßloch? Hoffentlich kein Kinderarzt?«

Die Polizistin schüttelte den Kopf. »Keine Ahnung, wir wissen bisher so gut wie nichts. Tatort ist der Holiday Park. Die Mitarbeiter der Spurensicherung sind bereits unterwegs.«

Gerhard setzte einen flehenden Blick auf. »Kollege, könntest du den ersten Termin für mich übernehmen? Ich würde nach dem Arztbesuch gleich nachkommen. Bitte.«

Ich war hin- und hergerissen. Natürlich hätte ich den Fall gerne übernommen. Wenn ich mir die Konsequenzen überlegte … »Warum schickst du nicht Jutta hin?«

Jutta Wagner war unser guter Geist. Meistens im Innendienst, organisierte sie unsere Besprechungen und die Einsatzkoordination.

»Weil«, Gerhard stockte einen Moment. »Weil KPD unsere Jutta in Beschlag genommen hat. Sie ist ab heute als Sachbearbeiterin Einsatz für die gesamte Inspektion tätig und muss KPD als rechte Hand zuarbeiten.«

Mir blieb der Mund offen stehen. »Jutta lässt sich das gefallen?«

»Im Moment. Ich denke, dass es nicht mehr lange gut gehen wird.«

»Okay«, sagte ich gedehnt. »Ich denke, du wirst nicht mehr als eine Stunde beim Arzt benötigen. Danach kannst du mich im Park ablösen. – Halt, meine Kinder! Wo sind die überhaupt?«

»Du hast Paul und Melanie dabei? Keine Ahnung, ich habe sie nicht gesehen.«

Jetzt geriet ich leicht in Panik. Mit Gerhard rannte ich den Flur entlang und schaute in jedes Büro. Bei Jutta wurden wir schließlich fündig. Paul und Melanie saßen auf dem Boden vor einem riesigen Plan und bemalten diesen gerade mit Filzstiften.

»Was macht ihr denn hier?«, herrschte ich die beiden an. »Hallo, Jutta«, ergänzte ich an meine Kollegin gewandt.

»Langsam, langsam, Reiner. Es ist alles in Ordnung.« Jutta stand auf und umarmte mich. »Die Sache mit Herrn Bosco hat uns alle mitgenommen. Wir sind unendlich traurig.« Sie bekam wässrige Augen und musste einen Moment warten, bevor sie weiterreden konnte. »Deine Kinder helfen uns bei einer schwierigen und langwierigen Aufgabe.«

Ich sah sie fragend an.

»Das, was du da auf dem Boden liegen siehst, ist unser Gebäudeplan. Dieser Prüfer hat tatsächlich von mir verlangt, sämtliche nicht ortsfeste elektrische Verbraucher einzuzeichnen. Vom Radio bis zum elektrischen Bleistiftspitzer, verstehst du?«

Ich verstand nicht. »Und was haben Paul und Melanie damit zu tun?«

Jutta zeigte ein leichtes, verschämtes Grinsen. »Sie zeichnen die mutmaßlichen Verbrauchsstellen ein.«

»Die wissen doch gar nicht, was wir so alles haben.«

»Das ist auch gut so«, erwiderte Jutta und grinste etwas breiter.

»Ach so, jetzt habe ich es kapiert. Passiver Widerstand! Meinst du, damit vergraulen wir den Typen?«

»Keine Ahnung, mir geht er jedenfalls unendlich auf den Geist. Genau wie KPD. Hattest du schon das Vergnügen?«

»Ich hatte.«

»Du, Jutta«, mischte sich Gerhard ein. »Kann Reiner die Kinder eine Weile bei dir lassen? Uns wurde gerade ein Mordfall gemeldet und ich müsste dringend zum Arzt.«

»Hast du nicht Urlaub?«, sprach sie mich an. »Aber wenn du meinst – von mir aus. Vorausgesetzt, Paul und Melanie wollen überhaupt hierbleiben.«

»Was ist mit euch beiden?«, fragte ich meinen Nachwuchs. »Könnt ihr es eine Weile hier aushalten, während euer Vater eine kleine Aufgabe im Holiday Park übernimmt?«

Ups, das war unüberlegt. Den Freizeitpark hätte ich besser nicht erwähnen sollen. Melanie und Paul sprangen auf. »Wir kommen mit!«, schrien sie im Duett.

»Das geht nicht«, versuchte ich, sie davon abzubringen. »Dort ist etwas passiert. Es dürfen keine Besucher rein.«

Jutta schaute auf die Uhr. »Um diese Zeit ist sowieso noch nicht geöffnet.«

»Papa, wenn der Park aufhat, holst du uns dann? Ich fahr 20-mal die Wildwasserbahn mit den Teufelsfässern. Und bei der Mörderjagd helfen wir auch.« Paul stand voller Erwartung zappelig vor mir.

»Na, klar«, beruhigte ich ihn. »Ich lasse euch ein bisschen Geld da, damit ihr euch am Getränkeautomaten etwas zu trinken holen könnt. Und wenn ich zurück bin, fahren wir vor unserem Zoobesuch zum Caravella und holen uns Pizza, einverstanden?«

»Und Pommes«, ergänzte Paul frech.

»Und Pommes«, gab ich mich geschlagen. »Aber wehe, ihr verratet das eurer Mutter«. Stefanie würde es sowieso erfahren. Ich fragte mich, ob das, was ich machte, in Ordnung war. Stefanie war schwanger und hatte vor, mit den Kindern wieder zu mir zu ziehen. Und was tat ich? Ich machte meinen Job und das trotz Urlaubs. Nein, so konnte es nicht weitergehen. Ich musste mich von meinen beruflichen Zwängen befreien. Eine Stunde Vertretung für Gerhard konnte ich noch akzeptieren, danach würde ich nur noch für meine Familie da sein.

Heute war ich ausnahmsweise einmal satt und frei von Sodbrennen, als ich über Böhl-Iggelheim nach Haßloch fuhr. Bereits östlich des größten pfälzischen Dorfes nahm ich die Umgehungsstraße, die offiziell ›Holiday Park-Straße‹ hieß. Dennoch waren es noch einige Kilometer durch den Wald, bis ich den Freizeitpark erreichte. Schon aus der Ferne waren Teile einer roten Achterbahn und eines Turms zu erkennen, mit dem Besucher im freien Fall nach unten rasen konnten. Natürlich in gesicherten Sitzen. Genauer hatte ich mir das bei meinen bisherigen Besuchen allerdings nicht angeschaut. Diese selbstmörderischen Fahr- beziehungsweise Fallgeschäfte waren nicht nach meinem Geschmack. Aber auch für reifere Erwachsene gab es genug zu entdecken. Auch wenn diese Attraktionen von meinen Kindern mit einem Gähnen kommentiert wurden. Doch heute war ich nicht zum Vergnügen hier. Kurz vor dem Park befand sich die Zufahrt zur Verwaltung. Ich stellte mich dem Parkwächter vor und dieser zeigte mir daraufhin den Weg. Ein kleines einstöckiges Häuschen diente als Mitarbeiterzugang. Gegenüber dem Eingang standen mehrere Gebäude, die mich auf den ersten Blick an Bürocontainer erinnerten. Ein Schild wies eines davon als Verwaltungssitz aus. Ein breiter Weg führte direkt in den Park. Nach 20 Metern wusste ich zwar, wo ich war, nicht jedoch, wohin ich mich wenden musste. Der Park war menschenleer. Ich warf einen Blick auf meine Uhr: Normalerweise hätte er um diese Zeit gerade geöffnet, aber das dürfte heute wohl nicht möglich sein. Glücklicherweise kam mir in diesem Moment ein kleines Elektroauto entgegen. Ich gab dem Fahrer durch Winken zu verstehen, dass er anhalten sollte.

»Guten Morgen, können Sie mir helfen, mich zurechtzufinden?«

Er schaute mich fragend an. »Sind Sie vielleicht wegen dem Wolf da?«

»Was für ein Wolf?«

»Der Wolf halt, unser Gärtnermeister.« Er deutete mit seiner Hand am Hals einen Schnitt an. »Den hats erwischt.«

Ich verstand. »Ja, ja, wo finde ich ihn?«

Er zeigte mitten in den Park. »Immer Richtung GeForce-Achterbahn, ist nicht zu verfehlen. Dort ist mächtig was los, sag ich Ihnen. Sind Sie von der Presse?«

Ich verneinte und ging in die gezeigte Richtung.

Irgendwie erschien mir der Park anders, als ich ihn in Erinnerung hatte. Klar, fiel mir ein, es war Oktober und somit bald Halloween. Dieses amerikanische Treiben wurde in Deutschland seit ein paar Jahren immer populärer. Der Park war mit Hunderten, vielleicht sogar Tausenden Kürbissen und Lampions dekoriert. Ich vermutete, dass man ihn damit so richtig gruselig beleuchten konnte. Vereinzelt entdeckte ich Skelette in den Bäumen hängen. Sogar einen kleinen Friedhof gab es. Auf den Grabsteinen standen Texte wie ›Hier ruht gut geerdet der Elektriker‹ oder ›Hier ruht die Putzfrau, sie kehrt nie wieder‹.

Wenige Minuten später stand ich vor der Achterbahn. Verschiedene Häuschen mit heruntergelassenen Rollläden, vermutlich Imbissbuden und Ähnliches, waren zusammen mit einer größeren Freilichtbühne um einen kleinen Platz gruppiert, in dessen Mitte ein

Notarztwagen und ein Leichenwagen parkten. Ein Beamter kam sofort auf mich zugelaufen. Ich zeigte ihm meinen Ausweis und forderte ihn auf, mich zum Tatort zu führen. Der Beamte lief mit mir zum Ausgang der Achterbahn, der mit einem niedrigen Drehkreuz gesichert war. Er betätigte irgendeine Mechanik und schwenkte damit das Drehkreuz fort. Ich folgte ihm durch einen verschlungenen Weg, der mir sofort die Orientierung raubte. Vor einem Holzspalierzaun blieb er stehen. »Kleine Abkürzung«, meinte er und schob ein Zaunelement zur Seite. Dahinter offenbarte sich mir ein weiterer schmaler Weg, der nach wenigen Metern in eine Treppe mündete. Da links und rechts des Pfades blickdichte Büsche wuchsen, war ich überrascht, als wir ohne Vorwarnung auf das Plateau gelangten, von wo aus die todesmutigen Besucher in die Achterbahn steigen konnten. Die Plattform wurde durch die Gleise der Achterbahn in zwei Hälften geteilt. Auf der uns gegenüberliegenden Seite kamen die erwartungsvollen Fahrgäste an, die in die Bahn stiegen. Nach der Fahrt verließen sie sie zu unserer Seite hin, um so zum Ausgang dieser Attraktion zu gelangen. Bestimmt 20 Personen wuselten hier herum. Ausgerechnet Staatsanwalt Borgia entdeckte mich als Erster. Wie meistens quittierte er mein Kommen mit einem provozierenden Blick auf seine Armbanduhr. Ohne Begrüßung, was ebenfalls typisch für ihn war, legte er los: »Bis Sie am Tatort auftauchen, ist das Opfer halb verwest. Wo bleiben Sie nur immer so lange? Warum gönnen Sie sich nicht mal Urlaub, vielleicht sind Ihre Kollegen schneller?«

Ich hätte jetzt zurückschlagen können – ob verbal oder körperlich sei dahingestellt. Beides wäre suboptimal gewesen, obwohl ich es allzu gerne getan hätte. Am besten war es sicher, seinen Begrüßungsmonolog einfach zu ignorieren.

»Wer ist der Tote, und wo hat man ihn gefunden?«

Borgia stutzte einen Moment über meine Sachlichkeit. »Wolf Bernhardus, Gärtnermeister des Holiday Park. Gefunden hier oben.« Er zeigte auf den höchsten Punkt der Achterbahn.

Ich blickte nach oben und mir wurde schwindelig. Von unserem Plateau aus verliefen die Schienen schätzungsweise 60 Meter steil in die Luft. Für mich war es unvorstellbar, dass dieses zweifelhafte Vergnügen freiwillig jemand auf sich nahm.

Borgia spulte Einzelheiten herunter: »Die erste Leichenschau hat ergeben, dass ein relativer Nahschuss direkt von vorne in das diastolische Herz getroffen hat.«

Ich wusste, was das bedeutete. Wenn ein Geschoss das Herz in blutgefülltem, also diastolischem Zustand traf, war das mit einem Schuss auf einen wassergefüllten Ballon vergleichbar.

»Er war sofort tot«, berichtete der Staatsanwalt weiter. In diesem Moment schien er jemanden von Interesse zu entdecken. »Kommen Sie«, sagte er zu mir, »ich mache Sie mit dem Parkdirektor bekannt.« Borgia zeigte auf einen Mann in den besten Jahren. Ich schätzte ihn Mitte 50. Irgendetwas ließ ihn jung und beweglich aussehen, vielleicht waren es seine Gesichtszüge und die Art sich zu kleiden. Er trug sein Hemd mit Halstuch offen.

Vermutlich lief er den ganzen Tag fröhlich durch den Park und kümmerte sich um das Wohlbefinden der Besucher. Ein Lachen konnte ich allerdings nicht ausmachen, das war in dieser Situation wohl auch nicht angebracht. Borgia stellte ihn mir als Werner Schleicher vor. Herr Schleicher schüttelte mir die Hand und schaute mir dabei fest in die Augen. Es hatte etwas Vertrauenerweckendes an sich.

»Sie sind also der zuständige Ermittler?«, fragte er mich mit einer tiefen, angenehmen Stimme.

»Nicht ganz, ich vertrete meinen Kollegen, der später nachkommen wird.«

Borgia vernahm meine Antwort und glotzte mich mit runterhängendem Kiefer an. Ich konnte es mir nicht verkneifen und erklärte an ihn gewandt: »Sie haben selbst gesagt, dass ich mir freinehmen soll. Mein Kollege Steinbeißer kommt in Bälde und übernimmt den Fall.« Ich wandte mich wieder Herrn Schleicher zu. »Leider muss ich Sie bitten, mir nochmals alles von Anfang an zu erzählen. Ich konnte aus dienstlichen Gründen nicht früher hier sein.«

Der Parkdirektor nickte. »Unser Herr Bertl hat ihn gefunden. Er …«

»Entschuldigen Sie, dass ich Sie gleich beim ersten Satz unterbreche. Wer ist Herr Bertl?«

»Das ist der zuständige Betriebsleiter der EGF. EGF ist die Abkürzung für Expedition GeForce, das ist diese Achterbahn hier. Herr Bertl kletterte wie jeden Morgen diesen Metallsteig nach oben.«

Erst jetzt bemerkte ich, dass sich links neben der

ersten Steigung der Achterbahn eine Treppe befand. Die einzelnen Stufen schienen geradezu im Freien zu hängen. Es gab zwar ein Geländer, doch die Sprossenabstände waren so groß, dass es einer Mutprobe gleichkam, sie hinaufzusteigen.

»Und warum muss dieser Mann da jeden Morgen hochklettern? Das ist bestimmt nicht ungefährlich!«

Herr Schleicher schüttelte den Kopf. »Nicht wirklich. Die Besucher dürfen das selbstverständlich nicht. Doch Herr Bertl muss dort täglich den Einschaltknopf der Achterbahn betätigen.«

Jetzt war ich an der Reihe, mich zu wundern. »Wäre es nicht einfacher gewesen, den Schalter hier unten anzubringen? Das hört sich ja an wie ein Schildbürgerstreich.«

»Das ist es sicher nicht. Die Position des Schalters hat absolut seine Berechtigung. Schauen Sie mal. Die Züge der Achterbahn haben weder Antrieb noch Bremse. Mit einem Zugseil werden sie von ihrem Startpunkt aus zunächst auf 65 Meter Höhe gezogen, dort klinkt sich das Seil aus und den Rest besorgt die Schwerkraft. Erst auf den letzten Metern des Kurses werden die Züge mit einer magnetischen Bremse wieder gestoppt. Das Zugseil verläuft zwischen den Gleisen bis zum oberen Scheitelpunkt. Dann geht es senkrecht nach unten, dort befindet sich der Antriebsmotor auf dem Boden. Das Seil wird umgelenkt und gelangt fünf Meter über dem Boden wieder zum Startpunkt zurück. Es ist sozusagen endlos. Aus Sicherheitsgründen muss jeden Morgen überprüft werden, ob sich das Seil ordnungsgemäß in der

Führung befindet und am Scheitelpunkt korrekt in der Führungsrolle liegt. Um das zu gewährleisten, wurde der Schalter oben angebracht. Damit ist eine Schlamperei ausgeschlossen. Das ist übrigens keine Auflage des TÜVs, sondern eine freiwillige Auflage unsererseits.«

»Das ist ja interessant. Und wo genau wurde der Gärtnermeister gefunden?«

»Er lag kurz hinter dem Scheitelpunkt direkt auf den Schienen. Von unten konnte man ihn lediglich mit viel Fantasie erkennen, wenn überhaupt.«

»Das bedeutet, Herr Bertl hat die Leiche nur entdeckt, weil er seinen morgendlichen Freiluftspaziergang gemacht hat.«

»Richtig. Stellen Sie sich mal vor, man hätte ihn nicht gefunden. Die erste Bahn des Tages wäre wahrscheinlich über ihn hinweggerollt.«

»Genau das war wahrscheinlich die Absicht des Täters. Es spricht zumindest einiges dafür, dass es niemand war, der sich mit den Sicherheitsbestimmungen der Bahn auskennt.«

Ich hörte ein helles Piepsen. »Einen kleinen Moment«, bat Herr Schleicher und holte sein Handy aus der Tasche. Er hörte dem Anrufer kurz zu und sagte: »Ja, ich komme sofort rüber.« Er steckte das Telefon ein und wandte sich mir zu: »Entschuldigen Sie mich, ich muss in die Verwaltung. Die Presse rollt an. Kommen Sie später in meinem Büro vorbei, dann können wir uns weiter unterhalten.«

Ich ließ ihn gehen und wandte mich an einen der Spurensicherer, den ich vom Sehen kannte. »Können

Sie mir etwas über den Toten sagen? Todeszeitpunkt und so?«

»Das scheint alles ziemlich eindeutig zu sein, Herr Palzki. Herzschuss mit einer kleinkalibrigen Waffe. Der Todeszeitpunkt liegt ein paar Stunden zurück, also irgendwann im Laufe der letzten Nacht.«

»Haben Sie schon verwertbare Spuren finden können?«

»Nichts. Wäre auch ein ziemlicher Zufall.«

»Äh, verzeihen Sie, dass ich störe.«

Ich drehte mich um und sah einen imposanten Mann vor mir. Er war überdurchschnittlich groß und schien aus annähernd 100 Prozent Muskeln zu bestehen. Seine langen blonden Haare hatte er im Günter-Netzer-Gedächtnislook gestylt.

»Ja, bitte?«, sprach ich ihn an.

»Sind Sie Herr Palzki? Herr Borgia hat mir gesagt, dass ich mich an Sie wenden soll.«

Es geschahen noch Zeichen und Wunder! Borgia schien sich sogar meinen Namen gemerkt zu haben.

»Ja, der bin ich. Wie kann ich Ihnen helfen?«

»Ich bin der Tim. Tim Wochner. Ich bin einer der Nachtwächter des Holiday Parks.«

»Aha, das ist interessant. Waren Sie auch letzte Nacht im Park?«

»Natürlich war ich zusammen mit meinem Kollegen Klaus Belzer hier. Und auch mit Apollo.«

»Wer ist Apollo?«

»Ach so, das können Sie ja nicht wissen. Apollo ist mein Schäferhund, ein ganz braver. Er hört aufs Wort.«

»Gut, das hätten wir geklärt. Was haben Sie mir zu berichten?«

»Ich habe letzte Nacht jemanden im Park herumlaufen sehen.«

»Konnten Sie die Person erkennen?«

»Ja, ich musste der Sache doch auf den Grund gehen, Herr Palzki. Nachts hat im Park außer mir und meinem Kollegen niemand etwas zu suchen. Ich weiß nicht, warum dieser Liliputaner hier herumschlich.«

»Ein Liliputaner? Wieso Liliputaner?«, fragte ich erstaunt.

»Stefano Brezano, das ist sein Künstlername, ist einer von mehreren kleinwüchsigen Männern, die im Holiday Park angestellt sind.«

»Um welche Zeit war das?«

Das Muskelpaket antwortete, ohne zu überlegen. »Gegen 2 Uhr in der Früh am Free Fall Tower. Um diese Zeit komme ich dort während meiner zweiten Runde immer vorbei. Als er mich erkannte, versteckte er sich in einem Gebüsch. Ich habe ihn trotzdem bemerkt.«

»Und Ihr Hund, dieser Apollo? Hat der nicht angeschlagen?«

»Apollo schlägt niemals an. Er ist ausgebildet. Wenn er etwas bemerkt, gibt er mir ein kleines Zeichen. Dadurch wird ein eventueller Eindringling nicht sofort gewarnt.«

»Was haben Sie daraufhin unternommen?«

Ein paar Muskeln zuckten, mein Gegenüber schien angestrengt nachzudenken. Entschuldigend erklärte er schließlich: »Nichts. Ich soll ja bloß aufpassen, dass niemand Fremdes im Park herumläuft.«

Plötzlich schien ihm noch etwas einzufallen. »Diesen Kleinwüchsigen sollten Sie mal gründlich unter die Lupe nehmen …« Er stutzte, dann lachte er über seinen unbeabsichtigten Scherz. »Also, dieser Liliputaner ist mir nicht ganz geheuer. Außerdem hat er eine private Waffensammlung. Er gibt damit regelmäßig an.«

So einfach war das also. Kaum war ich da, hatten wir schon den ersten Verdächtigen. Wahrscheinlich würde sich das später wieder als viel zu einfach herausstellen.

»Haben Sie dies Herrn Borgia auch erzählt? Und – wo kann ich den Verdächtigen finden?«

»Ja, klar, deswegen hat er mich zu Ihnen geschickt. Ich soll Ihnen ausrichten, dass er Brezano aufgrund meiner Aussage gleich vorsorglich festnehmen lässt.«

Ich fluchte. Wann lernte diese Karikatur eines Staatsanwalts endlich einmal, sich vorher mit den ermittelnden Beamten abzustimmen? Auch wenn er im Grunde genommen autark entscheiden durfte, ohne uns Beamte zu fragen, seine Alleingänge waren für mich und meine Kollegen ein Graus.

Ich bedankte mich bei dem Mann und suchte wieder Kontakt zum Spurensicherer. Dieser schloss gerade einen Metallkoffer mit diversen Gerätschaften.

»Kann ich mir die Leiche anschauen?«, sprach ich ihn an.

»Hier nicht mehr. Sie wurde vor ein paar Minuten abtransportiert. Der Gärtner wird noch heute obduziert.« Er überlegte einen Moment, blickte auf die Uhr, grinste und ergänzte: »Ich habe ein paar Minuten Zeit. Kommen Sie mal mit.«

Nach einiger Zeit erreichten wir wieder das Drehkreuz des Achterbahnausgangs und gingen in etwa zehn Metern Entfernung durch eine offene Tür, die sich zwischen zwei Holzhäuschen befand. Wir waren nun in einem nicht öffentlich zugänglichen Teil des Parks angelangt. War der Schreck, den ich vorhin auf dem Plateau bekommen hatte, als ich die erste Steigung der GeForce direkt vor mir gesehen hatte, inzwischen überwunden, so war das, was ich jetzt sah, vermutlich für den Rest meines Lebens prägend. Wir standen genau neben den Gleisen, die, von dem ersten Anstieg kommend, hier bis auf drei Meter Höhe abfielen und anschließend in einer flachen Kurve wieder in die Luft führten. Ich blinzelte nach oben und konnte den Zenit in über 60 Metern Höhe nun von der anderen Seite aus betrachten. Dort oben wurde der Zug ausgeklinkt und rauschte fast senkrecht in die Tiefe. Wäre die Bahn in Betrieb, würden die Züge knapp zwei Meter vor uns vorbeisausen.

»Das ist ein Ding!«, meinte selbst der Spurensicherer beeindruckt. »Stellen Sie sich vor: 82 Grad Gefälle mit gleichzeitiger Drehung um die Längsachse mit 74 Grad. Das ist weltweit einmalig. Die Berechnung dieses Teilstücks muss jeden Computer überfordert haben. Und da oben«, er zeigte auf den Zenit, »lag der Tote. Jemand muss ihn die gesamte Metalltreppe hochgeschleppt und am Ende über das Geländer hinweggehievt und auf den Gleisen deponiert haben. Ich stelle mir das ganz schön anstrengend und zeitraubend vor. Zumal es auch nicht ungefährlich war. Denn der Täter hätte ja jederzeit entdeckt werden können. Da oben agierte er wie auf dem Präsentierteller.«

Ich konnte mich einfach nicht von der Achterbahn losreißen. Wer ließ sich auf so etwas nur freiwillig ein? Mir wurde es bereits auf jedem Drehkarussell schlecht. Und hier? Ich wollte es mir erst gar nicht vorstellen. Es gab Dinge im Leben eines Menschen, die er nicht unbedingt machen musste. Ein Haus bauen und einen Baum pflanzen, gut. Ein Kind bekommen oder auch gleich einen ganzen Stall voll, schön. Aber sich da hinunterstürzen? Nein, niemals!

»Wie hat man die Leiche von dort heruntergeschafft?«

Der Spurensicherer schnaubte. »Es war wahrlich kein einfacher Job. Man hat den Toten mit einer Seilwinde der Feuerwehr abgeseilt. Ungefähr da, wo wir jetzt stehen, hat man ihn in Empfang genommen.«

»Vielen Dank für diese Informationen. Bitte veranlassen Sie noch Schmauchspurproben an den Händen von Herrn Bertl, Herrn Wochner und diesem Kleinwüchsigen.«

Der Beamte nickte.

»Können Sie, wenn es geht, noch heute Ihren Bericht nach Schifferstadt faxen?«

»Das wird sich machen lassen«, antwortete er. »Meine Kollegen sind bereits abgezogen. Wir haben sowieso nicht allzu viele Spuren sichern können. Wie mir vorhin der Staatsanwalt mitteilte, wird der Park später noch von einer Hundertschaft der Bereitschaftspolizei abgesucht. Ich bin da allerdings sehr skeptisch. Hier laufen ja jeden Tag Tausende Besucher herum.«

»Der Staatsanwalt hat die Bereitschaftspolizei angefordert?«

»Ob er sie angefordert hat, weiß ich nicht. Er hat uns nur gesagt, dass sie kommen.«

Die Frage hätte ich mir eigentlich sparen können. Außer Borgia und mir war niemand da, der die Befugnis hatte, die Bepo anzufordern. Klar, er hatte richtig gehandelt, aber eigentlich war das der Job der Kriminalpolizei. Hier ging es ums Prinzip.

Ich ließ mir vom Spurensicherer den Weg zum öffentlichen Teil des Parks zeigen. Da er sowieso mit seiner Arbeit fertig war, gingen wir zusammen bis zu den Verwaltungsgebäuden. Dort verabschiedete er sich von mir.

Im gleichen Moment kam ein jüngerer Mann mit Aktentasche aus einem der Gebäude. Er entdeckte mich und lief auf mich zu. »Kann ich Ihnen helfen? Sind Sie von der Presse? Ich bin der Pressesprecher des Parks.« Er teilte mir auch seinen Namen mit, den ich jedoch nicht verstand.

»Nein, keine Presse. Kriminalpolizei. Ich treffe mich hier mit Herrn Schleicher.«

»Sie wollen zum Chef? Einen kleinen Moment, ich schau rasch nach, ob er schon Zeit hat. Wir hatten gerade eine kleine improvisierte Pressekonferenz.« Er verschwand hinter einer Tür. Keine Minute später öffnete sie sich erneut und Herr Schleicher kam heraus.

»Kommen Sie«, forderte er mich auf. »Gehen wir auf einen Kaffee in den Pfalzgrafen.«

Der Pfalzgraf war ein Selbstbedienungsrestaurant, das

in unmittelbarer Nähe lag. Es war geöffnet, und vereinzelt waren Tische besetzt.

»Der Pfalzgraf wird von unseren Mitarbeitern als Kantine genutzt«, erklärte mir der Parkdirektor, während er sich einen Zigarillo anzündete. Er nahm einen tiefen Lungenzug. »Wollen Sie einen Kaffee und ein Stückchen Kuchen?«

»Kaffee mit Milch gerne, Kuchen bitte nicht.«

Er musterte mich und grinste. »Sie scheinen bereits etwas Altersspeck anzusetzen. Machen Sie sich nichts daraus, bei mir ist es nicht anders. So ein Stückchen Torte muss trotzdem hin und wieder sein.«

Wir gingen zur Theke, und ich war froh, dass Herr Schleicher die Bedienung des Kaffeeautomaten übernahm. Es war ein ganz anderes Modell als das in der Inspektion. Viele fremde Tasten an vielen anderen Stellen. Zum Glück blieb mir eine Blamage erspart. Herr Schleicher reichte mir die gefüllte Tasse und ließ sich von der Thekenhilfe ein Stück Schwarzwälder Kirschtorte geben. An der Kasse unterschrieb er einen Beleg, dann setzten wir uns in eine Ecke des Restaurants. Durch die großen Panoramafenster konnte man normalerweise das Treiben der Besucher beobachten. Heute wirkte alles wie ausgestorben.

Herr Schleicher zog mehrfach kräftig an seinem Zigarillo und widmete sich seinem Tortenstück. »Ein schwarzer Tag für unseren Park«, begann er. »1971 hat alles mit meinem Vater begonnen. Und nun, knapp 40 Jahre später, ereignet sich hier ein entsetzlicher Mord. Wir werden der Presse gegenüber natürlich wie immer mit offenen Karten spielen.

Auch wenn wir bis jetzt nicht die geringste Ahnung haben, warum Wolf Bernhardus umgebracht, und vor allem, warum er auf der GeForce abgelegt wurde.«

Er blickte aus dem Fenster und erschrak. »Oh, verdammt. Da, nehmen Sie, schnell!«

Er schob mir den Teller mit dem halben Tortenstück zu und drückte mir den Zigarillo in die Hand. Bevor ich zu einer Frage ausholen konnte, hörte ich eine Frau rufen: »Da bist du ja, Werner! Ich habe dich überall gesucht.«

Herr Schleicher stand auf, und ich tat es ihm nach.

»Herr Palzki, darf ich Ihnen meine Frau vorstellen?«

Frau Schleicher, die ein ebenso freundliches und angenehmes Auftreten hatte wie ihr Mann, schüttelte mir die Hand, bevor sie vorwurfsvoll meinte: »Sie sollten besser keine Torte essen, Herr Palzki. Männer in Ihrem Alter setzen ja so leicht Fett an. Und zu allem Überfluss rauchen Sie auch noch! Gibt es keine Frau in Ihrem Leben? Meinem Mann habe ich diese Laster längst abgewöhnt.«

Ich prustete einen Mundvoll Kaffee über den Tisch. Mit dieser Situation fühlte ich mich überfordert. Nur mühsam fand ich die Beherrschung wieder. Ich bemerkte das listige Lächeln des Parkdirektors und wusste Bescheid. Bitte, sollte er seinen Spaß haben.

»Kommen Sie aus Schifferstadt?«, fragte Herr Schleicher, um von der brenzligen Situation abzulenken. »Die Kripo Schifferstadt ist doch für uns zuständig, oder liege ich da falsch?«

»Nein, Sie haben vollkommen recht. Ich lebe selbst in Schifferstadt.«

»Ja, ja«, antwortete er etwas schwermütig. »Heute

die Sache im Park und gestern der Verlust eines lieben Freundes. Er lebte auch in Schifferstadt. Stellen Sie sich mal vor: Er ist bei einer Explosion ums Leben gekommen! Haben Sie davon gehört?«

»Jacques Bosco war auch ein Freund von Ihnen?«, platzte ich laut heraus.

Herr Schleicher schaute mich verblüfft an. »Oh, sie kannten ihn ebenfalls?«

»Ja, natürlich, seit meiner Kindheit. Und Sie?«

»Wir sind uns bereits vor vielen Jahren begegnet. Hin und wieder hat er uns mit der einen oder anderen Erfindung bei der Entwicklung des Parks unterstützt. Er hat zudem die äußerst schwierige Berechnung des ersten Gefälles der GeForce mit gleichzeitiger Drehung um die Längsachse durchgeführt. Das ist keinem Computer gelungen. Jacques sagte mir, dass dies endlich mal eine Tätigkeit nach seinem Geschmack sei.«

Ich war verblüfft. Ausgerechnet Jacques hatte diese selbstmörderische Abfahrt konstruiert? Davon hatte er mir gegenüber nie ein Wort erwähnt. Aber Jacques war schon immer ein geheimnisvoller Mann gewesen. »Wenn das kein Zufall ist«, entgegnete ich mit feuchten Augen. »Jacques hat mir sehr viel bedeutet. Meine Frau und ich werden ihm eine gebührende Trauerfeier organisieren. Immerhin bin, äh, war ich so etwas Ähnliches wie ein Ziehsohn für ihn. Ich gebe Ihnen natürlich wegen des Termins Bescheid, damit Sie kommen können.«

»Gerne«, antwortete Herr Schleicher und ich hatte den Eindruck, dass ihm der Tod unseres gemeinsamen Freundes auch sehr naheging.

»Hatte er keine Verwandten?«

»Er ist kinderlos geblieben und seine Frau bereits vor einigen Jahren verstorben. Gelegentlich habe ich ihn besucht. Leider viel zu selten.«

Wir unterhielten uns noch eine Weile über Jacques. Auch Frau Schleicher fand einige tröstende Worte. Zum Abschluss versprach der Parkdirektor, dass er unsere Ermittlungsarbeit mit allen ihm zur Verfügung stehenden Mitteln unterstützen werde. Als ich mich verabschiedete, gab mir seine Frau einen wertvollen Ratschlag mit auf den Weg: »Machen Sie es wie mein Mann, essen Sie mehr gesunde und nahrhafte Kost. Ich gebe ihm jeden Tag eine ordentliche Portion mit ins Büro, ich bereite alles selbst zu.«

Ich versprach ihr, darüber nachzudenken und kam zu dem Schluss, dass der Parkdirektor wenigstens genügend Entsorgungsmöglichkeiten hatte.

Ich verließ durch das nach wie vor offene Personaltor den Park und stolperte fast über Dietmar Becker. »Wo kommen Sie jetzt schon wieder her? Ich habe fast den Eindruck, dass Sie mehrfach vorhanden sind. Oder spionieren Sie mir etwa nach?«

»Nein, nein«, antwortete der ebenfalls erstaunt wirkende Student. »Ich bin wegen des Todesfalles hier …«

»Na, prima«, schnitt ich ihm das Wort ab. »Und was denken Sie, weshalb ich hier bin?«

»Ich will Ihnen nicht nachspionieren, Herr Palzki. Die Zeitung hat mich geschickt, um nähere Informationen zu bekommen.« Nach kurzem Zögern holte er einen Schreibblock aus seiner Umhängetasche. Er blickte mich naiv an und fragte: »Können Sie mir etwas über den toten Gärtner erzählen? Ich meine, etwas, das nicht in der offiziellen Pressekonferenz erwähnt wurde.«

»Herr Becker, Sie wissen so gut wie ich, dass ich das nicht darf. Ich vermute, Sie wittern wieder eine neue Story für einen Krimi. Vergessen Sie es. Das reicht niemals für eine Geschichte.«

»Das ist schade. Bei der Pressekonferenz wurde erwähnt, dass ein Liliputaner vorläufig verhaftet wurde. Wie ist das zu bewerten?«

»Er wurde lediglich festgenommen. Verhaften kann nämlich nur der Haftrichter. Als Journalist sollten Sie das wissen. Dieser Kleinwüchsige wurde von einem gewissen Tim Wochner letzte Nacht im Park gesehen.«

»Tim Wochner?«, fragte Becker aufgeregt. »Ist das so ein Bodybuildingtyp?«

Ich bestätigte. »Genau, kennen Sie ihn?«

»Ich hatte ihn kürzlich für eine Zeitung interviewt. Ein komischer Kauz.«

Mehr konnte ich von Becker nicht in Erfahrung bringen. Ich nahm ihn mit nach Schifferstadt. Der Student hatte zwar einen Führerschein, aber keinen eigenen Wagen, sodass er meist auf die öffentlichen Verkehrsmittel angewiesen war. Becker lebte in einer Wohngemeinschaft in Mutterstadt, hatte jedoch Freunde in Schifferstadt, die ihn später heimfahren konnten.

3. JACQUES' TESTAMENT

Nachdem ich Becker in der Burgstraße abgesetzt hatte, fuhr ich in den Waldspitzweg, um meine Kinder für den Ausflug abzuholen. Auf dem Schwarzen Brett für interne Mitteilungen stach mir ein knallgelbes Plakat ins Auge: ›An alle Mitarbeiter der Inspektion. Aus gegebenem Anlass dürfen in Zukunft nur noch Handys geladen werden, deren Akkus vollständig entleert sind. Das Laden von halb vollen Handys ist aus Energiespargründen ab sofort verboten!‹ Darunter stand, wie sollte es anders sein, der Name unseres geliebten Energieberaters. Mir war das vollkommen egal, ich wusste noch nicht einmal, wo sich mein Handy in diesem Moment befand.

Bereits einige Meter vor Juttas offener Bürotür hörte ich die Stimmen meiner Kinder. Sie lachten und unterhielten sich in einer außerordentlichen Lautstärke. Als sie mich entdeckten, kam mein Sohn sofort auf mich zugelaufen und begrüßte mich: »Hey, Alter, wie gehts?« Danach bekam er fast einen Lachanfall, dem sich, was ungewöhnlich war, seine Schwester anschloss.

Jutta saß blass und verlegen hinter ihrem Schreibtisch.

»Was ist denn hier los? Habt ihr Drogen genommen?«

Melanie zog eine Flasche Cola hervor und sagte: »Hicks!«

Jutta versuchte, die Lage zu klären. »Reiner, tut mir leid, es ist irgendwie alles schiefgelaufen. Ich habe deine Kinder an den Automaten geschickt, damit sie sich was zu trinken holen. Nachdem sie eine Viertelstunde später noch nicht zurück waren, habe ich geschaut, wo sie stecken. Da hatte jeder der beiden bereits die dritte Flasche Cola in der Hand und diese war jeweils fast ausgetrunken.«

»Papa, das schmeckt voll geil!«, bestätigte Paul Juttas Erklärungen. Das Kinderbelustigungswasser hatte seine volle Wirkung entfaltet. Warum hatte dieser blöde Automat, nicht wie sonst üblich, diese eklig schmeckende Diätlimonade ausgespuckt? Ich überlegte, was Stefanie in meinen Grabstein meißeln lassen würde. Wie sollte ich das jetzt wieder zurechtbiegen? Ich war doch unschuldig an dieser Misere. Doch es kam noch schlimmer, denn KPD erschien in der Tür und erblickte die Kinder.

»Aha«, sagte er streng, nachdem er einen Augenblick ziemlich blöd aus der Wäsche geguckt hatte. »Gut, dass wir auch einen Betriebskindergarten haben. Aber bitte nicht hier auf meiner Dienststelle! Zu wem gehören die Kleinen?«

Ich gab mich als Vater zu erkennen.

»Herr Palzki. Sie waren schließlich die ganze Zeit kommissarischer Leiter. Sie müssten am besten wissen, dass Kinder hier nichts zu suchen haben. Ich sehe, es gibt viel Arbeit für mich. Seien Sie so freundlich und bringen Ihren Nachwuchs umgehend nach Hause.« Er überlegte kurz. »Ach, da fällt mir ein: Sie wurden mir von Ihren Kollegen wärmstens empfohlen.«

Oje, was würde jetzt wohl wieder kommen? KPD streckte sich und warf sich in die Brust, so wie es Menschen taten, wenn Sie etwas ganz Wichtiges zu berichten hatten. »Wie jeder weiß, setze ich mich gerne für ein angenehmes Arbeitsklima ein. Ein Chef, der bewundert wird, ist ein guter Chef. Daher habe ich beschlossen, für die ganze Inspektion eine erstklassige Weihnachtsfeier auszurichten. Es soll etwas Gediegenes mit hohem Anspruch werden, also keine dieser Nullachtfünfzehn-Veranstaltungen, verstehen Sie? Das Budget habe ich entsprechend hoch angesetzt. Da es in dieser Dienststelle keinen offiziellen Etat für Feiern gibt, nehmen wir einfach den Inhalt der Schwarzkasse, der vom letzten ›Tag der Polizei‹ übrig geblieben ist. Also, Ihre Kollegen sind einstimmig der Meinung, dass Sie der Richtige sind, solch eine weitreichende Veranstaltung zu planen. Ich lasse Ihnen bei Tischordnung, Dekoration, Getränken und Speisefolge völlig freie Hand. Sie sehen, ich vertraue meinen Mitarbeitern blind. Enttäuschen Sie mich nicht!«

Genauso schnell, wie er gekommen war, war er wieder verschwunden. Dafür würde ich meine Kollegen büßen lassen. Ihren dummen Scherz musste ich jetzt voll ausbaden. Meine Kinder fingen wieder wie blöd zu kichern an. Im Moment hatte ich dafür kein Ohr.

»Sag mal, spinnt ihr?«, fragte ich Jutta.

Die gab sich ahnungslos. »Sorry, Reiner, mich hat der nicht gefragt. Ich habe keine Ahnung, wer dir das eingebrockt hat. Du, Reiner, da gibt es noch ein weiteres Problem.«

Ich fixierte sie und senkte dabei ruckartig den Kopf. Das hatte ich mir bei Thomas Magnum abgeschaut. »Immer raus mit der Sprache. Als Problemempfänger bin ich Spitzenklasse. Will man meinen Bürocomputer durch einen Rechenschieber ersetzen?«

»Es ist was Ernstes, Reiner. Gerhard ist krank. Richtig krank, meine ich. Der Arzt hat ihn sofort nach Hause geschickt.«

Ich unterdrückte einen Fluch. »Weiß KPD denn, dass ich eigentlich nicht da bin?«

Jutta schüttelte ihre rote Mähne. »Ich denke nicht. Wer sollte es ihm gesagt haben? Für ihn bist du voll im Dienst.«

»Für Stefanie nicht. Mensch, Jutta, seit dem letzten Wochenende wohnt sie wieder bei mir und jetzt das!«

»Oje, das ist wirklich eine saudumme Situation. Soll ich mal bei Stefanie anrufen?«

»Damit sie denkt, ich habe Angst und schicke meine Kollegen vor?«, entgegnete ich entsetzt.

»War ja nur ein Vorschlag.«

»Nein, das muss ich selbst auf die Reihe bringen. Du kannst nicht raus?«

Wieder flogen ihre roten Haare. »Ne, unser neuer Chef hat mich mit ein paar Spezialaufgaben blockiert. Und unseren Jürgen würde ich an deiner Stelle nicht ins Boot holen.«

»Jürgen kommt nicht infrage. Der kann im Innendienst super recherchieren, aber draußen? Nein, lass mal, wir werden das schon hinkriegen. Kannst du wenigstens den Fall weiter koordinieren und mich auf dem Laufenden halten? Vielleicht können wir ein wenig improvisieren. Weiß KPD von der Haßlocher Tat?«

»Das hat er wohl mitbekommen. Er denkt allerdings, dass alles seine normalen Wege geht und wir ihm den Täter bald präsentieren können. Er hat bisher nichts von Gerhards Krankheit erfahren. Er rennt den ganzen Tag durch das Gebäude und nervt die Leute.«

»Gerhard krank, du Sachbearbeiterin Einsatz bei KPD, ich im Urlaub«, fasste ich zusammen. »Prima Voraussetzungen für unsere tatkräftige Ermittlungstruppe. Ich schlage vor, du machst einfach weiter und lässt alles auf dich zukommen. Du meldest dich, wenn es etwas Wichtiges gibt. Ansonsten arbeiten wir auf Zuruf. Wenn alle Stricke reißen, müssen wir die Situation mit KPD klären.«

Ich griff mir einen Zettel von Juttas Schreibtisch und kritzelte ein paar Wörter darauf. »Könntest du das für die Weihnachtsfeier bestellen?«

Meine Kollegin schaute kurz auf die Notiz und fixierte mich anschließend mit skeptischem Blick. »Ist das dein Ernst, Reiner?«

»Mein voller Ernst. Diese Weihnachtsfeier wird KPD sein Leben lang nicht vergessen.«

»Das glaube ich gerne«, schmunzelte sie.

Ich verabschiedete mich, schnappte meine Kinder und fuhr heim. Schlimmer konnte es jetzt nicht mehr kommen.

Frau Ackermann schien nicht da zu sein, denn normalerweise stand sie um diese Zeit vor ihrem Haus und passte ahnungslose Passanten ab. Stefanie war zu Hause. Sie blickte verstimmt drein. Mit großen Augen lachten Paul und Melanie ihre Mutter an und düsten gleich darauf in die Küche, um etwas zu trinken.

»Reiner? Was hast du mit den Kindern gemacht? Habt ihr ein Aufputschmittel geschluckt? Warum seid ihr schon wieder zurück? Oder war etwas mit dem Essen nicht in Ordnung?«

Normalerweise stotterte ich in solch einer Situation nicht wie dieser Dietmar Becker herum. Meine Ausrede, dass ich Gerhard krankheitsbedingt kurzfristig vertreten musste, ließ Stefanie nicht zu. Noch schlimmer wurde es, als wir auf das Thema Cola kamen. Und am furchtbarsten, als ich ihr sagte, dass wir ihr Essen nicht einmal angerührt hatten. Dann klingelte das Telefon.

Stefanie stand direkt daneben. Sie zählte laut bis fünf und nahm ab.

Sie lauschte eine Weile und runzelte die Stirn. Wie es schien, war es niemand von der Inspektion, sonst wäre meine Frau längst explodiert. Plötzlich gab sie den Hörer an mich weiter. »Für dich, es geht um Jacques!«

Sofort kamen in mir die Erinnerungen an den gestrigen Tag hoch. »Ja, Palzki hier!«

»Guten Tag, mein Name ist Willibald Thorstetter. Ich bin Notar in Oggersheim. Es geht um Ihren Bekannten Jacques Bosco, der gestern unter tragischen Umständen ums Leben gekommen ist.«

»Woher wissen Sie das? Worum geht es genau, Herr Thorstetter?«

»Das will ich Ihnen gerne sagen. Ich habe für Herrn

Bosco ein Dokument verwahrt, das ich Ihnen nach seinem Tod aushändigen soll.«

»Ein Dokument? Was steht da drin?«

»Herr Palzki. Ich bin zur Diskretion verpflichtet. Außerdem ist mir der Inhalt nicht bekannt, der Umschlag ist selbstverständlich versiegelt. Sie können ihn gerne bei mir abholen.«

Ich war sprachlos. Jacques hatte für den Fall seines Todes vorgesorgt. Ob es ein Testament war? Ich musste das so schnell wie möglich klären. Ich ließ mir die Adresse geben und vereinbarte einen sofortigen Termin. Ich klärte Stefanie kurz über den Umschlag auf, der bei dem Notar für mich hinterlegt war. Nachdenklich ließ sie mich ziehen.

Oggersheim war ein Stadtteil von Ludwigshafen wie jeder andere auch. Doch weil hier der ehemalige Bundeskanzler Helmut Kohl wohnte, hatte sich der Ortsteil ›Oggersheim‹ in der Presse als eigenständiger Stadtname verselbstständigt. Ich benötigte nur eine Viertelstunde für meine Fahrt dorthin. Dummerweise brauchte ich 30 weitere Minuten, um die Adresse des Notars zu finden. Dabei fiel mir ein blöder Witz ein, den mir Jutta einmal erzählt hatte: ›Forscherinnen haben herausgefunden, warum Moses 40 Jahre mit dem Volk Israel durch die Wüste zog: Männer konnten noch nie nach dem Weg fragen.‹

Das war natürlich Blödsinn, ich hatte nach dem Weg gefragt, nachdem ich schätzungsweise zwei Drittel aller Oggersheimer Straßen abgefahren war.

›Willibald Thorstetter – Notar‹ stand auf der silbernen

Tafel vor dem zweistöckigen Einfamilienhaus aus der Gründerzeit. Die Gründerzeit fiel für mich auf das Ende des 19. Jahrhunderts, und ich hatte nicht die geringste Ahnung, ob das so stimmte. Der Vorgarten war ziemlich verwuchert und auch die Fenster warteten wahrscheinlich seit Jahren vergeblich auf eine Reinigung. Das Notariat befand sich im Obergeschoss. Eine knarrende und ausgetretene Holztreppe führte wenig vertrauenerweckend nach oben. Thorstetters Empfangsdame passte altersmäßig zu der überaus antiken Einrichtung. Als einzige technische Finesse konnte ich ein einfaches graues Telefon ausmachen, das erstaunlicherweise über Tasten verfügte. Selbst die Schreibmaschine war noch rein mechanisch.

Ich musste lediglich ein paar Sekunden warten, bis Herr Thorstetter aus seinem Büro kam. »Mutter«, sprach der weißhaarige Notar nach der Begrüßung die Empfangsdame an. »Würdest du mir bitte einen grünen Tee mit Zwieback machen? Möchten Sie auch etwas trinken?«, wandte er sich an mich.

Ich verneinte, und er führte mich in sein Büro. Thorstetter schien ebenfalls bereits im Rentenalter zu sein. Müde schlich er zu seinem repräsentativen Schreibtisch und setzte sich unter leichtem Stöhnen. Ich tat es ihm nach, allerdings ohne zu ächzen.

»Sie sind also Herr Palzki? Dürfte ich aus Sicherheitsgründen Ihren Ausweis sehen?«

Ich reichte ihm meinen Dienstausweis und meinen Personalausweis. »Oha, Sie sind ja Polizeibeamter. Davon wusste ich gar nichts.« Er öffnete seinen Schreibtisch und holte ein versiegeltes Kuvert hervor. »›Nach meinem Tod an Herrn Reiner Palzki zu übergeben‹«, las Herr Thorstetter vor. »Die Adresse stimmt mit Ihrem Ausweis überein. Bitte sehr …«

Er überreichte mir den Umschlag. Ratlos hielt ich ihn in der Hand.

»Sagen Sie, stört es Sie, wenn ich ihn gleich öffne?«

»Nein, nein, nicht im Geringsten, machen Sie ruhig.«

Es war eindeutig Jacques' Schrift. Ohne zu fragen, schnappte ich mir den Brieföffner auf dem Tisch des Notars, erbrach das Siegel und schlitzte das Kuvert auf. Es lag nur ein einziges Blatt darin. Ich las:

›Lieber Reiner,

wenn du diesen Brief liest, gibt es mich nicht mehr. Es könnte sein, dass ich eines natürlichen Todes gestorben bin. Wenn du allerdings den kleinsten Verdacht haben solltest, dass dem nicht so ist, wurde ich wahrscheinlich ermordet. Ich kann dir leider keinen genaueren Hinweis darauf geben, wie man mich eventuell zu töten gedenkt. Geplant wurde es, das weiß ich sicher. Du musst Folgendes wissen: Ich bin, entschuldige, ich war einer epochalen Entdeckung auf der Spur, die einige mächtige Gruppierungen um jeden Preis verhindern wollen. Ich weiß nicht, wer dahinter steckt, nur, dass diese Leute sehr einflussreich und gewaltbereit sind. Vielleicht hat der Verein ›Solarenergie forever e. V.‹ etwas damit zu tun, ich bin mir aber nicht sicher. Lass dich nicht unterkriegen, dieses Mal brauche ich dich wirklich!

Dein Jacques‹

Ich starrte fassungslos auf das Papier. Selbst nach dem zweiten Lesen verstand ich es nicht. Warum war der Brief so kurz, warum hatte Jacques nichts Näheres zu seiner ›epochalen Entdeckung‹ geschrieben? War es so prekär, dass er dies nicht einmal dem Notar anzuvertrauen gedachte?

Fragen über Fragen, und ich kam keinen Schritt weiter.

Der Notar saß ganz still da und schlürfte den Tee, den ihm seine Mutter zwischenzeitlich gebracht hatte.

»Herr Thorstetter, können Sie mir sagen, warum mein Bekannter diesen Brief gerade bei Ihnen hinterlegt hat? Wissen Sie irgendetwas über den Inhalt?«

Der Notar überlegte eine Weile, bevor er sich zu einer Antwort durchringen konnte. »In Ordnung, ich werde es Ihnen sagen. Es handelt sich schließlich um kein Geheimnis. Jacques Bosco war ein Klassenkamerad von mir. Das ist natürlich bereits eine halbe Ewigkeit her, und wir hatten seit damals keinen Kontakt mehr, bis wir uns viele Jahre später wieder auf einem Klassentreffen begegneten. Danach schlief unser Kontakt erneut ein, bis er vor drei Wochen plötzlich in meinem Notariat auftauchte.«

»Erst vor drei Wochen?«, unterbrach ich ihn erstaunt.

Er nickte.

»Und seit dem Klassentreffen haben Sie nichts weiter von ihm gehört?«

»Nein, überhaupt nichts. Als er hier erschien, war er ziemlich einsilbig. Er wollte lediglich das Kuvert bei mir in sicheren Händen wissen. Ich fragte ihn, ob dies sein

Testament sei und bot ihm an, es beim Amtsgericht zu hinterlegen. Doch das lehnte er ab. Das Gericht schien ihm zu unsicher zu sein. Hier bei mir sei das Kuvert am besten aufgehoben, meinte er nur.« Herr Thorstetter atmete tief durch und trank einen weiteren Schluck aus seiner Teetasse. »Woher sollte ich ahnen, dass er nur noch ein paar Tage zu leben hatte? Das kommt mir alles sehr außergewöhnlich vor, auch wenn ich sagen muss, dass ich in meinen langen Berufsjahren schon das eine oder andere skurrile Erlebnis hatte.«

»In den letzten drei Wochen hat sich Jacques nicht mehr bei Ihnen gemeldet?«

»Nein, überhaupt nicht. Nur einmal, da hat jemand angeblich in seinem Namen angerufen.«

Ich wurde hellhörig. Warum musste man manchen Menschen alle Informationen aus der Nase ziehen? »Können Sie sich erinnern, wer das war?«

Der Notar überlegte. »Der Name fällt mir nicht mehr ein, er war in jedem Fall außergewöhnlich. Er sagte, er rufe von einem Erfinderverband an, und sein Kollege Jacques hätte ihn beauftragt, etwas abzuholen, das er bei mir deponiert hat.«

»Was haben Sie daraufhin gesagt?«

»Ich bin Notar, Herr Palzki! Dieser Mann wusste ja nicht einmal, um welchen Gegenstand es sich dabei handelte. Ich habe natürlich sämtliche Auskünfte verweigert.«

»Damit hat sich der Anrufer zufriedengegeben?«

»Was blieb ihm auch übrig?«, antwortete Herr Thorstetter selbstsicher. »Von mir erfuhr der nichts.«

»Ansonsten hat sich in den letzten drei Wochen nichts ereignet?«

»Sie meinen, hier bei mir? Nein, außer dem Einbruch letzte Woche war nichts.«

»Was für ein Einbruch?« Ich sprang erregt vom Stuhl auf.

Herr Thorstetter war über meine heftige Reaktion erstaunt. So schnell hatte sich in seinem Notariat wahrscheinlich schon lange keiner mehr bewegt. Ruhig antwortete er: »Jemand ist nachts in unser Haus eingestiegen. Die Polizei meinte, es seien wohl Gelegenheitsdiebe gewesen und haben mir empfohlen, die Fenster im Erdgeschoss vergittern zu lassen.«

»Wurde etwas gestohlen?«, hakte ich zur Sicherheit nach.

»Nein.« Er schüttelte so energisch, wie er nur konnte, den Kopf. »Die wichtigen Sachen sind sehr gut versteckt und ich würde dieses Versteck niemandem verraten.«

Wieder jemand, der meinte, er kenne Verstecke, die nie ein Mensch vor ihm gefunden hatte. Bei einer Hausdurchsuchung würde man es in weniger als fünf Minuten entdecken, da war ich mir sicher. Da mir keine weiteren Fragen einfielen, war es Zeit, mich zu verabschieden.

Ich gab dem Notar meine Visitenkarte und bat ihn, mich anzurufen, falls ihm noch etwas zu Jacques oder den vergangenen drei Wochen einfallen sollte.

4. EIN ÄUSSERST DUBIOSER VEREIN

Ich weiß, was Sie jetzt denken: Ich wäre nach dem Besuch bei diesem Notar heimgefahren. Falsch, ich fuhr nämlich zur Inspektion, und das lag nur an meiner Neugier bezüglich Jacques' Tod und dem Mordfall im Park. Das sollte nicht länger als eine Viertelstunde in Anspruch nehmen.

Das Erste, was mir bei meiner Ankunft in der Wache auffiel, war unser Hausmeister Mertens, der im Flur auf einer Leiter stand und an den Leuchtstofflampen herumwerkelte. »Hallo, Herr Mertens«, begrüßte ich ihn. »Steht wieder mal der jährliche Lichtcheck an?«

Mertens schaute mich von seinem erhobenen Standort aus finster an. »Machen Sie nur Ihre Späße, Herr Palzki! Zu Ihnen komme ich auch noch!«

»Wie habe ich das zu verstehen?«

Der Hausmeister kletterte die Leiter herunter und flüsterte mir fast verschwörerisch zu: »Können Sie den Mann nicht rausschmeißen? Der veranstaltet hier das absolute Chaos. Was ich in den letzten Tagen erlebt habe, reicht für ein ganzes Buch. Wissen Sie, was dem jetzt allen Ernstes eingefallen ist?«

»Lassen Sie mich raten, wir dürfen nur noch Kerzen als Beleuchtung verwenden.«

»Ganz so schlimm ist es nicht. Noch nicht, sage ich. Sehen Sie sich diese Lampen an. Jede hat zwei Leuchtstoffröhren. Der Fuzzi hat mich dazu verknackt, im ganzen Gebäude aus allen Lampen jeweils eine Röhre zu demontieren.«

Ideen hatte er, das musste man ihm lassen. Sobald ich Zeit hätte, müsste ich mir etwas einfallen lassen, dachte ich mir und laut sagte ich zu Herrn Mertens: »Wenden Sie sich an KPD, das ist der neue Dienststellenleiter.«

»Haha, Herr Palzki. Der schwingt den ganzen Tag nur große Reden und sagt jedem, wie toll er ist, egal ob derjenige es wissen will oder nicht. Da kann ich gleich eine Petition beim Bundestag einreichen!«

»Wäre auch eine Alternative«, entgegnete ich und ließ ihn stehen.

Jutta telefonierte, als ich ihr Büro betrat. Am Besprechungstisch saß Jürgen, ein jüngerer Kollege, der seit Längerem heimlich in Jutta verliebt war, was jeder wusste. Immer wenn er versuchte, der wesentlich älteren Kollegin zu imponieren, trat er dermaßen in ein Fettnäpfchen, dass wir wochenlang etwas zu lachen hatten. Jürgen nahm uns das aber niemals übel und das machte ihn wiederum sympathisch.

»Hallo, ihr beiden«, grüßte ich, als Jutta den Hörer auflegte. »Gibts was Neues von der Front?«

Jutta nahm einen Schreibblock vom Tisch und las vor: »Die Obduktion findet morgen früh statt, laut vorläufigem Ergebnis ist der Tod sofort eingetreten, eine Selbsttötung ist aufgrund des Fundortes ausgeschlossen. Ach ja, die angeforderten Proben auf Schmauchspuren sind im Labor eingetroffen. Und der

Liliputaner wird zur Stunde von Staatsanwalt Borgia verhört. – Was soll das, Reiner? Wieso mischt sich Borgia da ein?«

»Du kennst ihn doch. Lass ihn mal machen, das entlastet uns nur. Was gibts noch?«

»Die Untersuchungen bei Jacques haben keine Hinweise auf Fremdeinwirkung ergeben.«

Ich nickte, obwohl mir seit meinem Besuch beim Notar so gut wie klar war, dass das nicht stimmen konnte.

»Jürgen, könntest du eine kleine Recherche für mich übernehmen? Ich wüsste gerne etwas Genaueres über diesen Verein.« Ich notierte ihm schnell den Namen auf einem Zettel.

Jürgen stand freudestrahlend auf. »Klar, mach ich sofort. Das ist eine meiner leichtesten Übungen.«

»Das kannst du gleich an meinem Computer erledigen. Ich muss im Moment nicht dran«, sagte Jutta.

Jürgen strahlte über beide Wangen. Er zog den Besucherstuhl heran und setzte sich neben Jutta an den Schreibtisch.

»Also, du suchst Informationen über diesen ›Solarenergie forever‹-Verein. Eine Möglichkeit wäre, jetzt im Online-Register zu recherchieren, doch das können wir später auch noch. Dir geht es wahrscheinlich eher darum, was die so alles machen.«

Ich nickte.

»Aha, die Suchmaschine spuckt 380 Treffer aus. Sieh mal an, die haben sogar eine eigene Homepage. Komm her, Reiner, schau dir das an.«

Er klickte auf die Adresse und die Startseite erschien. Ich wusste bis zu diesem Zeitpunkt nicht, dass man solche grellen Farben im Internet verwenden und auf einem Monitor darstellen konnte. Eine Sonne, fast bildschirmfüllend, blendete uns. Sie war animiert. Lauter kleine Explosionen schossen an den Bildschirmrand. Jürgen klickte auf die Winzigschrift ›Skip Intro‹ und ein scheußlich buntes Menü erschien.

»Igitt, das ist ja Web Nullkommanull«, entfuhr es ihm.

Er klickte auf ›Wer wird sind‹ und las laut vor: »›Wir sind ein Verein, der sich für die Belange des Umweltschutzes im Allgemeinen und der Weiterentwicklung und Förderung der Solarenergie im Besonderen einsetzt. Wir beraten Sie kostenlos und unverbindlich. Bedenken Sie die Vorteile: Einmal investieren und in Zukunft immer mit Sonnenenergie versorgt sein‹ … Was willst du denn damit, Reiner?«

»Mach mal weiter, Jürgen, was haben die noch zu bieten?«

»Du siehst es selbst, viele bunte Bildchen und wenig Text. Warte mal, ich klicke auf ›Verein intern‹. Kannst du mit den Namen etwas anfangen? Berti Kluwer, Vorsitzender – Hannah Kluwer, Kassenführerin – Gottfried Müller, 2. Vorsitzender.«

»Druck mir das bitte aus, Jürgen. Später kannst du diese Personen auch gleich über unseren Computer checken. Schau mal, da steht die Adresse dabei. Interessant, die Kluwers wohnen in Speyer.«

Mein Kollege druckte die Seite aus und klickte auf den

letzten verbliebenen Menüpunkt ›Aktuelles‹. Ich setzte mich an den Besprechungstisch und überlegte.

Sekunden später unterbrach Jürgen meine Gedankengänge: »Das ist ja seltsam. Diese Leute haben gestern ihren Jahresausflug gemacht. Ratet mal, wohin die gefahren sind?« Ohne auf eine Antwort zu warten, platzte er heraus. »Die waren gestern im Holiday Park Haßloch!«

»Was?«, schrie ich auf. »Die waren im Park?«

»Was regst du dich so auf, Reiner«, versuchte Jutta mich zu besänftigen. »Du recherchierst doch im Zusammenhang mit einem Mordfall in diesem Park. Was willst du mehr? Du hast eine erste heiße Spur gefunden, und Borgia hat die noch nicht.«

Wenn Jutta wüsste, dass der Verein nicht im Zusammenhang mit dem Mordfall im Park stand, sondern mit Jacques … Oder war das der große Wink mit dem Zaunpfahl? Sollte es wirklich eine Verbindung zwischen dem Holiday Park und Jacques geben? Ich war verwirrt.

»Ich fahre nach Speyer«, beschloss ich spontan.

In diesem Moment kam der Prüfer vom Präsidium ohne anzuklopfen in Juttas Büro hereingeschneit. Er sah Jutta und Jürgen gemeinsam am Schreibtisch sitzen und begann zu strahlen. »Herrlich, endlich zeigen meine Bemühungen erste Erfolge. Sie machen das vorbildlich. Immer zu zweit einen Computer benutzen, das spart gleich die Hälfte der Stromkosten. Wäre doch gelacht, wenn wir diese Dienststelle nicht auf Vordermann bringen könnten!« Sekunden später war er wieder verschwunden.

»Ich weiß nicht, wen ich schlimmer finde, KPD oder diesen Typen«, schüttelte Jutta den Kopf. »Ob es in der freien Wirtschaft auch so zugeht?«

Ich winkte ab und verabschiedete mich.

Auf dem Weg nach Speyer bekam ich Hunger. Unbeschreiblichen Hunger. Ich schaute in den Rucksack, den Stefanie mir und den Kindern heute Morgen mitgegeben hatte, und fischte ein Vollkornbrot mit Käse heraus. Das ungewohnte Zeug verklebte mir im Nu die Zähne. So konnte ich unmöglich dort auftauchen. Mir blieb nichts anderes übrig, als den Tee zu trinken, den Stefanie sicherlich mit viel Liebe gekocht hatte. Geschmacklich zuordnen konnte ich ihn trotzdem nicht.

Vor einigen Jahren war die Innenstadt von Speyer modernisiert worden. Wenn ich damals nach Speyer gefahren war, hatte es jedes Mal andere Einbahnstraßen gegeben. Es war für einen Ortsfremden ein einziges Chaos und eigentlich unzumutbar gewesen. Dazu kam, dass der ruhende Verkehr überkorrekt überwacht worden war. Nach spätestens fünf Minuten hatte man einen Strafzettel, und das völlig unabhängig von der Uhrzeit. Ich vermutete schon damals, dass dies einem großen Arbeitsbeschaffungsprogramm in Speyer zu verdanken gewesen war.

In den letzten Jahren waren die Einbahnstraßen konstant geblieben und mit dem günstigen Shuttle-Bus konnte man den vielen Halteverbotsschildern in der Innenstadt entgehen. Ich hatte Glück und konnte am Königsplatz parken. Die Schustergasse schloss sich östlich an den Platz an, der fast komplett aus Parkmöglichkeiten bestand. In der Schustergasse wohnten die Kluwers. Das Haus wirkte von der Straßenfront aus ziemlich schäbig. Abbröckelnder Putz und taubenkotverschmierte Fensterbänke waren kein Blickfang für die Speyrer Altstadt. Ich drückte die Klingel neben dem riesigen Hoftor, das ebenfalls schon bessere Zeiten gesehen hatte. Ein Summen öffnete die Tür, ohne das jemand nach meinem Namen oder meinem Anliegen gefragt hatte. Plötzlich stand ich in einer anderen Welt. Die Straße und der Verkehr waren auf der anderen Seite des Hoftors. Auf dieser Seite war Natur pur. Am Rande des Grundstücks standen größere Bäume dicht an dicht und hinterließen den Eindruck, man befände sich in einem nicht enden wollenden Wald. Auf der rechten Seite stand das Haus, dessen Hofseite fast völlig mit Efeu bewachsen war. Im Hintergrund konnte man einen Schuppen erahnen. Ein kleiner Gartenteich mit einer netten Sitzgruppe sowie ein Nutzgarten vollendete dieses schätzungsweise 200 Quadratmeter große Paradies.

Berti und Hannah Kluwer waren typische Ökos. Er trug Peter-Lustig-Latzhosen, einen langen ungepflegten Bart und eine Brille mit kreisrunden Gläsern. Seine Frau war von kräftiger Statur und man sah ihr deutlich an, dass sie schwere körperliche Arbeit gewohnt war. Ihre Jeans waren ziemlich speckig und das bunte Karohemd an mehreren Stellen eingerissen.

»Guten Tag, dürfen wir Ihnen helfen?«, fragte Herr Kluwer höflich.

»Mein Name ist Reiner Palzki von der Kriminalpolizei. Sind Sie Berti und Hannah Kluwer?«

»Polizei? Um Himmels willen«, erschrak Herr Kluwer. »Was wollen Sie von uns?«

»Wenn ich das nur so genau wüsste«, antwortete ich. »Keine Angst, Sie werden nicht verdächtigt, etwas Unrechtes getan zu haben. Es geht nur um ein paar Informationen, die wir benötigen.«

»Na, da haben Sie uns ja einen schönen Schrecken eingejagt«, brachte sich nun seine Frau mit einer tiefen Marlboro-Stimme ein. »Setzen Sie sich. Hier am Teich ist es schön.«

Wir setzten uns auf eine angenehm gepolsterte Sitzgruppe. Frau Kluwer schnappte sich eine Packung Fischfutter, die auf dem Tisch stand und warf ein oder zwei Handvoll von dem Inhalt in den Teich.

»Womit können wir Ihnen helfen, Herr Palzki?« fragte Hannah Kluwer.

»Sie sind in diesem Solarverein aktiv?«, begann ich, meine Fragen zu stellen.

»Ach, deswegen sind Sie hier! Ich dachte schon, einer unserer Nachbarn hätte uns mal wieder angezeigt, weil wir angeblich verbotene Sachen anpflanzen. Das ist natürlich alles Humbug. Die ärgern sich bloß, weil sie wegen unseres Gartens im Sommer mehr Insekten haben. Dabei sollten sie froh sein. Denn wo Insekten leben, ist die Natur noch in Ordnung.«

Ich nickte eifrig, obwohl mir das Krabbelzeug auch zuwider war. Stefanie meinte immer, ich würde am liebsten alles zubetonieren und grün anstreichen. Das war natürlich Quatsch, auch wenn es praktisch gewesen wäre.

»Nein, nein, wegen Ihres Gartens bin ich nicht hier. Können Sie mir etwas über Ihren Verein erzählen? Wie viele Mitglieder haben Sie denn?«

Die Dame des Hauses überlegte angestrengt und kam schließlich zu folgendem Ergebnis: »Im Moment sind wir 21. Eine richtig schlagkräftige Truppe!«

»Wie habe ich das mit der ›schlagkräftigen Truppe‹ zu verstehen?«, unterbrach ich sie.

Sie lachte, was sich in Kombination mit ihrer Raucherstimme alles andere als angenehm anhörte. »Haha, nehmen Sie das bitte nicht so wörtlich. Wir setzen uns für die Solarenergie ein. Wussten Sie, dass noch vor 20 Jahren jährlich gerade so viel Geld in die Erforschung der Solarenergie gesteckt wurde, wie in einen Bauzaun für ein Atomkraftwerk?«

Ich verneinte ihre Frage, war jedoch nicht in der Lage, das Gespräch in eine andere Richtung zu lenken.

»Wir sind alle Idealisten. Mein Mann, ich und die anderen. Wir beraten Unternehmen, die sich stärker mit dem Thema Solarenergie befassen wollen. Dabei übernehmen wir auch die Planung und die Ausführung der Kollektorflächen. Auf Wunsch können wir über Kooperationspartner die Anlagen liefern und installieren lassen. Praktisch alles aus einer Hand.«

»Gibt es für so etwas nicht spezialisierte Firmen?«, warf ich ein.

»Natürlich gibt es die. Aber es gibt weitaus mehr

Architekten, die von der Materie nicht die geringste Ahnung haben und den Leuten falsch dimensionierte Anlagen zu horrenden Preisen aufschwatzen. Genauso treiben es die Hersteller der Anlagen. Die haben dafür eigenes Personal. Glauben Sie mir, die beraten ihre Kundschaft nicht, um den Leuten damit einen Gefallen zu tun, die sind nur daran interessiert, Geld zu verdienen. Vergleichen Sie das zum Beispiel mit Versicherungsmaklern. Denen ist die Privathaftpflichtversicherung, die eigentlich jeder haben müsste, egal, weil sie dafür keine hohen Provisionen kassieren. Für 20 Euro verschwenden die nicht mal einen Gedanken daran. So eine fette Kapitallebensversicherung, die bringt dagegen mindestens zehn Jahre lang jährlich 500 Euro Provision ein. Und da wird nicht geschaut, ob der Versicherungsnehmer überhaupt so eine Police braucht.«

Hannah Kluwer hatte sich in Rage geredet. Ihr Mann unterbrach sie schließlich. »Hannah, Schatz, ich glaube, Herr Palzki ist nicht da, um über Versicherungen zu reden.«

»Ja, ja, ist schon gut. Was wollen Sie genau über uns wissen?«

Mit dem nächsten Satz wollte ich sie etwas provozieren. »Verdienen Sie an der Beratung etwas?«

»Wir? Gott bewahre«, sie tat übertrieben entsetzt, »wir machen das alles ehrenamtlich. Das kommt schließlich unserer Umwelt und unseren Kindern und Enkelkindern zugute.«

»Werden Sie wegen Ihrer kostenlosen Beratung nicht angefeindet?«

»Und ob! Sie können sich gar nicht vorstellen, wie viele Abmahnungen wir bereits bekommen haben. Auf so etwas gehen wir gar nicht erst ein. Manche ziehen vor Gericht, bisher haben wir aber immer gewonnen. Bis zum Rechtsstreit kommt es allerdings selten, denn die meisten ziehen die Klage zurück, bevor es ernst wird. Nein, bisher haben wir uns immer erfolgreich wehren können.«

Ich erkannte, dass ich so nicht weiterkommen würde und nun meinen Joker ausspielen musste. »Wie war es gestern im Holiday Park? Ich habe gehört, Sie haben einen Tagesausflug dorthin gemacht.«

Berti Kluwer zuckte zusammen. Seine Frau hatte diese Reaktion vermutlich nicht registriert, denn sie sagte gelassen mit ihrer rauchigen Stimme: »Ja, stimmt, Sie sind gut informiert. Das war ein schöner Tag.« Im nächsten Atemzug erklärte sie: »Ich hole uns mal schnell einen madagassischen Kürbisschalentee. Für Sie auch etwas zu trinken, Herr Palzki?«

»Ja, gerne, nur keinen Tee, wenns geht. Hätten Sie ein Wasser für mich?«

»Selbstverständlich. Ich hoffe, es macht Ihnen nichts aus, wenn es ohne Kohlensäure ist?«

Ich verneinte und sie ging ins Haus. Zeit, um mich mit dem erschrocken wirkenden Berti näher zu unterhalten. »Sie haben sich länger im Park aufgehalten, nicht wahr? Kann es sein, dass Sie sogar länger dort waren, als Sie beabsichtigt hatten?«

Er starrte mich mit offenem Mund an.

»Was haben Sie?«, legte ich nach. »Sind alle Vereinsmitglieder so lange geblieben oder waren Sie später allein im Park?«

»Nein, nein«, sprach er nach langem Zögern. »Woher wissen sie das?«

In dieser Sekunde hörte ich ein schrilles Pfeifen, einen dumpfen Knall und meinem Gegenüber trat Blut aus der Stirn. Er kippte fast in Zeitlupentempo seitlich auf die Bank. Einen Wimpernschlag später ging ich hinter einem Busch in Deckung. Manchmal war es unvorteilhaft, nicht bewaffnet zu sein. Ich blickte auf die Bank zurück und sah Berti Kluwer regungslos dort liegen. Für ihn dürfte jede Hilfe zu spät kommen.

Kurz darauf trat Hannah Kluwer mit einem Tablett aus der Haustür. Bevor ich ihr etwas zurufen konnte, erblickte sie ihren toten Mann und ließ einen markerschütternden Schrei los. Danach fiel ihr das Tablett aus der Hand. Sie wollte reflexartig zu ihrem Mann stürzen, doch ich konnte sie gerade noch davon abhalten.

»Gehen Sie zurück ins Haus und bleiben Sie dort! Rufen Sie die Polizei! Wahrscheinlich ist der Schütze noch in der Nähe. Vielleicht hat er es auch auf Sie abgesehen!«

Es dauerte knapp 20 Minuten, bis die ersten behelmten Polizisten auf das Gelände stürmten. Ich wurde ins Haus gezogen. Zunächst musste die Umgebung gesichert werden. Ein Großteil der Straße war gesperrt worden, wie mich ein Beamter, der mit im Haus geblieben war, informierte. Schließlich durften die Sanitäter ins Haus, um sich um Frau Kluwer zu kümmern. Mir war die Zeit bis zu ihrem Eintreffen wie eine Ewigkeit erschienen. Zeitgleich kam auch Staatsanwalt Borgia zur Tür herein.

»Das ist mal wieder typisch«, blökte er los. »Statt im Holiday Park zu recherchieren, lassen Sie zu, dass man Ihre Zeugen erschießt. Noch zwei oder drei solcher Fälle, Herr Palzki, und die Vorderpfalz wird mangels Einwohnerzahl zum strukturschwachen Gebiet ernannt!«

Beherrschung. Du musst dich beherrschen, befahl ich mir. Doch es musste raus: »Ich denke, unser Toter war nur ein Lockvogel.«

»Ein Lockvogel? Dass ich nicht lache«, tat Borgia überheblich. »Für wen denn, wenn ich fragen darf?«

»Für frustrierte Staatsanwälte?«

Borgia war nahe dran, mir an den Hals zu springen. Er schnaufte empört, besann sich aber. »Haben diese Leute etwas mit dem Achterbahntoten zu tun?« Er versuchte, auf die sachliche Ebene zu wechseln, um die Situation zu entspannen.

Ich nickte. »Das Ehepaar gehört dem Verein ›Solarenergie forever‹ an und ist gestern mit den anderen Mitgliedern im Park gewesen. So, wie es aussieht, ließ sich der Tote gestern Abend dort einschließen.«

»Aha, wenn er der Mörder des Gärtners war, hat ihn gerade eben ein anderer Mörder erschossen. Das klingt nicht sehr überzeugend, Herr Palzki.«

»Er muss ja nicht unbedingt der Täter gewesen sein, auf jeden Fall hätte er ein wichtiger Zeuge sein können. Leider konnte er mir nichts mehr mitteilen.«

Borgia gab sich endlich zufrieden. »In Ordnung, vernehmen Sie seine Frau, sobald es der Arzt zulässt.« Ohne Gruß ließ er mich stehen.

Den Arzt fand ich im Hof. Er hatte gerade die erste Totenschau hinter sich gebracht. Berti Kluwer war von einem Präzisionsschuss frontal ins Stammhirn getroffen worden. Das Geschoss war am Hinterkopf ausgetreten und bisher nicht gefunden worden. Da der Arzt nicht mit dem Haßlocher Fall betraut war, konnte er keine Angaben darüber machen, ob es sich um das gleiche Kaliber handelte.

»Über die Waffe kann ich anhand der Ein- und Austrittswunde zunächst nur spekulieren. Warten Sie das gerichtsmedizinische Gutachten ab«, fertigte er mich ab.

Im hinteren Teil des Gartens waren weitere Spurensicherer am Werk. Nach ersten Schätzungen musste der Schütze in der Nähe des Eingangs zum Nebengebäude gestanden haben. Wahrscheinlich hatte er sich hinter einem großen Busch versteckt. Alles wurde genau unter die Lupe genommen. Ich befand mich seitlich des Nebengebäudes und stellte fest, dass das Grundstück mit einem Jägerzaun eingefasst war. Dahinter schlängelte sich ein kleiner Fußweg entlang. Es dürfte für den Schützen ein Leichtes gewesen sein, über diesen Weg unbeobachtet zu verschwinden.

Ich lief wieder nach vorne, um mich mit Frau Kluwer zu unterhalten und stolperte dabei, wie sollte es anders sein, fast über Dietmar Becker. Und das zum zweiten Mal heute.

»Tag, Herr Palzki, ich wusste bis vor einer Minute gar nicht, dass Sie auch hier sind. Da hätten Sie mich ja mitnehmen können.«

So eine Dreistigkeit war mir lange nicht mehr untergekommen.

»Was machen Sie schon wieder hier? Sie sind mitten in einer polizeilichen Ermittlung. Das Gelände ist abgesperrt. Wie kommen Sie hier rein? Ist der KPD etwa Ihr Onkel?«

»Kapede? Wer bitte? Ich verstehe nicht. Ich habe einen Termin mit den Eheleuten Kluwer. Ein Kollege von Ihnen, der mich schon öfter bei Ihnen gesehen hat, hat mich zu Ihnen durchgelassen. Ist es wahr, dass Herr Kluwer erschossen wurde?«

Ohne auf seine Frage einzugehen, entgegnete ich: »Da ist was oberfaul, Herr Becker. Warum sind Sie wirklich hier?«

»Ich verstehe nicht, was Sie von mir wollen. Ich bin wegen des Interviewtermins hier.«

»So langsam kommen wir voran. Aus dem Termin ist zumindest ein Interviewtermin geworden. Hätten Sie die Güte, mir zu verraten, um welches Thema sich dieses Interview drehen sollte?«

»Beruhigen Sie sich, Herr Palzki, so kenne ich Sie ja gar nicht. Es ist kein Geheimnis, dass ich Herrn und Frau Kluwer wegen des Vereins befragen wollte. Darüber wissen Sie doch Bescheid?«

»Wenn Sie den Solarverein meinen, ja«, antwortete ich vorsichtshalber ausführlich, um mich gegen weitere Überraschungen abzusichern.

»Genau, um den ging es.« Becker schien merkwürdigerweise plötzlich nervös zu werden. »Die Arbeit des Vereins passt hervorragend zu meinem Artikel über neue Energien. Er rundet meine Recherche sozusagen ab.«

Ich atmete tief durch. »Wann sehen Sie endlich ein, dass Sie nicht gut lügen können? Das sieht selbst ein Blinder, dass Sie soeben nicht die Wahrheit gesagt haben!«

»A... aber, Herr Palzki. Wa... warum sollte das nicht der Wahrheit entsprechen?«

»Jeder Lügendetektor würde bei Ihnen sofort durchschmoren, wenn Sie auch nur an eine Lüge denken. Na los, ich will jetzt alles wissen. Ich habe nicht den ganzen Tag Zeit!«

Warum fielen mir ausgerechnet in diesem Moment Stefanie und die Kinder ein? Ich musste mich beeilen, nach Hause zu kommen.

»O... okay, wie Sie meinen«, fasste sich der Student etwas. »Sie denken doch nicht, ich hätte etwas mit dem Mord zu tun?«

»Herr Becker, das hat niemand behauptet. Sie sind für mich momentan nur ein Zeuge. Doch damit Sie beruhigt sind: Ich traue Ihnen die Tat nicht zu.«

»Also, das war so«, begann er. »Den Verein hat Ihr Freund Jacques letzte Woche erwähnt. Er meinte, dass es sich lohnen würde, sich diesen einmal näher anzusehen.«

Jacques? Ich war verwundert, dass es hier schon wieder einen Querverweis zu meinem toten Erfinderfreund gab. »Was hat Jacques in diesem Zusammenhang noch gesagt? Bitte denken Sie scharf nach, es könnte alles wichtig sein.«

Becker schüttelte den Kopf. »Über diesen Verein hat er weiter nichts gesagt. Das war komisch, denn er hat ihn ohne erkennbaren Zusammenhang erwähnt. Im Nachhinein betrachtet, denke ich, dass er es eigentlich eher ironisch gemeint hat und gar nicht so, wie ich es aufgefasst habe.«

»Aha, Sie dachten, Jacques wollte Ihnen den Tipp geben, diesen Verein wegen eines Artikels zu interviewen.«

»Ja, so war es. Aber ich werde das Gefühl nicht los, dass es ihm gar nicht um meinen Artikel ging.«

»Sondern?«

Der Student zögerte einen Moment, ich merkte deutlich, wie er nach passenden Worten suchte. »Als wäre da etwas faul.« Er verbesserte sich sofort: »Also nicht faul im eigentlichen Sinne, sondern eher im übertragenen Sinne. Jedenfalls hat mir das keine Ruhe gelassen. Ich wollte herausfinden, welche Geschäfte hier laufen.«

»Aha, geben Sie es zu, Sie hatten die Idee eines neuen Plots im Hinterkopf.«

»Na ja, ein bisschen stimmt das schon. Doch weiterhelfen kann ich Ihnen trotzdem nicht. Das Interview sollte quasi der Anfang meiner Recherche sein. Ich habe noch keinen blassen Schimmer, was Ihr Freund Jacques mit seiner Bemerkung eigentlich gemeint haben könnte.«

Da dies alles ziemlich flüssig über seine Lippen kam, glaubte ich ihm. »Vielen Dank, Herr Becker, ich muss weitermachen. Was werden Sie jetzt unternehmen?«

»Das ist doch klar. Nach diesem Todesfall habe ich als Journalist eine Legitimation, mich bei den übrigen Vereinsmitgliedern zu erkundigen. Selbstverständlich gebe ich Ihnen Bescheid, wenn ich neue Erkenntnisse gewonnen habe.« Er atmete tief durch und war sich offenbar nicht sicher, ob er mir die nächste Frage stellen sollte oder nicht. Schließlich wagte er es doch. »Herr Palzki, denken Sie, dass diese Leute etwas mit dem Tod von Jacques zu tun haben?«

»Im Vertrauen, Herr Becker. Ich halte das inzwischen nicht mehr für ausgeschlossen. Es gibt einfach zu viele Anzeichen dafür.«

Nachdem Dietmar Becker abgezogen war, ging ich ins Haus, um mit Hannah Kluwer zu sprechen. Sie saß auf einem älteren Holzstuhl und machte auf mich einen relativ gefassten Eindruck. Mit einem Taschentuch wischte sie sich gelegentlich die feuchten Augen ab.

»Frau Kluwer«, sprach ich sie möglichst behutsam an. »Darf ich Ihnen ein paar Fragen stellen? Es wäre für die Ermittlungsarbeiten sehr wichtig.«

Sie nickte.

»Können Sie sich vorstellen, warum jemand Ihren Mann ermordet hat? Gab es irgendwelche Drohungen oder Probleme?«

»Nein«, säuselte sie. Ihre Stimme war nun viel leiser als vorhin. »Es ergibt für mich überhaupt keinen Sinn. Den einzigen Streit, den wir in letzter Zeit hatten, war der mit unseren Nachbarn. Dass die meinen Mann ermorden, kann ich mir beim besten Willen nicht vorstellen.«

»Das denke ich auch nicht. Hatten Sie in letzter Zeit Probleme wegen Ihres Vereins? Ich denke da an andere Mitglieder oder Kunden, die unzufrieden waren.«

»Nein«, versicherte sie erneut. »Es gibt bei uns keine unzufriedenen Kunden. Ich habe alle Unterlagen im Büro, die können Sie sich gerne anschauen. Der Verein hat bestimmt nichts mit dem Mord zu tun!« Nun schrie sie fast und dabei kullerten wieder ein paar Tränen über ihre Wangen.

Keine unzufriedenen Kunden? Das klang für mich nicht glaubwürdig. Selbstverständlich würden wir sämtliche Ordner und Computer nach Hinweisen durchforsten.

Ich überspitzte den mir bekannten Sachverhalt absichtlich: »Ihr Mann hat mir vorhin erzählt, dass er gestern Abend im Holiday Park eingeschlossen wurde. Waren Sie auch dabei?«

Ruckartig hob sie ihren Blick. »Wie bitte? Im Park eingeschlossen?« Sie schüttelte energisch den Kopf. »Es gab zwar eine blöde Situation, aber eingeschlossen wurde er nicht.«

»Aha, würden Sie mir diese ›blöde Situation‹ etwas näher erklären?«

»Was soll das bringen? Sie verschwenden nur Ihre Zeit. Es war alles ganz harmlos.«

»Nur zu, ich höre zur Abwechslung gerne mal harmlose Geschichten.«

»Da muss ich etwas ausholen. Gegen 17 Uhr wollten wir uns alle am Free Fall Tower treffen, um gemeinsam wieder heimzufahren. Wir waren zu zwölft und mit drei Autos unterwegs. Ich war eigentlich den ganzen Tag mit meinem Mann zusammen. Da uns nicht so sehr an den Fahrgeschäften gelegen war, sind wir durch den Park gelaufen und haben die Natur genossen. Die meisten Besucher sehen gar nicht, welche tollen Pflanzen es im Park gibt. Da sind einige Raritäten dabei. Manche kann man in Europa gar nicht offiziell kaufen. Zwischendurch haben wir uns auch die eine oder andere Show angesehen. Es war ein wirklich gelungener Ausflug. Zwei- oder dreimal haben wir auch unsere Freunde getroffen, die sind die ganze Zeit von Fahrgeschäft zu Fahrgeschäft gehetzt. Mein Mann und ich haben es uns dagegen gemütlich gemacht. Etwa eine halbe Stunde vor dem vereinbarten Zeitpunkt meinte Berti, er würde gerne mit den Teufelsfässern, das ist eine Wildwasserbahn, fahren. Mich interessierte das überhaupt nicht. Daher trennten wir uns. Um 17 Uhr war mein Mann leider nicht am Treffpunkt, was uns ziemlich verärgerte. Nach einer knappen halben Stunde beschlossen unsere Freunde, heimzufahren. Ich blieb also allein zurück. Ich war nahe dran, das Parkpersonal zu informieren, als mein Mann fünf oder sechs Minuten, bevor der Park um 18 Uhr schloss, doch noch auftauchte. Er war ziemlich durchgeschwitzt, ich dachte zunächst, er sei so nass, weil er aus den Teufelsfässern gefallen war. Aber das war er nicht. Er behauptete, nach der Fahrt in die falsche Richtung gelaufen zu sein. Da es bereits dunkel wurde, habe er die Orientierung verloren. Er sei zweimal um den See gelaufen, sagte er mir. Aus der Entfernung habe er zwar die Achterbahn und den Tower ausmachen können, doch irgendwie verfehlte er jedes Mal das Ziel. Egal, ich war glücklich, dass er wieder bei mir war. Wir kamen problemlos aus dem Park heraus, obwohl es schon ein paar Minuten nach 18 Uhr war.«

Ich wusste nicht, was ich davon halten sollte. Hannah Kluwer erzählte die Geschichte zwar einigermaßen glaubwürdig, insgesamt klang sie jedoch wenig plausibel. Wer irrt so lange im Park herum, ohne nach dem Weg zu fragen? In diesem Moment fiel mir meine Fahrt zu dem Notar in Oggersheim ein. Das Verhalten von Herrn Kluwer entsprach also dem des typischen Durchschnittsmannes, zumindest, wenn ich mich selbst als Maßstab ansetzte. Es war etwas anderes, was mich stutzig machte. Die Kluwers waren offensichtlich ausgesprochene Pflanzenkenner. Und der ermordete Wolf Bernhardus war der Gärtnermeister gewesen. Konnte es sein, dass vielleicht verbotene Pflanzen angebaut wurden? Ich verwarf den Gedanken sofort wieder. Die Kluwers waren mit Sicherheit nicht die einzigen Pflanzenfachleute, die den Park besuchten. Somit müsste der Anbau von Drogenpflanzen früher oder später zwangsläufig auffallen. Und außerdem ließ sich dadurch der Mord an Berti Kluwer nicht erklären. Trotzdem, an dieser Spur musste ich dranbleiben.

5. ÄRGER MIT STEFANIE

Meine weiteren Fragen brachten keine neuen Erkenntnisse. Irgendwann forderte der Arzt mich auf, Frau Kluwer wenigstens bis morgen in Ruhe zu lassen. Borgia war bereits verschwunden. Normalerweise wäre zumindest Gerhard noch hier. Ich bemerkte, wie sehr ich meinen Kollegen vermisste. Er fehlte mir als geistiger Sparringspartner.

Völlig unzufrieden mit der Situation und den zwei Morden – oder waren es bereits drei, wenn ich Jacques mitzählte? – verließ ich das Kluwer'sche Anwesen.

In Fernsehkrimis wie ›Tatort‹ oder ›Polizeiruf 110‹ konnte man häufig beobachten, dass der Täter unmittelbar nach der Tat an den Ort des Geschehens zurückkehrte und sich heimlich unter die Schaulustigen mischte. In der Realität sah das natürlich anders aus. Kein Täter konnte nach einem Verbrechen wie etwa einem Mord so cool und beherrscht auftreten, ohne sich verdächtig zu machen. Vor zwei Jahrzehnten waren die Gaffer prophylaktisch gefilmt worden. Doch meines Wissens konnte dadurch nie ein Verbrechen aufgeklärt werden. Vielleicht lag das auch an den riesigen Kameras, die in den 80er-Jahren noch der aktuelle Stand der Technik waren.

Als Kriminalist hatte ich es im Gespür, wenn etwas nicht mit rechten Dingen zuging. Stefanie sprach mir diesen Instinkt zwar regelmäßig ab, aber ich war mir sicher, bisweilen mit einem sechsten Sinn gesegnet zu sein. Und in diesem Moment hatte er sich wieder aktiviert. Hinter dem Absperrband, das großzügig bis zur Mitte des Königsplatzes gespannt war, erblickte ich zwischen einer Mutter mit ihrem Kleinkind und einer Seniorin mit Gehhilfe einen Mann. Das war kein normaler Gaffer. Sein nervöses Verhalten erinnerte mich an Becker. Und sein seltsames Erscheinungsbild sorgte dafür, ihn unterbewusst in Verbindung mit den Kluwers zu bringen. Wer trug denn im Oktober ausgelatschte Sandalen? Die weißen Tennissocken endeten dort, wo viel zu kurze Jeans anfingen, die anscheinend nur durch den speckigen Schmutz einigermaßen in Form gehalten wurden. Das für die herrschenden Temperaturen viel zu dünne T-Shirt war mit Aufnähern übersät. Der Mann hatte extrem behaarte Arme und einen fülligen Rauschebart. Er trug die gleiche kreisrunde Brille wie das Mordopfer.

Ohne lang zu überlegen, ging ich direkt auf ihn zu und sprach ihn an. »Guten Tag, ich nehme an, dass Sie Mitglied im Verein ›Solarenergie forever‹ sind. Habe ich recht?«

Mein Gegenüber schien noch unruhiger zu werden. Mit dem Mund machte er die ganze Zeit mahlende Bewegungen, doch jetzt holte er ein Taschentuch aus seiner Jeans und spuckte eine braune Masse hinein.

»Wa… warum wollen Sie das wis… wissen?«, stammelte er. Ich konnte deutlich seine braunen Schneidezähne erkennen. Sein schlechter Atem ließ mich einen halben Schritt zurückweichen.

»Ich bin Polizist, da ist man eben ein wenig neugierig. Mein Name ist Palzki. Mit wem habe ich die Ehre?«

»Sagen Sie, ist dort wirklich jemand erschossen worden? Vielleicht sogar der Berti?«

»Berti? Darf ich Ihrer Frage entnehmen, dass Sie das Ehepaar Kluwer kennen?«

»Ja, ja, natürlich kenne ich die beiden. Die wohnen doch da drüben.« Er zeigte in die Richtung des Hauses.

»Darf ich Sie fragen, wie Sie heißen und woher Sie Herrn und Frau Kluwer kennen?«

Nachdem er sich, so, als würde er frieren, ein paar Sekunden lang die Hände gerieben hatte, antwortete er schließlich: »Gottfried Müller heiße ich. Ich war auf dem Weg zu Hannah und Berti, als ich hier die Absperrung bemerkte. Die Leute sagen, in diesem Haus wäre jemand erschossen worden.«

Ohne darauf einzugehen, stellte ich meine nächste Frage in einem etwas aggressiveren Ton: »Würden Sie mir freundlicherweise verraten, warum Sie die Kluwers besuchen wollten?«

Er wand sich, als wäre er ein Zwillingsbruder von Becker. »Ja, schon gut, Sie werden es erfahren. Hannah, Berti und ich sind in der Vorstandschaft von ›Solarenergie forever‹. Wahrscheinlich wissen Sie bereits, dass sich der Verein mit der Beratung von Unternehmen und Privatpersonen rund um das Thema Solarenergie befasst. Ich bin der Zweite Vorsitzende. Demnächst wird bei uns neu gewählt. Nach Meinung der meisten Mitglieder soll ich statt Berti Kluwer Erster Vorsitzender werden. Doch davon sind die Kluwers nicht begeistert. Mit allen Mitteln versuchen sie, die anderen dazu zu bewegen, Berti wiederzuwählen. Dabei geht es nicht immer fair zu, wie mir berichtet wurde. Genau darüber wollte ich heute mit den beiden sprechen. Ist Berti wirklich tot?«

Ich nickte. »Ja, der Posten des Ersten Vorsitzenden ist gerade frei geworden. Ich habe noch eine weitere Frage an Sie. Sie betrifft den Ausflug in den Holiday Park. Was ist dort passiert?«

Herr Müller war sichtlich betroffen. »Jemand hat Berti tatsächlich getötet? Das kann gar nicht möglich sein. Er hatte doch überhaupt keine Feinde.« Nachdem er einen Moment überlegt hatte, ergänzte er: »Es würde mich nicht wundern, wenn da die Nachbarn ihre Finger im Spiel hätten. Diese Leute sind einfach grauenvoll. Sie besitzen sogar einen künstlichen Weihnachtsbaum. So etwas muss man sich mal vorstellen.«

»Haben Sie vielen Dank für diesen Hinweis. Sie haben also gestern einen Ausflug gemacht?«

»Warum interessieren Sie sich dafür? Es war ein schöner Tag und wir alle haben ihn sehr genossen, selbst Hannah und Berti. Die beiden haben sich den ganzen Tag mit der Flora des Parks beschäftigt.«

»Abends sind Sie alle gemeinsam wieder nach Hause gefahren?«

»Ach so, ich verstehe. Berti kam nicht zum vereinbarten Treffpunkt. Daher sind wir ohne die beiden losgefahren. Heute Morgen habe ich Hannah angerufen und dabei erfahren, dass der Berti nach langem Warten schließlich aufgetaucht ist. Bei diesem Telefonat habe ich ihr übrigens auch angekündigt, dass ich heute zu ihnen kommen würde. Das können Sie gerne nachprüfen.«

»Danke, Herr Müller. Das werden wir selbstverständlich tun. Würden Sie mich bitte zum Haus der Kluwers begleiten? Dort sind ein paar Kollegen, die Ihre Personalien aufnehmen. Sie werden in den nächsten Tagen Ihre Aussagen zu Protokoll geben müssen.«

»Dazu bin ich verpflichtet, oder?«

Ich nickte stumm und hob das Absperrband etwas hoch, damit er leichter darunter durchschlüpfen konnte. Nachdem ich ihn bei einem Kollegen mit ein paar erklärenden Sätzen abgeliefert hatte, machte ich mich auf den Heimweg. Ich stieg in meinen Dienstwagen.

Hin und wieder kam es vor, dass ich mich nicht so akkurat an die Geschwindigkeitsbegrenzungen hielt, wie man es von einem Polizeibeamten eigentlich erwarten würde. Der Polo-Fahrer, der die ganze Zeit vor mir durch Speyer tuckerte, ließ Frust in mir aufsteigen. Beim Abbiegen erkannte ich, dass der Hut tragende Senior im wahrsten Sinne augenscheinlich nicht mehr in der Lage war, am fließenden Verkehr teilzunehmen. Er war zwischen Rückenlehne und Lenkrad regelrecht eingeklemmt. Ich hatte den Eindruck, sein Sichtfeld endete wenige Zentimeter vor seiner Stoßstange. Bei diesem Anblick erinnerte ich mich an ein Erlebnis, das ich vor ein paar Jahren in einer Ludwigshafener Straßenbahn gehabt hatte. Es war tiefster Winter gewesen und die

Straßen waren nach einem heftigen Schneefall matschbedeckt. An der zentralen Haltestelle ›Berliner Platz‹ schlurfte eine zittrige Seniorin mit ihrem Rollator zur Bahn. Ein jüngerer Mann half ihr beim Einsteigen. Ich bewunderte ihren Mut, sich bei solchen Wetterverhältnissen auf dieses Abenteuer einzulassen. Kaum fuhr die Bahn los, erkannte die alte Dame auf dem Sitz gegenüber eine Bekannte. Den folgenden Satz werde ich vermutlich mein Lebtag nicht vergessen. Sie sagte zu der Dame: ›Ne, Gerdi, dass mit diesem Ding hier ist mir zu umständlich.‹ Dabei zeigte sie auf ihren Rollator. ›Morgen nehme ich lieber wieder mein Auto.‹

Glücklicherweise war der Senior vor mir inzwischen abgebogen, sodass ich meinen rechten Fuß wieder in Richtung Gaspedal bewegen konnte. Es war bereits Nachmittag geworden und mir kam in den Sinn, mein Handy, das ich im Handschuhfach vermutete, einzuschalten. Nein, sagte ich mir, die Geschichte habe ich schließlich selbst verbockt, also musste ich meiner Stefanie die heutige lange Abwesenheit persönlich erklären, von Angesicht zu Angesicht. Je mehr ich mich in diesen Fall reinkniete, desto mehr hatte ich den Eindruck, dass mir zu Hause die Felle wegschwammen. Ich musste den Fall abgeben, das wurde mir immer klarer. Ich wollte nur noch kurz bei Jutta vorbeifahren, bevor ich endlich meinen Urlaub mit der Familie zusammen genießen würde. Zuvor würde ich KPD über unsere personelle Situation informieren.

Auf dem Weg zu Juttas Büro ging ich an unserem Getränkeautomaten vorbei. Ich wunderte mich nicht wirklich, als ich sah, dass auf unserem mit acht Eddingstrichen markierten Kaltgetränkeautomaten ein Schild hing: ›Bitte je Mitarbeiter nur ein Getränk pro Tag‹. Noch skurriler wurde es, als ich auf dem Automaten für Heißgetränke einen ähnlichen Hinweis entdeckte: ›Der Kaffeeautomat darf nur noch in den offiziellen Pausen benutzt werden‹. Darunter stand, wie sollte es anders sein, der Name des Elektroprüfers aus Ludwigshafen. Ich verzichtete auf eine Diätlimonade und ging direkt zu Juttas Büro, das wie in den letzten Tagen offen stand.

»Hallo, unser Reiner ist wieder da«, begrüßte sie mich. »Du machst vielleicht Sachen! Kaum bist du unterwegs, gibt es Tote. Man sollte dich einsperren.« Sie machte hoffentlich nur Spaß.

Ich ließ ihr ihren Humor und entdeckte zwei Kaffeekannen auf dem Besprechungstisch und mehrere ungebrauchte Kaffeetassen. »Oh, du hast gleich eine Besprechung?«

Jutta schaute auf. »Wie kommst du denn darauf? Ach so, du meinst den Kaffee? Der steht nur zu Dekorationszwecken da.«

Als ich die Stirn runzelte, erklärte sie mir: »Passiver Widerstand, du verstehst?«

»Nicht wirklich, Jutta.«

»Hast du das Schild am Kaffeeautomaten gelesen?«

»Meinst du die abgedrehten Getränkeregelungen? Nimmt die überhaupt jemand ernst?«

»Du solltest das nicht auf die leichte Schulter nehmen, Reiner. Der Mann macht Stichproben, im Wiederholungsfall droht ein Eintrag in die Personalakte. Mich würde es nicht wundern, wenn er zusätzlich Überwachungskameras installiert hätte.«

Ich war fassungslos. »Lässt KPD diesen Knallkopf einfach so schalten und walten? Nervt ihn das nicht?«

Jutta zog die Schultern hoch und meinte: »Ich weiß nicht mal, ob KPD das überhaupt im Detail mitkriegt. Er ist immer noch mit seiner Wie-mache-ich-mich-beliebt-Tour auf dem Weg durch sämtliche Büros. Wenn die beiden etwas gemeinsam haben, dann, dass sie nicht die geringste Ahnung haben, wie hier wirklich gearbeitet wird.«

»Aber das mit dem Mordfall in Speyer hat er mitbekommen?«, fragte ich zaghaft.

»Da wäre ich mir nicht so sicher, Reiner.«

»Oje, wir können nicht weiterhin so tun, als wäre unser Kommissariat voll einsatzfähig. Was meinst du, was passiert, wenn jemand Externes Wind davon bekommt und diese Zustände öffentlich macht. Ich werde nachher gleich mal ein Wörtchen mit KPD reden, schließlich habe ich ja Urlaub. Außerdem würde ich gerne etwas mit Stefanie und meinen Kindern unternehmen, statt bei einem abgedrehten Verein zu ermitteln.«

»Reg dich nicht auf, Kollege, trink lieber einen Kaffee.«

»Kaffee. Das kommt jetzt genau richtig. Warum hast du eigentlich gleich zwei Kannen in deinem Büro?«

Jutta lächelte verschmitzt. »Habe ich doch vorhin gesagt, passiver Widerstand. Diese Kannen habe ich auf der Elektroplatte im Sozialraum gekocht, die funktioniert nämlich noch ohne Einschränkung. Eine

Kanne mit heißem Kaffee und eine Kanne mit sehr heißem Kaffee, verstehst du? Die Kilowattstunden sind nur so durch die Leitung gerauscht.«

Während ich mir eine halbe Tasse des heißen oder sehr heißen Kaffees einschenkte, so genau wusste das selbst Jutta nicht mehr, stellte ich ihr eine Frage, die man vorsichtshalber immer stellen sollte, bevor man in dieser Dienststelle Kaffee trank, der nicht aus dem Automaten stammte. »Gerhard ist zurzeit krank. Ich vermute, du hast nicht sein Rezept übernommen, Jutta?«

»Selbstverständlich befindet sich in beiden Kannen original Gerhard Steinbeißers Sekundentod. Schwächeren Kaffee würde ich gar nicht mehr vertragen. Schau mal, da steht sogar Milch auf dem Tisch, wie wäre es, wenn du ihn dir damit etwas verdünnst?«

Ich hatte gerade meine halbe Tasse Kaffee mit Milch aufgefüllt, da kam KPD zur Tür hereingeschneit. »Da sind Sie ja, Herr Palzki. Ich suche Sie schon den ganzen Nachmittag!«

Er sah die Kannen auf dem Besprechungstisch stehen. »Sie erlauben, dass ich mir eine Tasse einschenke?«

Jutta nickte, ohne ein Wort zu sagen. KPD goss sich eine Tasse Kaffee ein.

Ich nutzte den Augenblick, um ihn auf unsere Situation im Allgemeinen und meinen Urlaub im Besonderen anzusprechen. »Herr Diefenbach, gut, dass Sie da sind. Es gibt da etwas, das Sie wissen sollten …«

»Ja, ich weiß, Herr Palzki«, unterbrach er mich, »ich habe per Fax eine Auftragsbestätigung erhalten.« Er zog ein gefaltetes Blatt Papier aus seiner Jacke, griff nach seiner Tasse, nippte und verbrannte sich erst einmal kräftig die Zunge. »Autsch, Mensch, ist der heiß. Haben Sie den im Kraftwerk gebrüht?«

Jutta schaute ihn fragend an, so als wisse sie nicht, wovon er sprach. Daraufhin wandte er sich wieder an mich. »Herr Palzki, so geht das nicht. Darf ich Ihre Bestellung vorlesen? 10 Bierzeltgarnituren, 20 Meter Papiertischdecken, 3 Kisten Cola, 1 Kiste Mineralwasser mit viel Kohlensäure, 10 Kisten Pils und eine halbe Kiste Export. Haben Sie mir dazu etwas zu sagen?«

Ich nahm mir Jutta zum Vorbild und stellte mich ahnungslos. »Stimmt, KP... – äh, Herr Diefenbach, ich bringe das natürlich schleunigst in Ordnung. Das mit der halben Kiste Export hätte wirklich nicht sein müssen.«

»Halbe Kiste, was?« KPDs Stimme überschlug sich regelrecht. »Wollen Sie mich veräppeln?« Er setzte die Tasse erneut an und verschluckte sich.

Ich überlegte, was er mir wohl als Strafe aufbrummen würde: Bergbau in Sibirien oder noch schlimmer: Frauenbeauftragter in der öffentlichen Verwaltung. Irgendwie rechnete ich mit allem, nur nicht mit dem, was kam.

KPD fing an zu lachen. Ja, er kugelte sich vor Lachen. »Jetzt weiß ich es«, begann er zwischen zwei Lachsalven. »Ich hätte früher darauf kommen müssen. Ihre Mitarbeiter haben mir bereits gesagt, dass Sie neue Kollegen gerne mal auf den Arm nehmen und ihnen den einen oder anderen Streich spielen.« Er lachte noch eine Weile, bis er sich schließlich wieder beruhigte. »Das wäre Ihnen ja beinahe geglückt. Na ja, als Chef weiß man halt schnell

Bescheid.« Von einer Sekunde auf die andere war er wieder der Alte. »So, genug gelacht, Sie bringen das bitte in Ordnung, Herr Palzki. Ich bin gespannt, was Sie für die Weihnachtsfeier vorschlagen werden. Der Etat ist großzügig bemessen. Also, nur das Feinste vom Feinsten!« Und schon war er verschwunden.

Jutta wischte schmunzelnd den Tisch sauber.

»Findest du das auch so schlimm, Jutta?«

Meine Kollegin schielte vielsagend zu mir rüber. »Übertreibs mal lieber nicht, Reiner. KPD hat, was Essen und Trinken angeht, sehr hohe Ansprüche. Vermutlich weiß er nicht einmal, was ein Cheeseburger ist. Ich mache dir einen Vorschlag: Den Plan für die Weihnachtsfeier mache ich und du kannst ihn dann gerne als dein eigenes Werk ausgeben.«

»Kommt nicht infrage«, antwortete ich. »Das habe ich nicht nötig. Wenn der Kasper etwas Besonderes will, bekommt er es.« Ich schnappte mir ein Blatt Papier von Juttas Schreibtisch und notierte ein paar Dinge.

Jutta wurde neugierig und schaute mir über die Schulter. »Reiner, der KPD bekommt entweder einen Herzinfarkt oder du kannst dir schon mal einen neuen Job suchen.«

»Ach lass mal, ich habe ganz andere Sachen überlebt. Würdest du das für mich bestellen?«

Sie nahm das Blatt kommentarlos an und legte es in ein Ablagekörbchen. »Wie du meinst, Herr Kollege. Übrigens, wenn wir noch kurz über die Mordfälle sprechen könnten: Borgia hat den Kleinwüchsigen wieder freigelassen. Die Proben auf Schmauchspuren waren negativ. Andere Verdachtsmomente ließen sich nicht erhärten. Der Haftrichter hat nur den Kopf geschüttelt.«

Das tat ich ebenfalls. »Ich weiß, es war Schwachsinn, den Liliputaner festzunehmen. Aber das ist zum Glück auf Borgias Mist gewachsen, daher brauchen wir uns darüber keine Gedanken zu machen. Trotzdem müssen wir uns mit ihm noch näher befassen. Dieser Nachtwächter hat ihn schließlich in der Nacht im Park gesehen. Gibts ansonsten noch etwas?«

»Ja, die Frau des ermordeten Gärtnermeisters hat gerade angerufen und uns mitgeteilt, dass sie vielleicht ein paar Informationen für uns hätte. Ich habe ihr geantwortet, dass wir schnellstmöglich jemanden zu ihr schicken werden.«

»Und wer von uns sollte das sein?«

»Wie du weißt, ist unsere Personaldecke zurzeit etwas ausgedünnt. Ich hätte die Wahl zwischen einem Leih-Kollegen aus einem anderen Kommissariat, was zugegebenermaßen ein paar blöde Fragen zur Folge hätte, oder unserem Jürgen.«

»Du dachtest doch nicht wirklich daran, Jürgen in den Außendienst zu schicken? Nein, auf keinen Fall. Gib mir mal die Adresse, ich fahr da lieber selbst hin.«

»Reiner, darf ich dich daran erinnern, dass du Urlaub hast?«

»Ja, ich weiß! Ich bekomme nachher den größten Ärger mit Stefanie. Und weißt du was? Ich hab den Ärger sogar verdient! Andererseits kann ich euch doch jetzt in der Not nicht alleine lassen. Den einen Termin mache ich noch und danach müssen wir eine andere Lösung finden. Vorhin wollte ich mit KPD darüber reden, aber er hat mich ja gleich unterbrochen.«

Jutta verstand. »Also schön, ich rufe die gute Gärtnersfrau an und gebe ihr Bescheid, dass du gleich vorbeikommst. Hier ist die Adresse. Danach werde ich bei Stefanie mein Bestes versuchen.«

»Nein! Untersteh dich, Stefanie anzurufen! Das muss ich persönlich klären.«

Wir schauten uns eine Weile wortlos an. Langsam dämmerte mir, dass Jutta vielleicht mit dem, was sie sagte, nicht so unrecht hatte. Männer brauchten für so etwas manchmal länger. Ich durfte es nicht auf die Spitze treiben, Stefanie war schließlich schwanger. »Na gut, Jutta, ruf bitte an. Falls du bei mir zu Hause niemanden erreichst, versuche es in Stefanies Ludwigshafener Wohnung. Aber in dem Fall wäre sowieso alles zu spät.«

Meine Kollegin lächelte überaus charmant, während ich mich auf den Weg machte.

»Bis morgen, Jutta.«

»Alles klar. Wenn was sein sollte, ich bin noch zwei Stunden im Dienst.«

»Noch zwei Stunden?« Ich erschrak. »Und dann? Hast du Urlaub?«

»Nein, nein, den hast ja schon du. In zwei Stunden mache ich Feierabend. Und zwar nur für heute, Reiner. Morgen früh bin ich wieder da.«

Erleichtert verabschiedete ich mich.

Ich fuhr nach Iggelheim. Es war nicht so einfach, die Straße mit der seltsamen Bezeichnung ›Im Lustjagen‹ zu finden. Ich musste einen knappen Kilometer durchs freie Feld fahren, um ein entlegenes kleines Wohngebiet zu erreichen. Direkt idyllisch am Waldrand gelegen, standen einstöckige Siedlungshäuser. Das Haus der Familie Bernhardus war nicht zu übersehen. Unglaublich, wie viele verschiedene Pflanzen man in einem kleinen Vorgarten unterbringen konnte. Glücklicherweise hatten die Besitzer mit Terrakottaplatten, die in großzügigem Abstand verlegt waren, einen schmalen Gehweg geschaffen. Neben dem Eingang des Backsteinhauses war ein Schild aus Ton befestigt. Darin eingeritzt konnte ich die Botschaft lesen: ›Hier wohnen natürlich Wolf und Anna Bernhardus‹. Das Wort ›natürlich‹ war wesentlich größer als die anderen und mit einem verschnörkelten Muster verziert. Ich betätigte einen gusseisernen Türklopfer, dessen Ring auf einen darunter befestigten Knopf aufschlug, der die Form einer stilisierten Sonne hatte.

Als Anna Bernhardus öffnete, wusste ich nicht, wo ich zuerst hinblicken sollte. Zuerst an Frau Bernhardus vorbei in das Wohnzimmer, das einen Indoor-Dschungel zu beherbergen schien, oder auf die Hausherrin, eine zierliche Frau mit langem Pferdeschwanz und einem Batik-Sweatshirtkleid. Sie konnte nicht viel größer als 1,50 Meter sein und trug ihren rechten Arm in Gips.

»Guten Tag, Herr Palzki«, begrüßte sie mich. »Ihre Kollegin hat vor ein paar Minuten angerufen. Kommen Sie doch rein.«

Als wir ins Wohnzimmer eintraten, bemerkte ich, dass sie leicht humpelte. Es war etwas ungewohnt, direkt hinter der Eingangstür im Wohnzimmer zu stehen.

»Setzen Sie sich bitte«, sagte sie freundlich.

Ich nahm zwischen zwei Palmen auf einem Bambusstuhl Platz. Es war nicht zu fassen, hier gab es noch mehr Grünzeug als bei meiner Nachbarin, Frau Ackermann. Bis vor zwei Minuten hätte ich das noch für unmöglich gehalten. Dass es draußen bereits dämmerte, konnte man in dem scheinbar fensterlosen Zimmer nicht erkennen. Der Raum war mit Pflanzenleuchten ausgestattet und erstrahlte in einem seltsam diffusen Licht.

»Wir leben … oh, ich meine, ich lebe hier im Einklang mit der Natur. Und ob Sie es mir glauben oder nicht, wir haben bisher noch nie einen Arzt gebraucht!« Tränen liefen über die Wangen hinweg auf ihr Kleid. Das schien sie nicht weiter zu stören. »Wir hatten so viel geplant, aber jetzt, nachdem Wolf ermordet wurde, ist alles zunichte gemacht.«

»Das mit Ihrem Mann tut mir sehr leid«, versuchte ich sie zu trösten. »Wir werden alles unternehmen, um den Täter so schnell wie möglich zu schnappen. Wie sah denn Ihre weitere Lebensplanung aus?«

Sie schniefte ein- oder zweimal, bevor sie mir antworten konnte: »In gut zehn Jahren wäre Wolf in Rente gegangen. Danach wollten wir nach Brasilien auswandern. Wir haben dort Kontakt zu einem Eingeborenenstamm, den wir seit Jahren finanziell und ideologisch unterstützen.«

Den Bambusstuhl fand ich alles andere als bequem. Um keine Druckstellen zu bekommen, stand ich auf und tat, als würde ich das mir unbekannte Grünzeug bewundern. Langsam tastete ich mich zum Grund meines Besuchs vor. »Sie haben meiner Kollegin am Telefon gesagt, Sie könnten mir ein paar Infos über den Tod Ihres Mannes geben.«

Frau Bernhardus, die stehen geblieben war, wischte mit ihrem Ärmel über die Augen. »Ja, natürlich. Dummerweise haben wir wenig darüber gesprochen. Zu wenig, wenn man bedenkt, was nun passiert ist.« Sie seufzte, bevor sie fortfuhr. »Mein Mann war irgendetwas, das mit seinem Arbeitsplatz, dem Holiday Park, zu tun hatte, auf der Spur. Doch außer ein paar Ungereimtheiten konnte er nichts entdecken. Es gab nur gewisse Anhaltspunkte, verstehen Sie?«

»Nein, nicht wirklich – wir stehen noch ganz am Anfang unserer Ermittlungen. Um welche Anhaltspunkte dreht es sich denn?«

»Wenn ich das nur so genau wüsste. Meinem Mann war es ja selbst nicht ganz klar, es fehlten ihm noch ein paar Puzzleteile, damit das alles einen Sinn ergab.«

»Erzählen Sie mir einfach etwas über die Puzzleteile, die Ihr Mann bereits gefunden hatte.«

»Nach Parkschließung dauert es abends gewöhnlich noch eine halbe Stunde, bis alle Besucher und Mitarbeiter das Gelände verlassen haben. Ab diesem Zeitpunkt darf sich niemand mehr ohne vorherige Genehmigung im Park aufhalten. Als Ausnahme gelten nur die Nachtwächter, die zu bestimmten Uhrzeiten

Streife laufen. Mein Mann hatte Ende September viel zu tun. Innerhalb von ein paar Tagen musste alles für Halloween umdekoriert werden. Der Park hatte unter der Woche zwar ein paar Tage geschlossen, das reichte jedoch keineswegs für die zahlreichen Vorbereitungen. Aus diesem Grund hatte er die Erlaubnis, abends ein paar Überstunden zu machen. Und dabei hat er mehrmals einige Personen beobachtet, die um diese Zeit im Park nichts mehr zu suchen hatten.«

»Um welche Personen handelte es sich?« Normalerweise war es Gerhard, der eifrig mitschrieb, da auf mein Gedächtnis, insbesondere das Namensgedächtnis, nur bedingt Verlass war. Weil ich heute auf meinen Kollegen verzichten musste, zückte ich selbst einen kleinen Block und machte mir Notizen.

»Eine davon war Igor Pawlow. Er ist ein Mitarbeiter des Parkbetriebs. Er ist sozusagen ein Fremder im Park, das heißt, er gehört nicht zum Stammpersonal. Leiharbeiter nennt man das, glaube ich.«

»Und was hat dieser Pawlow im Park gemacht?«

»Er ist herumgeschlichen, sagte mein Mann. So, als wollte er sich mit jemandem treffen, ohne dabei gesehen zu werden. Und das immer zur gleichen Zeit.«

»Wen er getroffen hat, hat er nicht beobachtet?«

Frau Bernhardus schüttelte den Kopf. »Nein, Wolf hatte auch keine Zeit dazu, ihm nachzuschnüffeln. Aber das war nicht das einzige Ereignis. Eines Abends erwischte er einen der Nachtwächter, Wochner heißt er, wie er sich im Schneedorf mit dem Liliputaner, Stefano Brezano, traf. Sie waren sichtlich überrascht, als mein

Mann auf die beiden zukam. Der Kleinwüchsige lief sofort weg und der Nachtwächter sagte, dass er Brezano im Park erwischt und ihm gehörig die Leviten gelesen habe. Da die beiden sich sehr leise unterhalten hatten und es nicht so wirkte, als hätte der Nachtwächter Brezano in die Schranken verwiesen, kam das meinem Mann wenig glaubwürdig vor.«

»Da scheint ja nachts allerhand los zu sein«, schlussfolgerte ich. »Hatte Ihr Mann noch weitere Entdeckungen gemacht?«

Anna Bernhardus schaute zu Boden. Als sie nach einer Weile wieder zu mir aufblickte, stellte ich fest, dass sie weinte. »Entschuldigen Sie«, schluchzte sie. »Ich kann das alles noch nicht richtig begreifen. Es kam so überraschend.«

»Sie müssen sich nicht entschuldigen. Lassen Sie Ihren Gefühlen ruhig freien Lauf. Das wird Ihnen guttun.«

»Danke, Herr Palzki, vielen Dank. Ich glaube, ich kann Ihnen jetzt nicht mehr weiterhelfen. Ich habe alles gesagt, was ich weiß. Mein Mann wollte wohl in den kommenden Tagen Pawlow zur Rede stellen, aber dazu ist er nicht mehr gekommen.«

»Vielen Dank, Frau Bernhardus, dass Sie diese Informationen gleich an die Polizei weitergegeben haben. Sie könnten bei der Lösung des Falles von entscheidender Bedeutung sein. Ich werde jetzt gehen, ich habe keine weiteren Fragen mehr. Halt, doch, eines würde mich noch interessieren: Wobei haben Sie sich Ihren Arm gebrochen?«

Sie sah mich ganz erstaunt an. »Ich bin draußen beim

Zurückschneiden der Äste von einem Baum gefallen und landete auf der Biotonne. Diese ist dummerweise weggerollt und ich knallte direkt auf den daneben liegenden Spaten. Ein glatter Bruch, den Gipsverband hat mir mein Mann selbst angelegt, da wir Ärzten ablehnend gegenüberstehen.«

»Sieht wirklich professionell aus«, bemerkte ich und verabschiedete mich endgültig.

Diesen Pawlow muss ich mir morgen gleich mal vornehmen, dachte ich, als ich in meinen Wagen stieg. Zusammen mit dem Nachtwächter und Herrn Brezano. Den Essensvorrat für den geplanten Zoobesuch hatte ich längst leergefuttert. Selbst den Tee hatte ich getrunken. Vermutlich würde ich jetzt steinalt werden. Heute musste ich nur noch eine Sache geradebiegen und das war das Schwierigste und für mich zugleich das Wichtigste: die Sache mit Stefanie. Mein Auto fuhr wie ferngesteuert nach Hause. Heute wünschte ich mir fast, dass Frau Ackermann vor der Tür auf mich warten und ihren Weltrekord im Vielreden brechen würde. Vor meinem Haus angekommen, spürte ich die Ruhe vor dem Sturm. Zaghaft schloss ich die Eingangstür auf. Stefanie saß mit den Kindern am Wohnzimmertisch und spielte Mensch ärgere Dich nicht. Prima, die Kinder waren da, deshalb würde sich Stefanie vielleicht nicht sofort aufregen. Unter Umständen würde sie das Spiel jedoch abbrechen und Paul und Melanie auf die Zimmer schicken.

Ich wollte gerade zu einer dämlichen Entschuldigung ausholen, da kam meine Frau mir zuvor. »Komm, Reiner, setz dich zu uns. Wir fangen gerade eine neue Runde an, du kannst einsteigen.«

Meine Kinnlade sackte nach unten. War das wirklich meine Frau?

Egal, ich stellte meine Figuren auf und spielte mit. Paul und Melanie schummelten, was das Spiel hergab. Stefanie schien das nicht zu bemerken, sie wirkte etwas abwesend.

»Alles in Ordnung mit dir und dem Kind?«, fragte ich.

Sie nickte wortlos.

Paul meldete sich nun zu Wort. »Das dauert aber verdammt lang mit meinem Brüderchen. War ich auch so lahm?«

Jetzt brachte Stefanie ein kleines Lächeln zustande. »Paul, ich habe es dir doch bestimmt bereits tausendmal erklärt. Das dauert noch über sieben Monate, und ob es ein Junge oder ein Mädchen wird, wissen wir auch noch nicht.«

»Es muss aber ein Junge werden. Wenn es ein Mädchen wird, muss ich mich ja mit zwei Zicken herumärgern!«

Melanie streckte ihm die Zunge raus und schmiss eine seiner Figuren vom Brett.

»Du, Papa, ich kenne einen neuen Witz!«

Oha, Paul hatte wieder einen neuen Witz. Er war immer noch im Witze-Erzählfieber. Ich gab mich geschlagen. »Na los, erzähl schon.«

»Ein Papa fragt seinen Sohn, wie es in der Schule war. Er antwortet: ›Super, wir haben gelernt, wie man

Sprengstoff herstellt.‹ Darauf fragt der Vater: ›Und was werdet ihr morgen in der Schule lernen?‹ Da fragt der Sohn zurück: ›Welche Schule?‹«

Als pflichtbewusster Vater lachte ich überschwänglich. Melanie und Stefanie reagierten dagegen mit keiner Miene auf die Darbietung.

Zaghaft erzählte ich meiner Frau vom Besuch bei dem Notar. Aus Feigheit informierte ich sie nicht über alle Details. Die Erwähnung des Vereins in Jacques' Brief behielt ich für mich und gab zudem mein Bestes, den Inhalt des Schreibens zu verharmlosen, sodass sie sich nicht unnötig aufregen musste. Ich hatte den Eindruck, dass sie überhaupt nicht richtig zuhörte.

»Jutta hat angerufen«, wechselte Stefanie aus heiterem Himmel das Thema. »Sie hat mir von Gerhards Krankheit, KPD und dem zweiten Mordfall erzählt.«

»Und jetzt?«, fragte ich sie in Erwartung einer Gardinenpredigt oder noch Schlimmerem.

»Was, und jetzt? Du kannst dir bestimmt vorstellen, dass wir uns heute schon mehr als einmal Sorgen um dich gemacht haben. Zum Glück hast du Jutta. Sie hat mir wenigstens die ganze Geschichte erzählt und nicht, wie du es zu tun pflegst, die Hälfte verschwiegen. Ich mache dir einen Vorschlag, Reiner. Wir vergessen den heutigen Tag und fangen morgen einfach noch mal von vorne an. Jutta sagte mir, dass sie morgen zwei Leihermittler von einem anderen Kommissariat bekommt. Dann kannst auch du endlich mal ausspannen.«

»Was? Jutta bekommt Personal aus einer anderen Abteilung? Das kann nicht gutgehen, Stefanie!«

»Doch, das kann es. Du bist nicht so unersetzlich, wie du denkst, merk dir das. Das gilt übrigens auch für unsere Beziehung!«

Bumm, das saß.

»Okay, ich gebe mich geschlagen. Was machen wir morgen?«

»Darüber werden wir noch reden. So viel steht fest, wir werden auf keinen Fall einen Ausflug in den Holiday Park machen, verstanden?«

Ich nickte ergeben. Ich musste Jutta unbedingt danken. In manchen Dingen sind Frauen wirklich geschickter.

Der Abend lief sehr gut. Stefanie stellte ein Essen auf die Beine, das höchstwahrscheinlich sogar den gehobenen Ansprüchen KPDs gerecht geworden wäre. Meinen Kollegen konnte ich bei der Weihnachtsfeier so etwas allerdings nicht zumuten. Allein die aufwendige Zubereitung. Ich würde verrückt werden, wenn ich eine Stunde Arbeit investieren müsste und das Ergebnis innerhalb von zehn Minuten weg wäre. Von den Bergen an schmutzigem Geschirr ganz zu schweigen. An diesem Abend habe ich sogar, und das ohne zu murren, mitgeholfen. Stefanie ließ mich ein Gemüse, keine Ahnung, um welches es sich handelte, in Würfel schneiden. Sie rümpfte zwar die Nase über das Ergebnis, sagte aber kein Wort. Das Resultat konnte sich sehen lassen. Stefanie aß mit Genuss, die Kinder verzogen bei dem Gemüse die Gesichter, trauten sich allerdings nicht, etwas zu sagen, und ich spülte das bunte Potpourri mit zwei Flaschen Pils hinunter. Aus Rücksicht auf Stefanie trank ich mein Bier heute sogar aus einem Glas.

Als die Kinder friedlich im Bett lagen, wollte ich mich ebenfalls zur Ruhe begeben. Doch auf meinem Bett lag ein Buch. Ich ahnte sofort, was auf mich zukam. ›Die 10.000 besten Kindernamen‹ las ich auf dem Umschlag. Stefanie, die nach mir ins Schlafzimmer kam, drückte mir einen Bleistift in die Hand. »Heute bist du mit den Jungennamen dran, mein lieber Reiner. Markiere in dem Buch deine Favoriten, damit wir morgen unsere Vorschläge abgleichen können, ich habe das Buch bereits durchgearbeitet«, erklärte sie, hoffentlich auf die ironische Tour.

Ich kam bis zum Buchstaben ›B‹. Dabei entdeckte ich Namen, von denen ich weder jemals gehört hatte noch je von ihnen hätte hören wollen. Ich hatte keinen einzigen markiert. Plötzlich hatte ich eine zündende Idee. Zufrieden schaltete ich die Nachttischlampe aus und schlief ein.

6. WER SUCHT DA WAS UND WARUM?

Eine gefühlte Sekunde später klingelte das Telefon. Das Erste, was ich wahrnahm, war, dass Stefanie nicht neben mir lag. Mein Blick fiel auf den Wecker und ich erschrak. Hatte ich wirklich so lange geschlafen? Ohne Magendrücken, ohne Sodbrennen? Ob das an dem Abendessen lag? Das Telefon war verstummt. Dafür hörte ich im Wohnzimmer die Stimme meiner Frau.

Nachdem ich mich aus meinem Bettzeug befreit hatte, ging ich nach nebenan. Stefanie legte gerade das Telefon in die Ladeschale zurück.

»Das war Jutta.« Es klang etwas angesäuert.

Ich hob beide Hände. »Ich bin unschuldig!«

»Ich weiß. Ich soll dir sagen, dass bei Jacques eingebrochen wurde. Im Wohnhaus, die Werkstatt gibts ja nicht mehr.«

Mit einem Schlag war ich hellwach, was hatte das zu bedeuten? »Hat Jutta gesagt, ob es Zweifel an der Unfalltheorie gibt?«

»Nein, sie hat nichts dergleichen erwähnt. Wieso sollte es kein Unfall gewesen sein, Reiner? Hängt Jacques' Tod mit deinen sonstigen Ermittlungen zusammen?«

Ich erschrak. Stefanie sollte besser nichts von einer eventuellen Verbindung zu den Mordfällen erfahren, ich musste Rücksicht auf sie und das ungeborene Kind nehmen. »Nein, nein. Ganz und gar nicht. Ich kann es nur immer noch nicht glauben, dass Jacques nicht mehr lebt. Wurde etwas gestohlen?«

»Genau deswegen hat Jutta angerufen. Sie wissen es nicht. Jacques hatte seine ganzen Erfindungen im Keller gelagert. Es ist unmöglich, herauszufinden, ob etwas fehlt.«

»Das kann ich mir gut vorstellen. In seinen Keller hat er so gut wie niemanden reingelassen. Ich glaube, ich bin der Einzige, der halbwegs einen Überblick hat.«

»Bravo, du hast es verstanden, mein Lieber. Und deswegen hat Jutta angefragt, ob du mal kurz vorbeischauen könntest.«

Oje, jetzt bloß kein falsches Wort. »Aber, Stefanie, das geht nicht. Wir wollen heute einen Ausflug machen.«

»Red nicht so dummes Zeug. Ich weiß doch, wie sehr dich Jacques' Tod belastet. Los, mach dich auf den Weg. Sag mir Bescheid, falls es länger dauern sollte oder mal wieder jemand in deiner Umgebung erschossen wird.«

Als ich zehn Minuten später aus dem Bad kam, hielt Stefanie einen Zettel in der Hand. »›Doktor‹?«, las sie vor. »Was soll das bedeuten?«

Ich lächelte sie verschmitzt an. »Das ist meine Vorschlagsliste für einen Jungennamen.«

»Doktor? So kann man kein Kind nennen!«

»Warum nicht? Das hat bis jetzt nur noch niemand gemacht. Denke doch nur an die Karrieremöglichkeiten, wenn er sich vorstellt: Guten Tag, mein Name ist Doktor Palzki.«

Stefanie antwortete nicht. Ich gab ihr schnell einen Kuss und verschwand. Die Kinder ließen sich nicht blicken.

Ohne von meiner Nachbarin überrascht zu werden, gelangte ich zu meinem Wagen. So langsam machte ich mir ernsthafte Sorgen um Frau Ackermann. Ich nahm mir fest vor, demnächst mal nach ihr zu schauen.

Anders als zwei Tage zuvor nahm ich die Umgebung bis zu Jacques' Zuhause dieses Mal wahr. Vor dem Haus im Kestenbergerweg entdeckte ich Juttas Dienstwagen. Er war knapp vier Jahre alt, hatte aber so gut wie keine Kilometer auf dem Zähler. Ich vermutete, dass sie heute alles drangesetzt hatte, um für ein paar Stunden dem Innendienst zu entfliehen. Im nächsten Augenblick entdeckte ich sie zusammen mit KPD in der Garageneinfahrt und war baff.

»Ah, guten Morgen, Herr Palzki«, begrüßte er mich eine Spur zu freundlich. »Ich habe Sie heute noch gar nicht auf der Dienststelle gesehen. Was machen die Ermittlungen? Wie man mir vorhin erzählte, gab es gestern einen zweiten Mordfall. Kommen Sie voran?« Ohne mich zu Wort kommen zu lassen, fuhr er fort: »Ich verstehe nicht, warum Ihre Kollegin Sie wegen dieser Lappalie überhaupt angerufen hat, es handelt sich ja allem Anschein nach nur um einen gewöhnlichen Einbruch.« Er wandte sich übergangslos Jutta zu und sprach weiter. »Da reicht es völlig, wenn ich die Untersuchung leite und Sie mir assistieren, Frau Wagner. Da müssen wir nicht die ganze Mannschaft zusammentrommeln.«

Oje, ich begriff. Jutta war nicht freiwillig hier. KPD hatte sie im Schlepptau. Wahrscheinlich wollte er beweisen, dass auch er im Außendienst erfolgreich sein konnte.

Jutta hatte mich bisher weder begrüßt noch direkt angesehen. Ihre Augen waren die ganze Zeit nach unten gerichtet.

»Herr Diefenbach, ich habs Ihnen doch vorhin erklärt, Herr Palzki war ein guter Freund von Herrn Bosco. Er ist wahrscheinlich der Einzige, der uns sagen kann, ob etwas gestohlen wurde oder nicht.«

»Ja, ja, von mir aus. Wir schauen uns mal um. Für mich ist der Fall sowieso schon klar. Das waren Gelegenheitseinbrecher, die den Tod des Mannes ausgenutzt haben, um das herrenlose Wohnhaus zu plündern.«

Der Hauseingang stand offen. Für mich war es ein komisches Gefühl, die Wohnung zu betreten. Alles war mir so vertraut, alles wirkte wie immer. Die 30 Jahre alten Tapeten, das Wählscheibentelefon, das Röhrenradio mit dem magischen Auge für die optische Sendereinstellung. Ich schaute in jeden Raum. Eigentlich müsste man die Wohnung als Museum erhalten, dachte ich. Wenn ich meinen Kindern das zeigen würde, könnten sie mit den meisten Dingen nichts anfangen. Ich konnte mir nicht vorstellen, dass eine Zehnjährige ein Wählscheibentelefon bedienen konnte oder wusste, wie ein Schallplattenspieler funktionierte. Ich sog jedes einzelne Detail in mir auf und zu fast jedem dieser Objekte fiel mir eine Geschichte ein.

»Furchtbar, das alte Zeug«, hörte ich KPD im Zimmer nebenan laut sagen. »Am besten, man entkernt das Gebäude mitsamt dem Inventar.«

Jutta kam zu mir und legte ihren Arm um meine Schulter. »Gehts, Reiner? Ich kann mir vorstellen, wie dir zumute ist. Trotzdem müssten wir wissen, ob hier etwas fehlt. Ist dir irgendwas aufgefallen?«

Ich schüttelte den Kopf. Im Hintergrund bemerkte ich, wie zwei Beamte die Hochschränke in der Küche durchsuchten. »Nein, Jutta, hier ist alles so, wie ich es in Erinnerung habe. Seit Jacques' Frau gestorben ist, sieht es so aus. Wenn der Einbruch mit Jacques' Tod in Verbindung steht, sollten wir sowieso besser im Keller nachschauen.«

»Das habe ich mir gedacht«, antwortete Jutta. »Allerdings wird KPD dabei sein wollen.«

Ich zuckte mit den Achseln. »Soll er doch.«

Die enge Kellertreppe war unspektakulär. KPD wollte erst nicht mitkommen, da er bereits genug alten Krempel, wie er sich ausdrückte, gesehen hatte. Doch seine Neugier schien am Ende zu siegen. Auch der Kellerflur wirkte unauffällig. Für KPDs Begriffe war er allerdings viel zu schmutzig. »Die ideale Temperatur und Luftfeuchtigkeit für einen Weinkeller«, bemerkte er. »Allerdings viel zu versifft. In so einem Saustall würde ich meinen 1967er-Chambolle nie lagern.«

Ich schaute ihn bestürzt an. »Sie haben noch Chambolle? Mein Vorrat ist seit vier Wochen leer. Seitdem trinke ich die Cola pur.«

Dummerweise verstand KPD diese ausnahmsweise

gewollt proletarische Anspielung nicht. Dabei war ich mir nicht einmal sicher, ob Chambolle überhaupt ein Wein war.

Jetzt standen wir vor einer massiven Metalltür. Sie sah aus, als würde sie zu einem Heizungsraum führen, allerdings schien das zugehörige Tastenbedienfeld an der Wand irgendwie deplatziert.

»An dieser Tür ist ja weder ein Türgriff noch ein Schlüsselloch vorhanden«, bemerkte sogar unser neuer Vorgesetzter. »Wissen Sie, was das ist, Herr Palzki?«

»Hm, schwierig zu sagen, vielleicht eine Zugangskontrolle?«

»Dass dies eine Zugangskontrolle ist, weiß ich selbst«, blökte KPD zurück. »Aber warum ist die hier in diesem Keller?«

Eigentlich wollte ich KPD belehren, dass die Fragewörter ›was‹ und ›warum‹ durchaus unterschiedliche Antworten erzielen konnten, doch ich ließ es sein. Er würde es sowieso nicht verstehen.

»In diesem Raum sind Jacques' Erfindungen gelagert.«

»Und wie kommen wir hinein?«

»Indem wir die Zugangskontrolle aktivieren?«, schlug ich zaghaft vor.

»Ja, natürlich, Palzki. Ich bin nicht blöd. Haben Sie etwa den Code?«

Jetzt noch ein böses Wortspiel und KPD würde vollkommen abdrehen. Alles zu seiner Zeit, dachte ich mir insgeheim und sagte: »So schwierig wird das nicht sein. Es stehen nur zehn Ziffern zur Auswahl.«

Ich näherte mich dem Bedienfeld und erkannte, dass die Frontplatte beschädigt war. »Da hat jemand Gewalt angewendet.«

Das Bedienfeld war in der linken oberen Ecke leicht aus der Halterung gebogen. Durch den Spalt konnte ich im Innern ein paar farbige Drähte erkennen.

KPD trat ebenfalls näher. »So, wie dieses Teil hier aussieht, wird es nicht mehr funktionieren. Holen Sie unsere Experten, damit sie die verdammte Tür endlich öffnen.«

Ich ignorierte meinen Chef und gab ein paar Ziffern über die Tastatur ein. Sofort sprang die Tür lautlos auf.

KPD stand mit offenem Mund da und starrte mich fassungslos an. »Haben Sie den Code von Herrn Bosco?«

»Nein, ich habe ein paar Ziffern gedrückt und die Tür ging auf.« Dass es sich um das Geburtsdatum von Jacques' Frau handelte, brauchte er nicht zu wissen.

»Diese Tastatur ist bestimmt defekt. Gehen wir rein.«

Am liebsten hätte ich ihn im Keller eingesperrt, damit er spürte, dass die Zugangskontrolle keineswegs defekt war. Ich ließ von diesem Vorhaben ab, da man ihn vermutlich sowieso rechtzeitig finden würde.

Ich schaltete das Deckenlicht ein und sofort flammte eine Armada von Leuchtstoffröhren auf, die den Raum in ein schattenloses Licht tauchten. Mir war klar, dass der Einbrecher sich an der Tastatur zu schaffen gemacht hatte. Ob er sich Zugang zu diesem Raum verschaffen hatte können oder erfolglos geblieben war, wusste ich hingegen nicht.

Drei Seiten des etwa 20 Quadratmeter großen Raums waren mit deckenhohen Metallregalen gefüllt, an der vierten Wand stand ein alter Holzschrank, vermutlich aus Massivholz. Zudem standen mehrere sichtlich gebrauchte Tische im Zimmer verteilt. Keiner war wie der andere; sie sahen aus, als hätte man sie vom Sperrmüll geholt. Jeder Tisch und sämtliche Regale waren fast bis zum letzten Quadratzentimeter von Gegenständen aller Art belagert. Es war unmöglich, hier ein System zu erkennen.

»Was ist das?«, rief KPD aus. »War Ihr Freund ein Messie? Das ist doch alles Sperrmüll!« Angewidert hielt er einen gelben Sack hoch, der in Schifferstadt und dem Landkreis für die Sammlung von Leichtstoffabfällen diente.

Ich nahm ihm den Sack ab und legte ihn wieder auf den Tisch. »Für Sie ist das nur ein billiger Wertstoffsack. Für Jacques war es eine seiner größten Erfindungen. Im Auftrag der Raumfahrtforschung hat er eine Folie entwickelt, die nur drei Moleküle dick ist. Mit einem Kilogramm dieser Folie könnte man theoretisch ganz Europa abdecken. Und was haben die Auftraggeber aus dieser sensationellen Erfindung gemacht? Sie haben das Patent an den ›Grünen Punkt‹ verkauft und die produzieren seitdem diese minderwertigen Wertstoffsäcke. Jacques hat die Folie niemals entwickelt, um darin etwas transportieren zu können, dazu ist sie viel zu schwach und überhaupt nicht geeignet. Aber glauben Sie mir, der

Hersteller der Säcke macht damit einen Riesengewinn. Sein Materialeinsatz tendiert gegen null und die Verbraucher leiden zu Hause unter der Schweinerei, weil die Säcke nicht stabil genug sind!«

»So viel habe ich Sie noch nie am Stück reden hören, Herr Palzki. Es mag ja sein, dass dieser Sack eine große Erfindung ist …»

»Nein, nicht dieser Sack, nur die Folie«, unterbrach ich ihn.

»Von mir aus, ganz wie Sie meinen. Trotz allem war unserem Einbrecher diese Folie anscheinend nicht so wichtig, dass er sie hätte mitgehen lassen.«

Ich hatte mich wieder unter Kontrolle und begann, die einzelnen Gegenstände zuzuordnen. Natürlich kannte ich nur die wenigsten von Jacques Erfindungen. Das meiste hier war mir genauso unbekannt wie Jutta und KPD. Ich vertraute darauf, eine Lücke zu finden, in der bis vor Kurzem noch etwas gelegen hatte. Normalerweise wäre das ein Job für die Spurensicherer gewesen, aber auch anhand der Staubschicht war es nicht allzu schwierig, Hinweise auf fehlende Gegenstände zu finden. Auch wenn damit immer noch nicht geklärt war, worum es sich handelte, wüsste man zumindest, dass etwas verschwunden war.

»Was ist das?«

Ich drehte mich um. Schon wieder hatte KPD etwas vom Tisch genommen. Dort brauchte ich also erst gar nicht mehr weiterzusuchen.

»Das ist ein Kugelschreiber«, gab ich ihm zur Antwort.

»Aha, ein Kugelschreiber. Herr Bosco hat also auch den Kugelschreiber erfunden, sehe ich das richtig?«

»Nein, hat er nicht.«

»Und warum liegt er sonst hier herum?«

»Weil es sich um eine Waffe handelt.«

»Eine Waffe? Ist das ein Witz?«

»Nein, es ist kein Witz. Die Spitze ist mit einem Kontaktgift kontaminiert. Sobald Sie damit in Berührung kommen, freuen sich Ihre Erben über einen exquisiten Leichenschmaus.«

KPD glaubte mir die eben erfundene Geschichte und erschrak fast zu Tode. Panisch warf er den Stift auf den Tisch und wischte sich die Hände an seiner Hose ab.

»Gibt es hier noch mehr solcher gefährlichen Dinge? Sollen wir nicht besser die Gefahrenabwehr anrücken lassen?«

»Nein, die brauchen wir nicht. Ich kenne diese Sachen. Am besten, Sie lassen alles liegen und begnügen sich damit, mir zuzuschauen.«

Jutta grinste. Seit wir in den Keller gegangen waren, hatte sie kein einziges Wort mehr gesagt. »Kann *ich* dir wenigstens helfen, Reiner? Soll ich mal diesen Schrank untersuchen?«

»Ja, klar, mach das. Pass aber auf, Jacques hat mit Ratten experimentiert.«

Jutta konnte ich so leicht nicht reinlegen, sie war meine Späße mittlerweile gewohnt. Zielstrebig öffnete sie die quietschende Tür.

»Boah, stinkt es hier drin nach Qualm. Was kann das bloß sein?«

»Qualm? Lass mal riechen.« Schlagartig wurde mit klar, was hier nicht stimmte. Schon draußen im Kellervorraum war mir aufgefallen, dass etwas anders war als sonst. Ich trat neben Jutta, atmete die übel riechende Luft ein und unterdrückte mühevoll ein Husten. »Da haben wir den Beweis. Draußen im Flur stinkt es genauso, nur schwächer als hier.«

»Würden Sie mich freundlicherweise aufklären, Herr Palzki? Was hat es mit diesem Tabakrauch auf sich?«, wollte KPD wissen.

»Hier unten stinkt es nach Tabakqualm, dabei war Jacques überzeugter Nichtraucher.«

»Sie meinen, der Einbrecher hat geraucht? Das spricht eindeutig für meine Theorie, das ein unvorsichtiger Gelegenheitsdieb am Werk war.«

»Oder ein erstklassiger Profi, der über Leichen geht!«

»Über Leichen geht? Wollen Sie damit andeuten, dass …«

»Ja, genau. Ich bin mir inzwischen sicher, dass Jacques nicht durch einen Unfall ums Leben gekommen ist.«

»Schaut mal, was ich gefunden habe«, unterbrach uns Jutta. Sie hatte sich unter einen der Tische gebückt und einen kleinen Gegenstand aufgehoben. Jetzt erst bemerkte ich, dass sie Einweghandschuhe trug. Im Grunde eine sehr vernünftige Idee. Eigentlich hatte ich auch immer ein Paar griffbereit in meinem Einsatzkoffer, doch meist dachte ich nicht daran, sie zu verwenden. Da auch mein Vorgesetzter kein Freund von Handschuhen zu sein schien, ließ ich meine Beobachtung unkommentiert.

»Was ist das? Ein Joint?«, fragte Jutta.

Nein, so hatte ich die Dinger nicht in Erinnerung. Zugegeben, ich hatte noch nie einen geraucht. Nachdem es mir bei meinen ersten Rauchversuchen mit 14 oder 15 Jahren sterbenselend geworden war, hatte sich das Thema Rauchen bei mir erübrigt. Wie eine gewöhnliche Zigarette mutete dieses Teil dagegen auch nicht an. KPD riss mich aus meinen Überlegungen. »Aha, eindeutig eine Papirossa!«

»Eine was, bitte?«, fragten Jutta und ich im Chor.

»Eine Papirossa. Das ist eine russische Zigarette. Wussten Sie das nicht? Das gehört fast zur Allgemeinbildung. Sehen Sie her, bei der Produktion dieser Zigaretten wird ein langes Pappmundstück gerollt. Der äußere Teil des Röhrchens wird mit Presstabak befüllt, der Rest bleibt leer.« Er genoss sein Wissen. Sichtlich warf er sich in die Brust, als würden wir ihm einen Orden anheften. »Tabak ist eines meiner Fachgebiete. Nur beim Wein kenne ich mich noch besser aus.«

Es war unglaublich. Jutta gab sich alle Mühe, die Zigarette zu bergen, ohne Spuren zu verwischen, doch KPD nahm sie ihr einfach ab und rollte den Glimmstängel zwischen seinen Fingern hin und her.

»Die ist noch komplett, wahrscheinlich ist sie aus der Schachtel gefallen. Denken Sie immer noch, dass es ein Profi war, Palzki?«

Ich überlegte. Ein Russe als Einbrecher? Oder war es jemand, der rein zufällig russische Zigaretten rauchte? Ein Deutscher, ein Franzose oder ein Jamaikaner? Ich ließ die Frage meines Vorgesetzten unbeantwortet.

Nach einiger Zeit brachen wir die Untersuchung ab, da sich keine weiteren Anhaltspunkte dafür fanden, dass dieser rauchende Einbrecher etwas gestohlen hatte. Unsere Vermutung, dass er sich wahrscheinlich bei den Papieren, die im Schrank lagerten, bedient hatte, konnten wir nicht belegen. Allerdings entdeckten wir mehrere Aschehäufchen auf den obersten Dokumenten im Schrank. In diesem alten Holzschrank hatte Jacques sämtliche Patente und Beschreibungen seiner Erfindungen abgelegt. Alles war ein chaotisches und unsystematisches Durcheinander. Ich konnte mir nicht vorstellen, dass mein Freund hier den Überblick behalten hatte.

»Nach Sachlage der Dinge sieht es für mich so aus, als hätte unser Einbrecher in den schriftlichen Unterlagen gewühlt«, fasste Jutta unsere Erkenntnisse zusammen, als wir bereits wieder oben im Hausflur standen. »Die Asche und der Rauch, der aus dem Schrank kam, könnten darauf hindeuten.«

»Gut kombiniert, Frau Wagner«, lobte sie KPD. »Das hilft uns allerdings nicht wirklich weiter. Es dürfte unmöglich sein festzustellen, ob der Einbrecher Unterlagen mitgenommen hat. Damit sind wir genauso schlau wie zuvor.«

»Nicht ganz«, fiel ich ihm ins Wort. »Durch diesen Einbruch bewerte ich die Explosion ganz anders. Deshalb werde ich noch einmal ein Team hierherschicken, um eine Fremdeinwirkung absolut auszuschließen, wenn Sie nichts dagegen haben.«

»Tun Sie, was Sie nicht lassen können, Herr Palzki.

Halten Sie mich auf dem Laufenden. Kommen Sie, Frau Wagner? Wir fahren zurück zur Inspektion, dort diktiere ich Ihnen den Bericht.«

Jutta blieb erstaunlich gelassen, als sie sich von mir verabschiedete. »Bis nachher, Reiner. Kommst du noch auf einen Sprung vorbei oder wird deine Frau dann sauer?«

»So viel Entscheidungsfreiheit habe ich noch, Jutta. Natürlich sehen wir uns gleich auf der Dienststelle. Auch wenn es nur kurz ist.«

Ich fuhr nicht sofort los, sondern wartete ab, damit es nicht den Anschein erweckte, als würde ich Jutta und KPD nacheilen. Ungeduldig stand ich im Hof herum, als mich Jacques' Nachbar entdeckte. Sein Name fiel mir nicht ein, doch er erkannte mich.

»Hallo, Herr Palzki«, winkte der grauhaarige Mann, als er mit einem lila Jogginganzug bekleidet auf mich zukam. »Gut, dass ich Sie treffe.«

»Guten Tag«, erwiderte ich. »Hat Ihr Haus auch etwas von der Explosion abbekommen?«

»Nicht der Rede wert. Von unserem Nebengebäude sind ein paar Ziegel heruntergefallen und der Garten ist etwas verdreckt, also nichts Dramatisches. Die Fensterscheiben sind alle heil.«

»Das freut mich für Sie. Sie kannten Herrn Bosco ja auch schon länger. Wie kamen Sie mit ihm aus?«

»Mit Jacques? Hervorragend. Wir waren seit dem ersten Tag seines Einzugs per du. Er war ein sehr angenehmer Nachbar. Gut, meine Frau hatte manchmal Bedenken, dass wegen seiner Experimente irgendetwas passieren könnte. Trotzdem hat uns diese Explosion sehr erschreckt. Meine Frau hatte sogar einen kleinen Schock.«

»Das tut mir leid, hoffentlich geht es ihr bald wieder besser.«

Er winkte ab. »Kein Problem. Die hat eine gute Gesundheit. Sie war früher einmal südwestdeutsche Meisterin im Frauenringen.«

Ich hatte im Moment wirklich keine Lust, mich auf einen Small Talk einzulassen und wollte mich gerade verabschieden, als mich die nächste Bemerkung aufhorchen ließ.

»Ja, das mit Jacques ist wirklich tragisch. Gerade jetzt, wo er wieder ein bisschen die Umwelt wahrnahm und öfter mal ausging. Die ganzen Jahre lebte er ja wie ein Eremit.«

»Wie bitte? Was haben Sie da gesagt? Jacques ging aus?«

»Ja. Seit ein paar Monaten war das so. Manchmal war er zwei, drei Tage am Stück verschwunden.«

»Wissen Sie, wo er hinging? Hat er sich mit Ihnen darüber unterhalten?«

Der Mann schüttelte den Kopf. »Nein, er bat mich nur, seine Zeitung aus dem Briefkasten zu nehmen. Ich vermute, dass er einen bislang unbekannten Verwandten ausfindig gemacht hatte. Jedenfalls ist er in letzter Zeit viel fröhlicher und viel offener gewesen. Er diskutierte mit mir sogar über das Wetter.«

»Hat er Ihnen nie gesagt, wo er hingefahren ist?«

»Einmal habe ich ihn gefragt. Da hat er nur gelacht

und gesagt, er gehe jetzt die Welt retten. Anschließend ist er in seinen Wagen gestiegen und war weg.«

Jacques' Auto. Warum war ich da nicht früher draufgekommen? Sein Ford Taunus 12M stammte aus den 60er-Jahren und war trotzdem so gut wie neu. Ich vermutete, dass der Wagen äußerst selten außerhalb Schifferstadts gefahren worden war. Aber Jacques hatte darauf bestanden, einen eigenen Pkw zu besitzen, auch wenn in manchem Jahr seine einzige Fahrt die zum TÜV gewesen war. Ich blickte die Straße entlang; nirgendwo konnte ich den Ford entdecken.

»Wann haben Sie das letzte Mal Jacques' Wagen gesehen?«, fragte ich den Nachbar.

»Zwei Tage vor der Explosion. Da ist er wieder mal weggefahren. Vorher hat er sich bei mir verabschiedet. Und als seine Werkstatt explodierte, wusste ich gar nicht, dass er wieder hier war. Vielleicht kam er gerade erst zurück? Doch, wo Sie mich jetzt wegen des Wagens ansprechen, finde ich es in der Tat merkwürdig. Warum sollte er ohne seinen 12M zurückkommen?«

Eine gute Frage, auf die ich auch keine Antwort wusste. Ich gab dem Nachbarn meine Visitenkarte und bat ihn, mich sofort anzurufen, wenn ihm noch irgendetwas einfallen sollte. Jetzt hatte ich es eilig. Es musste sofort eine Fahndung nach Jacques' Wagen eingeleitet werden.

Im Waldspitzweg angekommen, lief ich wieder einmal unserem Hausmeister, Heribert Mertens, über den Weg. Er trug zwei klobige Metallkisten, die ich als die Handtrockner aus unseren Toiletten identifizierte.

»Na, bekommen wir endlich mal stärkere Geräte? Die Dinger haben ja noch nie etwas getaugt.«

Mertens schaute mich böse an. »Ich glaube, Sie verkennen die Lage immer noch, Herr Palzki. Die Handtrockner kommen weg, ersatzlos gestrichen. Anordnung von oben, weil jeden Tag, wenn jeder täglich viermal die Toilette aufsucht, zwei Kilowattstunden Strom verbraucht werden. Diese zwei Kilowattstunden pro Tag hat unser lieber Prüfer auf 100 Jahre überschlagen und als anrechenbares Energiesparpotenzial bewertet. Sagen Sie mal, Herr Palzki. Kriegt der Provision?«

»Das kann gut sein, Herr Mertens. Nehmen Sie es locker, vielleicht teilt er die Provision mit Ihnen.«

Welch Wunder! Jutta war allein in ihrem Büro. Sie hatte einen Ohrstöpsel im Ohr und schrieb.

»Pass auf, dass dich KPD nicht beim Musikhören erwischt«, rief ich ihr zu. Jutta zuckte zusammen und schaltete das Gerät auf ihrem Schreibtisch aus. »Von wegen Musik, das ist ein Diktiergerät. KPD hat bereits im Auto diktiert und ich darf diesen Schwachsinn jetzt abtippen. Jedes dritte Wort ist ein ›Äh‹, und diese dauernden Korrekturen! Das musst du dir anhören. Solch ein Kauderwelsch ist mir noch nie untergekommen.«

»Oh, ich sehe, du bist gerade im Stress, da will ich nicht lange stören, ich muss sowieso heim. Könntest du trotzdem zwei Dinge an Jürgen weitergeben? Zum Ersten gibt es im Holiday Park einen Igor Pawlow. Er ist einer der Mitarbeiter. Jürgen soll ihn mal durchleuchten, er wurde von Bernhardus vor ein paar Tagen mehrfach nachts im Park überrascht. Zum Zweiten hat Jacques einen Wagen, einen Ford Taunus, das genaue Kennzeichen weiß ich leider nicht. Auf jeden Fall muss eine Fahndung raus, denn das Auto ist verschwunden.«

Jutta nickte, während sie sich eifrig Notizen machte. »Denkst du, dass die beiden Morde in Haßloch und Speyer mit Jacques' Tod in Verbindung stehen?«

»Auf jeden Fall, Jutta. Ich bin fest davon überzeugt, dass Jacques Bosco ebenfalls ermordet wurde.«

Juttas Telefon klingelte.

»Wagner, Kriminalinspektion Schifferstadt.«

Ich versuchte herauszubekommen, mit wem meine Kollegin telefonierte. Doch den einzigen vollständigen Satz, den sie von sich gab, bevor sie auflegte, war: ›In Ordnung, wir schicken Ihnen gleich jemanden vorbei‹.

»Wer war das?«

»Schleicher vom Holiday Park. Seine Angestellten haben gerade festgestellt, dass dort in der letzten Nacht eingebrochen wurde. Ich schicke ihnen Jürgen.«

»Ne, Jutta, das kannst du nicht machen. Jürgen ist ja noch ungeschickter als KPD.«

»Der kannte immerhin die Zigarettenmarke.«

»Sag mal, seit wann verteidigst du deinen Chef?«

»Ist schon gut, Reiner. Dann ordne ich eben ein paar Kollegen vom Kommissariat Einbruch ab.«

Selten hatte ich so mit mir gekämpft wie in diesem Augenblick. Auf der einen Seite wusste ich, dass ich sofort zu Stefanie fahren musste, bevor alles zu spät war und unsere Beziehung endgültig den Bach hinunterging. Auf der anderen Seite wollte ich alles tun, um Jacques' Tod aufzuklären. Mein Gefühl sagte mir, dass dieser Einbruch etwas damit zu tun hatte.

»Ich mache das selbst«, sagte ich, immer noch mit mir hadernd, zu Jutta. »Würdest du mal wieder bei Stefanie anrufen und deinen Charme spielen lassen?«

»Reiner, willst du dir das wirklich antun? Stefanies Geduld wird nicht grenzenlos sein.«

»Verdammt, ich weiß. Aber es geht schließlich um den Tod von Jacques. Sie selbst hat zu mir gesagt, dass wir uns, was ihn angeht, um alles kümmern. Und in meinen Augen gehört diese Geschichte zweifelsfrei dazu. Sag ihr bitte, dass ich danach sofort heimkommen werde.«

»In Ordnung, also mach, dass du fortkommst. Übrigens, der Park ist ab heute wieder geöffnet. Der Einbruch wurde erst so spät entdeckt, weil er im nicht öffentlichen Parkteil begangen wurde. Näheres wird man dir vor Ort zeigen. Ich schicke dir auch gleich die Spurensicherung nach, sodass du alles mit denen koordinieren kannst und nicht so lange bleiben musst.«

Ich bedankte mich bei ihr und verschwand mit der Zusage, KPD direkt nach dem Termin von unseren personellen Engpässen wegen Krankheit und Urlaubs zu berichten und mich nicht von ihm unterbrechen zu lassen.

Hunger. Ich musste etwas gegen mein Hungergefühl tun. Heute Morgen hatte ich nur schnell ein Vollkornbrot mit Käse verschlungen. Ich beschloss, über Speyer zum Park zu fahren. Ein kleiner Umweg innerhalb der Ortschaft dürfte drin sein. Zehn Minuten später hielt ich vor dem Kultimbiss ›Curry-Sau‹ an und bestellte mir eine Portion Pommes mit Mayo und einen Cheeseburger dazu. Die ›Curry-Sau‹ gab es seit 50 Jahren; die Mayonnaise und die Cheeseburgersoße wurden seit eh und je nach eigenem Rezept hergestellt. Beides schmeckte einfach genial. Leider machte ich jedes Mal den Fehler, zu viel davon zu essen. Mein Magen revanchierte sich mit Sodbrennen. Aufgrund des Zeitmangels fiel meine heutige Portion ausnahmsweise klein aus. Ich spülte sie mit einer Flasche Cola light hinunter und fuhr weiter. Auch wenn ich mich mit Kalorienzählerei noch nie beschäftigt hatte, bildete ich mir stets selbstbetrügerisch ein, mit Cola light einen kleinen Beitrag zu meiner gesunden Ernährung zu leisten.

Der Parkplatzwächter kannte mich noch von meinem letzten Besuch und informierte mich sogleich, dass mich Herr Schleicher in der Verwaltung erwartete. Ich wollte mich gerade auf den Weg machen, da sah ich aus Richtung des Parks den Pressesprecher auf mich zurennen.

»Tag, Herr Palzki. Gut, dass Sie so schnell da sind.«

»Tag, Herr … äh.« Peinlich, peinlich, ich hatte mir seinen Namen immer noch nicht gemerkt.

Glücklicherweise lächelte er nur gütig, wiederholte seinen Namen, den ich wieder nicht verstand, und sagte: »Gehen wir mal nachschauen, ob Herr

Schleicher in seinem Büro ist. Kommen Sie am besten gleich mit.«

Wir nahmen den linken Eingang. Der Verwaltungstrakt erschien nicht nur äußerlich wie eine Vielzahl nebeneinandergestellter Bürocontainer, auch von innen wirkte alles eher schlicht und kahl. Der Pressesprecher schien meine Gedanken zu erahnen. »Jeder wundert sich, wenn er zum ersten Mal hierherkommt. Herr Schleicher sagt immer, dass er lieber in den Park anstatt in eine luxuriöse Ausstattung der Verwaltungsgebäude investiert.« Er klopfte an eine Tür und sofort ertönte ein schnarrendes ›Herein‹.

Herr Schleicher saß an einem einfachen Schreibtisch und studierte Akten. An der Wand gegenüber der Tür befand sich ein großes Panoramafenster. Einer der Hauptwege des Parks führte in etwa fünf Metern Entfernung, etwas durch Büsche und Stauden verdeckt, hier vorbei. Durch die große Fensterfront konnte der Parkdirektor, wenn er von seinem Platz aus nach rechts schaute, das Treiben im Park gut beobachten.

»Hallo, Herr Palzki, es freut mich, dass Sie persönlich vorbeikommen.« Er stand auf und schüttelte mir kräftig die Hand. »Denken Sie, dass dieser Einbruch etwas mit unserem toten Gärtnermeister zu tun hat? Und wie ich in der Zeitung gelesen habe, gab es gestern eine weitere Leiche in Speyer. Es war nur eine relativ kurze Meldung, gibt es da eine Nachrichtensperre?«

Der Parkchef hatte recht. Mein spezieller Freund, der Staatsanwalt, hatte allen sofort einen Maulkorb verpasst. Und das nur, weil er sich mal wieder wichtig machen wollte. In dieser Hinsicht hatten Borgia und KPD viele Gemeinsamkeiten.

»In der Tat gab es gestern ein weiteres Kapitalverbrechen. Leider darf ich Ihnen darüber im Moment keine Auskunft geben. Wir stehen erst am Anfang unserer Ermittlungen. Ob der Tote im Park mit dem Speyrer Fall etwas zu tun hat, müssen wir noch überprüfen.«

Für mich stand ein Zusammenhang zwar zweifelsfrei fest, doch das brauchten Herr Schleicher und sein Pressesprecher nicht zu wissen. »Zum Thema Einbruch kann ich Ihnen noch weniger sagen, ich bin ja gerade eben erst angekommen.«

»Verzeihen Sie, dass ich Sie so überfallen habe, Herr Palzki. Wir sind im Moment alle etwas nervös. Erst der Tote, jetzt der Einbruch. Vielleicht schauen Sie es sich erst einmal selbst an. Eben wurde mir übrigens mitgeteilt, dass ein Spezialteam der Polizei eingetroffen ist. Wahrscheinlich sind die schon bei der Arbeit.«

»Ja, Herr Schleicher, ich war gerade dort«, unterbrach ihn der Pressesprecher aufgeregt.

»Na, dann kommen Sie mal mit.« Der Parkchef stand auf und trat aus dem Verwaltungsgebäude hinaus. Sein Pressesprecher und ich folgten. Eigentlich hatte ich erwartet, dass Herr Schleicher nach rechts, Richtung Park, abbiegen würde, aber er ging in die entgegengesetzte Richtung. Rechts befand sich hinter einem hohen Zaun der Parkplatz der Verwaltung, links von uns standen ein paar Nebengebäude. Herr Schleicher bog wieder links ab und ging direkt auf zwei oder drei riesige Hallen unterschiedlicher Bauart zu.

»Das sind unsere Werkstätten und die Lager«, erklärte mir der Pressesprecher.

Schließlich standen wir vor einer großen Blechhalle mit Tonnendach, die mich an einen Flugzeughangar erinnerte. Die beiden großen Flügeltore standen weit offen und wir konnten das Innere der Halle sehen. In der vorderen Hälfte standen kuriose Fahrzeuge, wie ich sie noch nie zuvor gesehen hatte. Die hintere Hälfte war durch halbhohe Wände aus Sichtmauerwerk abgetrennt. Zwei Türen führten in diesen Bereich.

»Erschrecken Sie nicht wegen unseres Fuhrparks, Herr Palzki. Den brauchen wir morgen Abend wieder für die Halloween-Parade. Eine halbe Stunde vor der erweiterten Parkschließung, um 20 Uhr, geht es bei uns am Samstagabend zu dieser Jahreszeit immer richtig gruselig zu. Die Paraden haben sich zu einem richtigen Highlight entwickelt und zahlreiche Karnevalsvereine melden sich an, um teilnehmen zu dürfen.«

Es waren wirklich skurrile Fahrzeuge, die ich da sah. Auf einem befand sich ein Grab nebst Sarg, andere waren mit nicht deutbaren Gruseleien und vielen Kürbissen dekoriert. Ich hatte keine Zeit, mir alles ausführlicher anzuschauen, denn Herr Schleicher und der Pressesprecher eilten durch die Vorhalle auf die beiden Türen zu, die in den hinteren Hallenbereich führten. In diesem Moment öffnete sich eine der Türen und ein Spurensicherer im weißen Overall trat ein.

Ich grüßte ihn und fragte, ob wir den Tatort betreten könnten.

»Warten Sie besser ab. Wir haben noch viel Arbeit vor

uns. Wenn ich es nicht besser wüsste, würde ich sagen, jemand hat eine Handgranate hineingeworfen.«

»Und was ist wirklich passiert?«

»Jemand hat gewütet. Richtig ausgerastet muss der sein. Alles wurde kurz und klein geschlagen.«

»Würden Sie mir sagen, wofür die Räume üblicherweise genutzt werden?«

»Woher soll ich das wissen? Vielleicht fragen Sie jemanden, der hier arbeitet. Es könnte ein Labor oder eine Werkstatt gewesen sein.« Mit diesen Worten ließ er mich stehen und verschwand hinter der rechten Tür.

Herr Schleicher und sein Pressesprecher hatten sich währenddessen flüsternd unterhalten. Ich unterbrach sie.

»Würden Sie mir freundlicherweise sagen, was sich in diesen Räumen verbirgt, beziehungsweise verbarg?«

»Ja, natürlich, Herr Palzki, Herr Schleicher hat mir gerade zugesichert, dass er Sie mit allen zur Verfügung stehenden Mitteln unterstützen wird, damit Sie die ungeheuren Taten schnellstmöglich aufklären können. Also, in diesen beiden Räumen befand sich unsere Experimentierecke oder auch Versuchsstation genannt.«

»Sie haben hier eine Versuchsstation? Wie soll ich das verstehen?«

»Keine Angst, sie ist völlig harmlos. Hier experimentieren wir an neuen Effekten oder bauen zum Beispiel die Prototypen der Figuren von der Geisterbahn der Burg Falkenstein. Das sind ja alles Einzelfertigungen, die man in keinem Geschäft kaufen kann.«

»Haben Sie zurzeit an etwas gebastelt, das besonders wertvoll war? Konnten Sie feststellen, ob etwas fehlt?«

»Wertvoll? Nein, Herr Palzki, die Halle wird ja noch nicht einmal abgeschlossen. Da kann tagsüber im Prinzip jeder rein. Hier gibt es keine Geheimnisse. In unserer Experimentierecke arbeiten alle gemeinsam: Elektriker, Schreiner, Schlosser, Schneider und so weiter. Im Moment gibt es hier keine Neuentwicklungen oder sonstige Versuche. Das Saisonende naht, wir bereiten alles für die Winterpause vor. Experimentiert wird erst wieder ab Januar.«

»Und wofür nutzen Sie den Raum derzeit?«

»Für alles Mögliche. Ausrangierte Puppen werden hier aufbewahrt, Gestelle, Apparaturen, die nicht mehr benötigt werden. Es sieht in den beiden Räumen immer ein wenig chaotisch aus. Deshalb wird es sehr schwierig sein, festzustellen, ob etwas fehlt. Zu viele Menschen haben hier Zugang.«

»Ein hoher Schaden ist Ihnen also vermutlich nicht entstanden?«

»Ich denke nicht. Es wird aber eine Weile dauern, bis wir alle Mitarbeiter befragt haben. Ich habe jemanden beauftragt, der alle infrage kommenden Personen ausfindig macht, die hier in den letzten beiden Wochen zu tun hatten. Ich denke da allerdings nicht an meine Mitarbeiter. Warum sollte ein Park-Angestellter hier alles kurz und klein schlagen?«

»Die Nachtwächter haben von all dem nichts mitgekriegt?«, fragte ich.

»Nein, der Einbruch wurde erst vor einer guten Stunde zufällig entdeckt. Gestern Nachmittag war noch einer der Schlosser in den Räumen, genauer können wir den Zeitraum bisher noch nicht eingrenzen. Die Nachtwächter haben wir bereits befragt, doch die schauen bei ihren Rundgängen, solange es keine Verdachtsmomente gibt, nicht in die Hallen rein. Und ihre Hunde haben in der vergangenen Nacht nicht angeschlagen.«

»Gibt es entlassene oder unzufriedene Mitarbeiter, denen man so etwas zutrauen könnte?«

»Unzufriedene Mitarbeiter? Ich bitte Sie, Herr Palzki. Laufen Sie ohne mich durch den Park, fragen Sie jeden Angestellten nach seiner Meinung. Ich denke, damit hat sich Ihre Frage erübrigt.«

»Also gut, im Moment kommen wir hier offensichtlich nicht weiter. Die Spurensicherung wird noch eine Weile brauchen und von Ihnen bekomme ich später eine Liste mit allen Personen, die Zugang zu dieser Halle hatten.«

»Zugang hatte hier fast jeder, Herr Palzki. Sie bekommen eine Liste der Personen, die nach eigenen Angaben in der letzten Zeit in der Halle gearbeitet haben. Dies dürften einige sein.«

»Also gut, dann bräuchte ich noch Informationen über den Schlosser, der zuletzt in den Räumen tätig war.«

»Bekommen Sie, Herr Palzki. Außerdem gibt es da noch etwas, das Sie vielleicht interessieren könnte.«

Ich horchte auf. »Und das wäre?«

»Herr Brezano ist verschwunden.«

»Herr Brezano, der Kleinwüchsige? Seit wann?«

»Seit heute Morgen, vermuten wir. Gestern wurde er aus der Untersuchungshaft entlassen, kam sofort zu uns in den Park zurück und hat sich gleich wieder an die Arbeit gemacht. Nach Feierabend hat ihn allerdings niemand mehr gesehen und heute Morgen ist er nicht erschienen. Krankgemeldet hat er sich nicht, das haben wir schon geklärt.«

»Würden Sie mir bitte seine Adresse geben? Wir werden der Sache auf den Grund gehen. Das kann alles oder nichts bedeuten.«

Wir gingen zurück zum Verwaltungstrakt. Der Pressesprecher verabschiedete sich von mir, da er nach seiner eigenen Aussage dringende Erledigungen zu machen hatte. Herr Schleicher führte mich in ein Sekretariatsbüro, das im Gegensatz zu seinem eigenen Raum mit zahlreichen Pflanzen verschönert war. Mehrere Kunstdrucke von August Macke hingen an den Wänden. Dessen Bilder waren so ziemlich die einzigen, die ich mehr oder weniger auf Anhieb erkannte. Den Grund behielt ich immer gerne für mich.

»Frau Schönfeldt, wären Sie so freundlich, mir die Adresse und die Telefonnummer von Herrn Brezano aufzuschreiben?«, bat er seine Sekretärin.

»Da ist sie. Wir haben selbstverständlich bereits angerufen. Es hat aber niemand abgehoben.«

»Herr Brezano wohnt allein«, ergänzte der Parkdirektor und reichte mir das Papier weiter.

Ich studierte den Namen und die Haßlocher Adresse. »Entschuldigung, hier muss eine Verwechslung vorliegen. Hier steht die Adresse eines gewissen Peter Müller.«

Herr Schleicher und seine Sekretärin lachten. »Brezano ist nur sein Künstlername. Er hat sich im Park mittlerweile jedoch so eingebürgert, dass nur die wenigsten seinen richtigen Namen kennen.«

»Ach so, darauf hätte ich selbst kommen können, das hat mir dieser Nachtwächter bereits gesagt.« Mit einem betont auffälligen Blick auf meine Uhr sagte ich: »Leider muss ich mich jetzt verabschieden. Wir haben sehr viel zu tun. Bei Mordfällen versprechen die ersten drei bis vier Tage am meisten Erfolg. Und wenn gleich mehrere schwere Delikte innerhalb kurzer Zeit verübt werden, steht unsere Abteilung ziemlich unter Druck. Wir haben zwar genügend Personal zur Verfügung, es muss jedoch auch alles koordiniert werden. Normalerweise wäre für einen Einbruch eine andere Abteilung zuständig, ich bin heute quasi nur als Vertretung hier«, log ich, ohne rot zu werden. Dass der Verdacht bestand, die Sache könnte mit dem Mordfall in Verbindung stehen, wollte ich ihm nicht verraten.

»Heißt das, der Einbruch wird bei Ihnen erst einmal zu den Akten gelegt?«

»Nein, bitte verstehen Sie mich nicht falsch, selbstverständlich wird alles mit der gewohnten Präzision untersucht. Dazu müssen wir zunächst feststellen, was gestohlen wurde, beziehungsweise, warum jemand derart ausgerastet ist.«

»Ich verstehe, Herr Palzki. Das ist für mich im Moment alles etwas viel. Zuerst der Tod meines, äh, ich meine natürlich unseres Freundes Jacques, die Ermordung von Wolf Bernhardus, das Verschwinden von Herrn Brezano und nun der Einbruch.«

In diesem Moment hatte ich eine Erleuchtung. »Da fällt mir gerade etwas ein. Hat Jacques diese Versuchsstation auch benutzt?«

»Jacques, hier im Park? Nein, da muss ich Sie enttäuschen. Er lebte ja wie ein Einsiedler. In letzter Zeit hatte ich keinen Kontakt zu ihm.«

»Schade, ich habe gehört, er sei in den letzten Wochen wieder aktiver geworden und habe sogar mehrtägige Reisen unternommen.«

Herr Schleicher war fassungslos. »So kannte ich ihn gar nicht. Tut mir leid, da kann ich Ihnen nicht weiterhelfen. In der Versuchsstation war er jedenfalls nicht. Er hatte zu Hause ohnehin ganz andere Möglichkeiten als bei uns.«

Das war wohl nichts. Meine Überlegungen gingen offensichtlich in die falsche Richtung. Trotzdem musste ich herausfinden, wo der Erfinder in letzter Zeit hingefahren war. So könnte das Rätsel gelöst werden.

Ich verabschiedete mich mit der Bemerkung, dass sich baldmöglichst wieder jemand melden würde. Dabei dachte ich an Stefanie. Baldmöglichst war ein ziemlich dehnbarer Begriff und die Zeit spielte gegen mich.

Die Rennbahnstraße in Haßloch war mir durch meinen letzten Fall bekannt, sie lag fast auf meinem Heimweg. Das Mehrfamilienhaus, in dem der Liliputaner wohnte, machte einen merkwürdigen Eindruck auf mich. Es hatte zwei Eingänge zu jeweils drei übereinanderliegenden Wohnungen und war in Regenbogenfarben gestrichen. Ich parkte direkt vor dem Haus, auf dem für Herrn Brezano reservierten Parkplatz. Der Kleinwüchsige besaß also ein Auto, wahrscheinlich eine Sonderanfertigung. An der linken Haushälfte entdeckte ich seinen Namen an einem überquellenden Briefkasten. Ich zog das Bündel Papier heraus – Postgeheimnis hin oder her – und unterzog es einer flüchtigen Prüfung. Da die Tageszeitungen der letzten beiden Tage darunter waren, war es unwahrscheinlich, Herrn Brezano anzutreffen. Ich drückte den Klingelknopf, unter dem sein Name stand. Nichts passierte. Nach der dritten Wiederholung öffnete sich die Eingangstür und eine ältere Frau mit Einkaufskorb trat heraus.

»Wollen Sie zu Herrn Müller?«, fragte sie mich, und schielte auf die Post.

»Ja, genau. Wissen Sie, ob er da ist?«

»Nein, ist er nicht. Schon seit zwei Tagen nicht mehr. Ich habe keine Ahnung, wo er steckt.«

Sie wollte gerade gehen, als ich eine weitere Frage an sie richtete: »Kann es sein, dass er hier war, ohne von Ihnen bemerkt zu werden?«

»Nein«, sie schüttelte energisch den Kopf. »Das kann nicht sein. Mein Mann oder ich sind immer daheim und das Haus ist sehr hellhörig. Außerdem klemmt seine Eingangstür seit einiger Zeit. Deshalb gibt sie beim Öffnen ein Quietschen von sich. Ich habe ihm mehrfach gesagt, dass er dieses Ding endlich reparieren soll. Er meinte nur, dass er es an den Vermieter weitergegeben hat. Wenn er nachts gekommen wäre, wären mein Mann und ich mit Sicherheit aus dem Bett gefallen.«

Ohne einen Abschiedsgruß eilte sie weiter. Ich stieg wieder in meinen Wagen.

7. INTERNATIONALE VERWICKLUNGEN

Ich weiß, ich hätte nach Hause fahren sollen, wollte aber zuvor noch schnell ein paar unaufschiebbare Aufgaben an Jutta und Jürgen weitergeben. Außerdem wollte ich KPD bezüglich unseres Personalengpasses ansprechen, damit ich den Rest meines Urlaubs mit Stefanie und den Kindern in Ruhe genießen konnte.

Wartend stand ich vor dem sich normalerweise automatisch öffnenden Tor der Inspektion, um endlich auf den Dienstparkplatz fahren zu können, der sich hinter dem lang gezogenen Gebäude befand. Doch das Tor öffnete sich nicht. Auch die Sprechanlage war außer Betrieb. Ich fluchte vor mich hin, bis mir schließlich ein kleines Schild auffiel. Für meine Dioptrienverhältnisse war die Schrift allerdings etwas zu klein geraten, um sie vom Auto aus lesen zu können. Ich stieg aus und entzifferte: ›Bitte das Tor manuell bedienen!‹

Zornig schob ich das mehrere Meter lange und schwere Metalltor, das glücklicherweise auf einer Schiene lief, zur Seite. So ein Schwachsinn, dachte ich mir. Am besten werde ich dem Elektrofuzzi empfehlen, die Hauptsicherungen der Inspektion zu entfernen. So muss er sich nicht mit diesem Kleinkram abgeben.

Meine Kollegin goss gerade ihre Pflanzen auf der Fensterbank. Mir fiel zum ersten Mal auf, dass es hier überhaupt Grünzeug gab. Alles Unwesentliche blendete ich normalerweise aus. Stefanie warf mir manchmal vor, dass dies meine komplette Umgebung betraf.

»Hör auf mit der Wasserverschwendung«, erschreckte ich Jutta, die mir den Rücken zukehrte. »Ich habe eben den Meister getroffen. Bald wird das Wasser rationiert. Jeder bekommt nur noch fünf Liter Wasser am Tag, inklusive Toilettenspülung.«

Jutta erkannte an meinem unterdrückten Grinsen schnell, wie ernst meine Aussage zu nehmen war.

»Du Schlawiner, tu lieber was gegen diesen Typ, anstatt ihn noch auf dumme Gedanken zu bringen!«

Ich setzte mich und schenkte mir aus einer der vier großen Kaffeekannen ein, die auf ihrem Besprechungstisch standen. Der Inhalt lief tiefschwarz und fast zähflüssig in meine Tasse. Es erinnerte mich daran, wie ich vor Jahren einmal in einer Autowerkstatt bei einem Ölwechsel zugesehen hatte. Um dieses heiße Altöl genießbar zu machen, verdünnte ich es mit der gleichen Menge Milch. Da entdeckte ich die Blechschachtel. »Hm, seit wann gibt es bei uns Kekse?«

»Seit KPD ein MMP aufgesetzt hat.«

»Aha.« Ich öffnete die Dose und bediente mich mit beiden Händen gleichzeitig. »Das ist ja toll, und wofür steht MMP noch mal?«

Jutta lachte. »MMP ist das neue Mitarbeitermotivationsprogramm. Kekse für alle. Das soll die Stimmung im Haus heben.«

»Sind die mit Alkohol?«

»Nein, das nicht gerade. Allerdings gönnt sich KPD

eine Ausnahmeregelung. Wir Kekse, er Lachsschnittchen, zweimal täglich frisch.«

»Hoffentlich verschluckt er sich mal so richtig an einer Gräte«, artikulierte ich sehr undeutlich. Der Keksbrei verklebte mir den Gaumen. Nachdem ich meinen Rachenraum mit der Zunge vorgereinigt und die Reste mit dem Kaffee heruntergespült hatte, bat ich meine Kollegin um einen kurzen Bericht.

»Tut mir leid, Reiner, viel haben wir noch nicht herausgefunden. Igor Pawlow arbeitet das erste Jahr in Haßloch. Der Personalleiter des Parks sagte mir, dass er über eine Fremdfirma angestellt ist. Er hat erstklassige internationale Referenzen. So etwas macht natürlich stutzig. Bis wir das genauer recherchiert haben, wird es noch ein Weilchen dauern. Die Fahndung nach Jacques' Wagen läuft ebenfalls …«

»Entschuldige, dass ich dich unterbreche. Leite bitte auch eine Fahndung nach dem Wagen von Brezano ein. Denn der ist ebenfalls verschwunden. Also der Wagen und Brezano selbst. Das Kennzeichen musst du jedoch erst ausfindig machen. Außerdem müsste dringend seine Wohnung in Haßloch durchsucht werden. Er soll eine Waffensammlung besitzen. Würdest du dich bei Borgia um die entsprechende Genehmigung kümmern und alles in die Wege leiten?«

Jutta machte sich ein paar Notizen und fuhr fort: »Mache ich, aber dieser Brezano scheidet als Täter wahrscheinlich aus. Weder bei ihm noch bei den anderen konnten Schmauchspuren an den Händen nachgewiesen werden.«

»Oder der Mörder hat Handschuhe getragen. Diesem Brezano würde ich es allerdings sowieso nicht zutrauen, eine Leiche die Treppe zur GeForce hochzuschleppen.«

»In der Sache Kluwer gibt es noch weniger zu berichten. Die Bücher des Vereins werden zur Stunde geprüft. Allerdings haben wir noch nicht alle Mitglieder verhören können, da sie bisher zum Teil nicht erreichbar waren. Vom Schützen fehlt derzeit jede Spur. Der Zweite Vorsitzende, Gottfried Müller, wohnt übrigens noch immer bei seiner Mutter in einem kleinen Reihenhaus in Germersheim.«

»Danke, Jutta, bleib an diesem Müller dran. Im Prinzip hat er ein Motiv, da er Erster Vorsitzender werden will. Zugegebenermaßen ist das ein schwaches Motiv für einen Mord, trotzdem weiß man nicht, wie sich dieser Konflikt im Laufe der Zeit hochgeschaukelt hat. Auch die Vergangenheit von Hannah Kluwer sollte uns interessieren. Immerhin waren sie und ihr Mann schon ein seltsames Paar. Und wenn wir gerade dabei sind, würdest du dich auch noch um die Vorgeschichte von Wolf Bernhardus kümmern? Seine Lebensgewohnheiten machen auf mich einen sehr suspekten Eindruck. Stell dir vor, er wollte mit seiner Frau nach Brasilien auswandern. In den Urwald.« Ich schüttelte mich.

»Da schien es zwischen diesem Paar und den Kluwers einige Gemeinsamkeiten gegeben zu haben. Sie standen alle auf Natur pur.«

»Und des Weiteren starben bei beiden die Ehemänner eines nicht natürlichen Todes.«

Jutta setzte sich zu mir und schenkte sich ebenfalls eine Tasse Kaffee ein. Sie trank ihn schwarz.

»Jetzt erzähl du mal, Reiner. Was hat dein Termin im Park gebracht? Was ist mit dem Einbruch?«

»Ich habe nicht die geringste Ahnung, was da passiert sein könnte. Irgendjemand ist dort ausgerastet und hat eine Werkstatt, die sie auch Versuchsstation nennen, völlig verwüstet. Wir müssen abwarten, was die Spurensicherung findet.«

»Also hätten wir das Wichtigste geregelt. Mach mal, dass du nach Hause kommst. Ich drücke dir die Daumen wegen des häuslichen Friedens.«

Ich stand widerwillig auf. Doch ich kam sowieso nicht allzu weit. Diesmal war es nicht KPD, der mich aufhielt. Zwei Männer mit fremdländischem Äußeren standen unschlüssig vor der Tür. »Guten Tag«, sagte einer der beiden mit ausgeprägtem arabischen Akzent. »Wir suchen einen Herrn Reiner Palzki. Er soll sich hier aufhalten, hat man uns am Eingang gesagt und uns hierhergeschickt.«

Ich stand auf und hielt ihm die Hand hin. »Sie haben ihn gefunden. Womit kann ich Ihnen helfen?«

Beide Männer verfügten über sehr athletische Körper, die in Maßanzügen steckten, so, als kämen sie geradewegs von einer Modenschau. Als Kopfbedeckung trugen sie die landestypische Ghutra, ein quadratisches Tuch, das diagonal gefaltet und mit einer Agal, einer Art Kordel, am Kopf befestigt wird.

»Mein Name ist Amal Al-Morany«, stellte der Mann sich vor. Die Hand reichte er mir nicht. »Würden Sie uns empfangen?«

»Sie sind doch schon hier. Kommen Sie rein.« Ich zeigte in Richtung Besprechungstisch. »Das ist meine Kollegin, Jutta Wagner.« Al-Morany und sein Begleiter nahmen von Jutta keinerlei Notiz.

»Möchten Sie einen Kaffee?«

»Nein, danke. Wir wollen nicht lange stören. Heute ist Freitag und da haben wir in Saudi-Arabien Wochenende.«

Die beiden saßen steif auf ihren Stühlen. Der zweite Araber, der bis jetzt noch kein Wort gesprochen hatte, lächelte kurz und ich konnte durch seine leicht geöffneten Lippen eine Goldkrone blitzen sehen.

»Legen Sie mal los.«

Amal Al-Morany zog ein vergilbtes Foto aus seiner Tasche und zeigte es mir. Ich zuckte zusammen: Auch wenn es bereits ein paar Jahre alt zu sein schien, zeigte es unzweifelhaft Jacques.

»Das ist Ihr Freund Herr Bosco, nicht wahr?«

Jutta hatte inzwischen die Tür geschlossen und sich wieder zu uns an den Besprechungstisch gesetzt. Sie griff sich einen Schreibblock und machte Notizen. Die beiden Besucher ignorierten sie weiterhin.

»Können Sie ein bisschen deutlicher werden? Worum geht es?«

»Wir wissen natürlich, dass er tot ist. Deswegen sind wir hier. Wir sind vom saudi-arabischen Geheimdienst GID. Hier ist meine Visitenkarte, Sie können meine Identität gerne vom Bundesnachrichtendienst prüfen lassen. Wir sind in einer offiziellen Angelegenheit hier. Unser König, Abdullah al-Saud, hat uns persönlich für diese Mission ausgewählt, da wir in Deutschland studiert haben.«

Ich nahm die Visitenkarte vorsichtig zwischen Zeigefinger und Daumen, damit ich keine Fingerabdrücke zerstörte, und legte sie auf den Tisch. Handschuhe trug Al-Morany glücklicherweise nicht.

»Ich bin erstaunt, dass Jacques Bosco internationale Kontakte pflegte. Wie muss ich mir das vorstellen?«

»Wir wissen über diesen Erfinder bestens Bescheid. Er steht seit einiger Zeit unter Beobachtung. Wir hatten ihn fast so weit, dass er mit uns kooperierte. Doch dann hat uns dieser Unfall einen Strich durch die Rechnung gemacht.«

»Sie haben nicht zufällig etwas mit diesem Unfall zu tun?«, provozierte ich.

»Herr Palzki, Sie schauen offensichtlich zu viele James-Bond-Filme. Obwohl wir vom Geheimdienst sind, sind wir deshalb noch lange keine Geheimagenten.«

»Erklären Sie mir doch mal, in welcher Angelegenheit Herr Bosco mit Ihnen kooperieren sollte. Denn komischerweise hat er mir davon nie etwas erzählt.«

»Das wäre auch nicht klug gewesen. Er hat schließlich Geheimnisse von höchster nationaler Sicherheit unerlaubt genutzt.«

»Jacques Bosco?« Ich lachte laut heraus. »Meines Wissens hat er Deutschland nie verlassen. Warum sollte er so etwas überhaupt getan haben?«

Amal Al-Moranys Mundwinkel zuckten. »Es geht um Patente und Erfindungen. Er hat unserem Land exklusiv die Rechte an einer seiner Erfindungen verkauft. Und vor einiger Zeit haben wir erfahren, dass er diese Erfindung weiterentwickelt hatte, obwohl wir dies vertraglich ausgeschlossen hatten.«

»Tut mir leid, für Patentstreitigkeiten ist die Polizei nicht zuständig.« Neugierig, wie ich war, fragte ich dennoch: »Um welche Erfindung handelte es sich dabei?«

»Alternative Energiegewinnung. Jacques Bosco hatte ein Verfahren entwickelt, dass der Politik und der Weiterentwicklung unseres Landes sehr schaden könnte«, klärte er mich auf.

»Sie meinen aber nicht die Sache mit diesem synthetischen Benzin? Wie war das gleich noch? Kohleverflüssigung, ja genau. Ach so, jetzt verstehe ich, Sie haben Angst um ihre Vormachtstellung auf dem Erdölmarkt. Ich muss Sie enttäuschen, soviel mir bekannt ist, hat er dieses Verfahren sogar öffentlich publiziert.«

Ich merkte deutlich, wie Al-Morany noch ärgerlicher wurde. »Dieses Verfahren meinen wir nicht. Obwohl Bosco uns damit damals schon einige schlaflose Nächte bereitet hatte.« Er winkte ab. »Das ist längst vergessen. Unsere Angst stellte sich als unbegründet heraus, denn bis jetzt hat niemand die Investition in solch eine Anlage gewagt. Außerdem gibt es ja noch unsere Lobbyarbeit bei Ihren Politikern und Managern. Das sage ich Ihnen jetzt natürlich nur inoffiziell. Sie können sich bestimmt denken, dass diese Personengruppen trotz ihres hohen Einkommens gerne mal kostenlose Fernreisen in Anspruch nehmen. Denn wer viel hat, will noch mehr. Nein, das ist für uns kein Thema mehr. Solange Deutschland versucht, in Speyer am Bonnetweiher nach Öl zu bohren, um auf diese Weise seiner Ölabhängigkeit entgegenzusteuern, kann uns das nur lieb sein.«

Ich konnte mich erinnern, irgendwann in der Zeitung gelesen zu haben, dass es unterhalb von Speyer tatsächlich geringe Ölvorkommen geben solle. Da dieses Öl aber in den Poren des Buntsandsteins gebunden war, sei die Gewinnung des Rohöls wirtschaftlich nicht einfach umzusetzen.

»Und um welche Erfindung geht es Ihnen dann?«, fragte ich verwirrt.

»Bosco hat ein Verfahren entwickelt, um aus Sand Energie zu gewinnen. Sie können sich vorstellen, welche katastrophalen Auswirkungen das auf unser Land hätte.«

»Energie aus Sand? Ich glaube eher, dass *Sie* zu viele Filme gesehen haben. Ist das Ihr Ernst?«

Amal Al-Morany antwortete mürrisch: »Woher sollten Sie das auch wissen? Sie sind ja nur ein einfacher Polizist und kein Fachmann, daher werde ich es Ihnen erklären. Der gesamte Erdmantel besteht etwa zu 15 Prozent aus Silizium. Gewöhnlicherweise ist das Silizium im normalen Sand gebunden. Ihr Freund hat ein Verfahren entwickelt, bei dem man Sand unter Zufuhr von Energie in Silizium und Sauerstoff aufspalten kann. Das brennbare Silizium kann so transportiert und an anderer Stelle zur Energiegewinnung verbrannt werden. Und genau diese Erfindung hat uns dieser Herr verkauft.«

Ich glaubte ihm kein Wort. So etwas würde Jacques nie machen. »Aha, gehe ich recht in der Annahme, dass mit dieser Erfindung die Energieprobleme der gesamten Menschheit für immer gelöst wären?«

»Seien Sie nicht naiv, Herr Palzki. Zur Aufspaltung des Sandes in Silizium und Sauerstoff müsste man mehr Energie aufwenden, als man durch die Verbrennung erhält. Das Verfahren ist absolut unwirtschaftlich.«

»Unter diesen Umständen verstehe ich nicht, warum Sie meinem Freund diese Erfindung abgekauft haben.«

»Es handelte sich um eine reine Vorsichtsmaßnahme. Und unsere Befürchtungen haben sich nun bestätigt. Dieser Erfinder forschte trotzdem weiter und hat das Verfahren offensichtlich wirtschaftlich verbessert. Außerdem ist es inzwischen zumindest theoretisch möglich, brennbare Flüssigkeiten, sogenannte Silane, aus Silizium herzustellen. Wenn er das Problem der teuren Aufspaltung gelöst hätte, wäre dies der Untergang für unser Land. Jeder könnte an fast jedem Ort der Erde beliebig viel Energie produzieren. Das wäre unvorstellbar.«

»Jetzt verstehe ich Ihr Problem. Dabei handelt es sich jedoch eher um ein saudi-arabisches als um ein deutsches. Die Interessen meines Landes dürften da ein bisschen anders gelagert sein. Ich weiß allerdings immer noch nicht, welche Rolle ich dabei spiele.«

»Sie kannten den Mann. Wir wollen wissen, wo er

sich in der letzten Zeit aufgehalten hat. Er muss geahnt haben, dass er beobachtet wurde. Dummerweise gelang es ihm meistens, seine Überwacher abzuschütteln. Nur einmal konnten wir ihn bis zu diesem Freizeitpark in Haßloch verfolgen.«

Oha, Jacques war also doch im Holiday Park gewesen. Ausgerechnet von einem Angehörigen des saudi-arabischen Geheimdienstes musste ich mir das mitteilen lassen.

»Da wissen Sie mehr als ich. Mir ist erst seit heute Morgen bekannt, dass Herr Bosco in letzter Zeit vermehrt außer Haus war. Wo er hingefahren ist? Ich habe nicht die geringste Ahnung. Falls Sie seinen Wagen finden, sagen Sie mir bitte Bescheid.« Nach einer kurzen Pause setzte ich nach: »Darf ich vermuten, dass Sie mit dem Einbruch in Herrn Boscos Wohnhaus in irgendeiner Verbindung stehen?«

Al-Morany lachte seit Beginn unseres Gesprächs zum ersten Mal. »Ich kann Sie beruhigen. Das waren wir nicht. Seinen Keller haben wir bereits vor zwei Wochen durchsucht, als er mal wieder auf Reisen war. Keine Angst, wir haben weder etwas gefunden noch etwas mitgenommen.«

»Kann es sein, dass Sie einem Hirngespinst nachlaufen? Was ist, wenn Herr Bosco nur Verwandte besucht hat?«

»Sie wissen ganz genau, dass er keine Verwandten hatte. Nein, uns liegen handfeste Beweise vor, dass er an diesem Projekt weitergeforscht hat. Wir müssen unbedingt herausfinden, wo er seinen Arbeitsplatz hatte, bevor es jemand anderes tut.«

Al-Morany und sein sprachloser Kompagnon standen auf. »Wir werden uns jetzt verabschieden, Herr Palzki. Wir erwarten, dass Sie uns sofort informieren, falls sich neue Erkenntnisse ergeben sollten.« Ohne weitere Worte verließen die beiden das Büro.

Ich wandte mich an Jutta, die gerade ihren Notizblock ablegte. »Puh, was sagst du zu dieser Sache?«

»Einen saudi-arabischen Geheimdienst hatten wir bisher noch nicht im Haus.«

»Hätte ich denen unser Gästebuch hinlegen sollen?«, knurrte ich.

»Sei doch nicht gleich so mürrisch. Ich lasse diesen Amal Al-Morany gleich überprüfen. Bis morgen wissen wir Bescheid.«

Ich fasste einen Entschluss. »Sei so gut und ruf bei mir daheim an. Ich fahre noch einmal in den Park. Irgendetwas hat mir der Geschäftsführer offensichtlich verschwiegen.«

»Vielleicht hat sich Jacques überhaupt nicht mit ihm getroffen?«, entgegnete Jutta.

»Sei mal ehrlich, glaubst du, Jacques war zum Karussellfahren dort? Wenn schon gesichert ist, dass er Herrn Schleicher kannte, so wird er wohl auch bei ihm gewesen sein. Sag Stefanie bitte, dass ich in Sachen Jacques unterwegs bin und der Park anscheinend doch etwas damit zu tun hat. Ich werde ihr nachher ausführlich darüber berichten.«

Ich steckte mir noch zwei, drei Handvoll Kekse als Reiseproviant in die Hosentasche, was ich jedoch, als ich in den Wagen stieg, sofort bereute. Entweder war mein Körper muskulöser oder die Hose etwas enger geworden. Ich stieg wieder aus und entsorgte die Krümel. Dummerweise waren auch Schokoladenkekse dabei gewesen.

8. SCHON WIEDER DIESER VEREIN

Einmal ist keinmal, dachte ich mir, als ich heute bereits zum zweiten Mal über Speyer zum Holiday Park fuhr. Auch den kleinen Umweg über die ›Curry-Sau‹ nahm ich erneut. Gestärkt und Cola trinkend fuhr ich die letzten Kilometer bis zum Park.

Als mich der Parkplatzwächter erkannte, hob er nur kurz die Hand zum Gruß. Auch am Personaleingang kam ich ohne Probleme durch und ging im Verwaltungsgebäude geradewegs bis zum Sekretariatsbüro. Ich entschuldigte mich für mein unangekündigtes Erscheinen und bat um einen Termin bei Herrn Schleicher.

»Ich glaube nicht, dass dies im Moment möglich ist«, antwortete mir die Dame hinter dem Schreibtisch. »Er hat gerade einen Besprechungstermin. Ich rufe ihn aber gern an.« Sie griff zum Telefon und drückte zwei Tasten. »Ja, in Ordnung, ich gebe es weiter«, hörte ich sie am Ende des halbminütigen Gesprächs sagen. »Sie sollen sich einen kleinen Moment gedulden, Herr Palzki. Der Chef wird gleich für Sie zu sprechen sein. Nehmen Sie doch bitte Platz.« Sie deutete auf einen Besucherstuhl. Durch die offene Tür konnte ich den Flur und die Tür zum Büro des Geschäftsführers im Auge behalten.

Ich war sehr verwundert, als ich einige Minuten später die Tür aufgehen und Hannah Kluwer herauskommen sah, sie trug keine Trauerkleidung. Ihr folgten der Zweite

Vorsitzende, Gottfried Müller, und zwei weitere Frauen, die sich gerade von Herrn Schleicher verabschiedeten. Das wird ja immer dubioser, dachte ich mir. Was hat das jetzt wieder zu bedeuten?

Frau Kluwer und Herr Müller hatten mich nicht registriert und ich fühlte mich im Moment nicht veranlasst, dies zu ändern. Sie standen sowieso beide auf unserer Überprüfungsliste. Nachdem die Besucher die Verwaltung verlassen hatten, kam der Geschäftsführer direkt auf mich zu. »Hallo, Herr Palzki, so schnell habe ich nicht mit Ihnen gerechnet. Kommen Sie mit in mein Büro.«

Auf seinem Schreibtisch erkannte ich einen riesigen Plan des Parkgeländes. Ich kam gleich zur Sache. »Woher kennen Sie Frau Kluwer?«

Der Geschäftsführer war sichtlich perplex. »Sie kennen Frau Kluwer auch? Das ist ja ein Zufall.«

»Kennen ist vielleicht zu viel gesagt. Aber nachdem gestern ihr Mann ermordet wurde …«

»Was?« Herr Schleicher war sichtlich irritiert. Er kniff die Augen zusammen. »Ist das wirklich wahr? Ist das der Mord, der in der Zeitung stand?«

Ich nickte.

»Ehrlich gesagt wunderte ich mich schon, dass ihr Mann heute nicht dabei war. Ich kann das gar nicht glauben.«

»Sie können sich vorstellen, dass ich ebenfalls etwas verwirrt bin. Gestern wurde ihr Mann erschossen und heute treffe ich Frau Kluwer bei Ihnen im Büro, so als wäre nichts geschehen.«

»Das kann ich verstehen, Herr Palzki. Selbstverständlich kläre ich Sie über den Grund unseres Treffens auf.«

Er öffnete die Schublade seines Schreibtischs und holte eine Tüte Schokoriegel hervor. Wahrscheinlich war diese Schublade sein Versteck, um das Süßzeug vor seiner Frau zu verbergen.

»Wollen Sie auch etwas? Bedienen Sie sich. Auf diesen Schreck muss ich erst einmal etwas Süßes essen.«

Da es höchst unwahrscheinlich war, dass Stefanie jetzt zur Tür hereinkam, bediente ich mich gerne, während Herr Schleicher, nachdem er den ersten Riegel gegessen hatte, zu erzählen begann.

»Das Ehepaar Kluwer leitet den Verein ›Solarenergie forever‹. Zusammen mit weiteren Mitgliedern beraten sie mich seit geraumer Zeit bezüglich der Nutzung von Solarenergie. Wie Sie sich vorstellen können, Herr Palzki, benötigt der Park zum Betrieb einiges an Energie, vor allem an Elektrizität. Selbstverständlich sparen wir, so weit es uns nur möglich ist. Wir haben sogar einen eigenen Energieberater.«

Die scheint es plötzlich überall zu geben, dachte ich mir. Hoffentlich hat der mehr Ahnung als unserer auf der Polizeiinspektion.

»Um den steigenden Energiepreisen nicht ganz wehrlos ausgeliefert zu sein, befassen wir uns seit Längerem mit neuen Energiekonzepten. Unser Park handelt zudem nach ökologischen Gesichtspunkten, weswegen für die Expedition GeForce zum Beispiel fast kein Baum gefällt wurde. Deshalb trifft das Thema Solarenergie bei uns natürlich auf offene Ohren. Dieser Verein entwickelt mit uns ein Konzept, wie wir am effizientesten Energie einsparen können. Dabei sind noch viele Fragen zu klären bis hin zu den Dächern, die für Solaranlagen infrage kommen. Ein nach Süden ausgerichtetes Dach ist wegen des Einfallwinkels der Sonne am besten geeignet. Allerdings darf es durch Bäume nicht zu stark beschattet sein.« Er stand auf und ging zu seinem Panoramafenster. »Kommen Sie, lassen Sie uns ein bisschen durch den Park laufen. Ich bin jetzt so aufgewühlt, da kann ich unmöglich still sitzen bleiben.«

Wir spazierten durch den Park und ich ließ Herrn Schleicher ein bisschen zur Ruhe kommen, damit er seine Gedanken ordnen konnte. Am Platz der Nationen angekommen, nahm ich mir vor, meinen kleinen Joker auszuspielen. »Sagen Sie mal, Herr Schleicher, was hat Jacques eigentlich mit Ihnen und dem Verein zu tun gehabt?«

Der Geschäftsführer blieb stehen und schaute mich an, bevor er seufzend antwortete. »Sie sind Polizist. Ich hätte mir denken können, dass man Ihnen nichts verheimlichen kann.«

Ich fühlte mich schon die ganze Zeit über beobachtet. Der Park war gut besucht, ich hatte bis jetzt keinen Blick für einzelne Personen übrig gehabt. Trotzdem hatte ich das Gefühl, dass etwas nicht stimmte. »Früher oder später kommt alles ans Licht«, bestätigte ich. »Ich weiß bis jetzt allerdings nur, dass Jacques bei Ihnen gewesen ist. Würden Sie mir sagen, warum?«

Herr Schleicher lief in Richtung See und ich folgte ihm.

»Ich habe Jacques um Rat gefragt«, begann der Geschäftsführer. »Ich hatte ihm angeboten, zu ihm nach Schifferstadt zu fahren, doch er lehnte ab. Er müsse sowieso mal wieder raus. Und bei dieser Gelegenheit könne er noch jemandem einen Streich spielen, so sagte er jedenfalls.«

»Hat er das näher erläutert?«

»Nein, das mit dem Streich hatte er während unseres Telefonats nur beiläufig erwähnt. Keine Ahnung, was er damit meinte, mich hat das nicht sonderlich interessiert.«

»Und daraufhin ist Jacques zu Ihnen gekommen? Wo haben Sie mit ihm gesprochen?«

»In meinem Büro. Ich musste Jacques versprechen, dass niemand erfährt, dass er bei mir war. Fragen Sie mich nicht, warum. Ich habe seine Bedingung akzeptiert, denn ich wollte ja schließlich etwas von ihm.«

Parallel zu unserem Gespräch behielt ich die Umgebung im Auge. Und in diesem Moment hatte ich jemanden erkannt. Da sollte Stefanie noch einmal behaupten, Männer könnten nicht mehr als eine Sache gleichzeitig tun. »Entschuldigen Sie, dass ich Sie so plötzlich unterbreche. Wer ist der Mann dort?«

Der Geschäftsführer drehte sich um. »Meinen Sie den Papieraufleser?«

Ich nickte. »Der läuft uns die ganze Zeit nach.«

»Warum sollte er das tun? Ich kenne ihn ja nicht einmal. Wenn Sie wollen, kläre ich das gerne für Sie ab.«

Er ging auf den Mann zu und unterhielt sich kurz mit ihm. Keine Minute später stand er wieder neben mir. »Sein Name ist Fjodor Michailowitsch Petrow. Er gehört zu einer Fremdfirma, die im Park für Sauberkeit sorgt. Wenn Sie möchten, kann Ihnen meine Sekretärin später gerne weiterhelfen. Hat der Mann sich in Ihren Augen irgendwie verdächtig benommen?«

»Keine Ahnung. Ich hatte den Eindruck, er würde uns verfolgen. Vielleicht täusche ich mich da auch. Egal, erzählen Sie mir mehr über Ihr Treffen mit Jacques.«

»Ja, selbstverständlich. Der ›forever‹-Verein machte mir Druck. Familie Kluwer und ihre Mitstreiter wollten unbedingt, dass ich einen Vertrag für eine Komplettanlage unterschreibe, obwohl wir mit der Planung noch längst nicht so weit waren. Als Kaufmann kamen mir da natürlich Bedenken. Deshalb rief ich Jacques an und erzählte ihm, in welcher Situation ich mich befand. Er war von meiner Idee, für mich als Berater tätig zu sein, sofort begeistert. Er sagte mir, die Planung für die Achterbahn hätte ihm damals richtig Spaß gemacht und er freue sich, mich wiederzusehen.«

Während unseres Spaziergangs waren wir jetzt am Eingangsbereich der GeForce angekommen. »Wollen Sie eine Runde mit mir fahren?«, lud er mich ein. In diesem Moment schoss gerade der Zug der Achterbahn mit Getöse über uns hinweg.

»Nein, niemals«, antwortete ich ihm. »Da müsste schon ein Wunder geschehen, dass ich mich in diese Höllenmaschine hineinsetze.«

Der Geschäftsführer lächelte. »Sie wissen überhaupt

nicht, was Ihnen da entgeht. Jedenfalls kam Jacques ein paar Tage später bei mir vorbei und wir haben einige interessante Stunden zusammen verbracht.«

»Was kam dabei heraus?«

»Er stand dem Plan des Vereins sehr kritisch gegenüber. Die Überlegung, Solarenergie zu nutzen, sei zwar grundsätzlich positiv zu bewerten, doch dass hier ausschließlich auf Sonnenenergie gesetzt werden sollte, ohne andere regenerative Energien mit einzubeziehen, kam ihm komisch vor. Er empfahl mir, auch Windenergie, Wasserenergie oder Erdwärme bei meiner Planung zu berücksichtigen. Ein Energie-Mix wäre für den Park effizienter, sagte er mir. Außerdem solle man sich grundsätzlich nicht gegen neue Energiekonzepte verschließen.«

»Die da wären?«

»Tut mir leid, das hat er nicht genauer erläutert. Im Führungsteam habe ich später mit meinen Abteilungsleitern seine Vorschläge diskutiert. Windkraftanlagen kommen nicht infrage. Diese sollen innerhalb des Parks aus optischen Gründen nicht gebaut werden. Erdwärme und Wasserenergie hingegen wären eventuell für uns geeignet.«

»Wasserenergie? Hier im Park? Wie soll ich das verstehen?«

»Das können Sie nicht wissen. Durch den Park führt ein unterirdischer Fluss. Er läuft unter der Geisterbahn Burg Falkenstein unterirdisch bis zur Wildwasserbahn Donnerfluss, die er dort mit seinem Wasser speist, bevor er weiter zum See am Aquastadion fließt, wo die Wasserski-Show stattfindet. Von da aus nimmt er einen oberirdischen Verlauf. Wir haben außerhalb des Parks sogar unsere eigene Kläranlage.«

Ich war erstaunt, das hatte ich nicht gewusst. »Und dieser Fluss soll eine Turbine antreiben?«, fragte ich zweifelnd.

»Nur eine kleine Turbine. So groß ist der Fluss schließlich nicht. Aber unser Freund sprach ja auch von einem Energie-Mix. Der Boden unter dem Besucherparkplatz würde sich für ein Erdwärmeprojekt mit Flächenkollektoren anbieten. Mit dieser Fläche könnten wir ungefähr 20 Prozent unseres Energieverbrauchs decken.«

»Aha, und wie viel würden Sie durch die Nutzung von Solarenergie sparen?«

»So einfach ist das nicht, Herr Palzki. Es muss immer eine Wirtschaftlichkeitsrechnung gemacht werden. Was nutzen fünf Prozent Energieeinsparung, wenn der Bau der Anlage fünfmal so teuer ist? Die Baukosten für eine Anlage egal welcher Energieart verschlingen ungeheure Geldsummen. Diese müssen durch das Einsparen von Energiekosten irgendwann wieder erwirtschaftet werden. Kurzum, der Verein sprach von 40 Prozent Energieeinsparung bei einer Amortisierungsdauer von 15 Jahren.«

»Das heißt, ab dem 16. Jahr würden Sie jährlich 40 Prozent der Energiekosten sparen?«, fragte ich nach.

»Ja, zumindest nach der Berechnung des Vereins. Jacques meinte, dass dies sehr optimistisch kalkuliert sei. Er glaubte nicht wirklich daran, dass diese Berechnungen überhaupt Bestand haben würden. Dazu hätten wir zu wenige Dächer mit Südausrichtung.«

»Das habe ich so weit verstanden. Wie sind Sie mit Jacques verblieben?«

»Er versprach mir, eigene Überlegungen anzustellen, was jedoch ein paar Wochen dauern würde, da er zuerst etwas anderes fertigstellen müsse.«

Jetzt wurde es interessant, vielleicht kam ich nun dem Geheimnis etwas näher. »Hat er Ihnen gesagt, was er so dringend zuvor hatte erledigen wollen?«

Herr Schleicher schüttelte nur den Kopf. »Nein, ich habe ihn nicht danach gefragt und er hat auch nicht mehr dazu erzählt.«

»Haben Sie die Mitglieder informiert, dass Sie Vergleichsberechnungen in Auftrag gegeben haben?«

»Jacques hat mir empfohlen, das nicht zu tun. Er wunderte sich nämlich, dass diese Leute so verkaufsaggressiv auftraten. ›Besser, du lässt sie noch etwas im Ungewissen‹, hatte er mir geraten. Den Eheleuten Kluwer habe ich deshalb gesagt, dass ich mich erst nach Saisonende im November endgültig entscheiden werde.«

»Hatten Sie seit diesem Gespräch mit Jacques nochmals Kontakt?«

»Nein, überhaupt nicht. Er wollte sich melden, sobald er zu einem Ergebnis gekommen sei. Ich weiß nicht einmal, ob er überhaupt schon damit angefangen hatte, bevor er …«

Der Geschäftsführer seufzte und machte eine Pause. Ich wollte ihn nicht bedrängen, ließ ihm Zeit und betrachtete die Parkbesucher. Als ich mich umdrehte, erblickte ich wieder diesen russischen Papieraufleser. Er versuchte, sich in einer Ecke zu verstecken, was ihm nicht gelang und wodurch er noch verdächtiger wirkte.

Herr Schleicher und ich gingen langsam in Richtung Verwaltung zurück.

»Wissen Sie«, sprach er weiter, »ich hatte mit ihm noch so viel geplant. Bei unserem letzten Treffen kamen uns die verrücktesten Ideen in den Sinn; Fahrgeschäfte, die dieser Planet noch nicht gesehen hat. Jetzt ist er tot und unsere Pläne sind damit auch gestorben.«

Ich hörte tiefes Bedauern in seiner Stimme. Eine Frage musste ich trotzdem noch loswerden. »Wann haben Sie Herrn Kluwer zum letzten Mal gesehen?«

»Lassen Sie mich überlegen. Ja, beim vorletzten Treffen mit dem Vorstand vor gut vier Wochen war er dabei. Seitdem habe ich ihn weder gesehen noch gesprochen.«

»Wissen Sie, dass der Verein am Mittwoch im Park war?«

»Wie bitte? Die waren vorgestern im Park? Also bei mir sind sie nicht vorbeigekommen. Weswegen sollten die sonst hier gewesen sein?«, wollte Herr Schleicher wissen.

»Angeblich war es ein Vereinsausflug. Das sagte mir Frau Kluwer jedenfalls.«

»Aha, dann wird das wohl so gewesen sein. Ich höre davon zum ersten Mal.«

»Herr Kluwer soll sich im Park verlaufen haben und wäre beinahe eingeschlossen worden.«

»Verlaufen, hier?«, fragte der Geschäftsführer ungläubig. »Wie soll das denn funktionieren? Hier sind überall Schilder aufgestellt!«

»Seine Frau sagte, er sei bei den Teufelsfässern gewesen und danach in die falsche Richtung gegangen und am See gelandet. Von dort habe er nicht zum vereinbarten Treffpunkt zurückgefunden, da es mittlerweile schon dunkel gewesen sei.«

»Das ist Quatsch!«, erwiderte Herr Schleicher. »In den fast 40 Jahren des Parkbestehens hat sich hier noch niemand verlaufen. Abgesehen vielleicht von vereinzelten Kindern, die ihre Eltern verloren hatten. Eingeschlossen wurde bisher auch keiner. Unser Sicherheitsdienst durchkämmt jeden Abend nach Parkschluss das komplette Gelände.«

»Sie halten es also für ausgeschlossen, dass sich hier jemand verirrt?«

»Ganz sicher. Der Park ist so gegliedert, dass die Wege immer auf einen der fünf zentralen Plätze zulaufen. Wenn man nicht gerade abseits der Wege durch das Gebüsch schleicht, kann da nichts passieren, selbst wenn es dunkel ist. Zudem gibt es außer den Tausenden Lampions auch noch die normale Wegbeleuchtung«, klärte er mich auf.

Inzwischen waren wir wieder bei der Verwaltung angekommen. Ich bat Herrn Schleicher bei der Verabschiedung noch darum, seiner Sekretärin den Auftrag zu geben, den Namen des Papierauflesers und die Kontaktdaten der Fremdfirma nach Schifferstadt in die Dienststelle zu faxen.

Anschließend fuhr ich zur Dienststelle. Ich wollte unbedingt noch mit KPD über unsere Personalsituation reden und mich endgültig und offiziell in den Urlaub verabschieden.

In der Salierstraße folgte mir ein Polizeitransporter. Ich glaubte mich zu erinnern, dass heute Abend eine Schwerpunktkontrolle, bei der es um die Überprüfung der Gurtpflicht ging, angesagt war. Zu diesem Zweck wurde jedes Mal ein gewisses Kontingent der Schifferstadter Bereitschaftspolizei angefordert, die meine Kollegen von der Schutzpolizei bei der Kontrolle unterstützten.

Bei dem Verkehrskreisel am Waldspitzweg, nur wenige Meter von der Dienststelle entfernt, erkannte ich im Rückspiegel, dass die Kollegen bei der Ausfahrt aus dem Kreisel keinen Blinker setzten. Dafür schalteten sie jetzt das Blaulicht ein. Ich wollte gerade in den Hof der Dienststelle einbiegen, als ich bemerkte, dass ich gemeint war. Daher verzichtete ich darauf, vor das geschlossene Rolltor zu fahren und parkte meinen Dienstwagen am Straßenrand vor dem Gebäude. Der Transporter hielt unmittelbar hinter mir an. Zwei Bereitschaftspolizisten stiegen aus. Der Beifahrer stellte sich auf den Gehweg und sicherte seinen Kollegen, der zu mir an den Wagen kam. Ich blieb sitzen und ließ die Scheibe herunter.

»Guten Tag, Fahrzeugkontrolle. Ihre Papiere, bitte!«

War das jetzt ein Scherz meiner Kollegen? Ich war mir nicht sicher und gab dem Beamten meinen Führerschein und den Fahrzeugschein. Durch das Beifahrerfenster konnte ich den zweiten Beamten beobachten, wie er mich konzentriert anvisierte und nicht eine Sekunde aus den Augen ließ. Er war noch sehr jung und nervös, es schien womöglich einer seiner ersten Einsätze zu sein.

»Vielen Dank«, sagte der Fahrzeugpapierüberprüfer. »Wissen Sie, warum wir Sie angehalten haben?«

»Keine Ahnung, sagen Sie es mir.«

»Wir überprüfen die Anschnallpflicht. Es sah so aus, als hätten Sie Ihren Gurt nicht angelegt.«

Ich zog mit meiner rechten Hand den Gurt nach vorne. »Und was ist das?«

»Ja, wie gesagt, es hatte den Anschein. Ich wünsche noch eine gute Fahrt.«

Kopfschüttelnd startete ich den Motor und beobachtete, wie die beiden Bereitschaftspolizisten in ihren Transporter stiegen und Richtung Rolltor abbogen, das sich nur zehn Meter entfernt befand. Es dauerte einen Moment, bis sie bemerkten, dass ihnen niemand das Tor öffnete. Der Beifahrer stieg aus und schob es zur Seite. Wie Mister Bean fuhr ich dem Transporter Stoßstange an Stoßstange nach, um ebenfalls auf das Polizeigelände zu gelangen.

Als der Beamte dies bemerkte, stellte er sich mir sofort in den Weg. »Was soll das? Sie können hier nicht rein!«, herrschte er mich aufgebracht an.

»Natürlich kann ich das, Herr Kollege!« Ich streckte ihm meinen Dienstausweis entgegen und der Beamte wurde sichtlich blass.

»Ent…, äh, entschuldigen Sie«, stotterte er verlegen.

Ich ließ ihn stehen und fuhr am Transporter vorbei. Sollen die für ihren Übereifer wenigstens das Tor zumachen, dachte ich etwas gehässig.

Auf dem Weg ins Gebäude fiel mir ein, dass ich diese Woche noch nicht einmal mein eigenes Büro betreten hatte. Andererseits hatte ich schließlich Urlaub. Über den Posteingang konnte ich mich auch nach dem Urlaub ärgern. Jutta würde schon das Wichtigste an sich genommen haben.

Bevor ich zu KPD gehen würde, wollte ich noch kurz bei Jutta vorbei. Am Getränkeautomaten holte ich mir vorher noch eine Cola. In diesem Moment wurde mir bewusst, dass nun offensichtlich meine Glückssträhne begann. Ich hielt eine Cola in der Hand und kein Diätgesöff wie üblich. Außerdem konnte ich keine neuen Auflagen unseres Energieberaters erkennen. Vielleicht war die Cola eine Nuance zu warm, sie hatte ungefähr Raumtemperatur.

Juttas Tür war geschlossen. Auch das war ungewöhnlich. Vielleicht war sie wieder mit KPD auf Verbrecherjagd? Ich klopfte an und trat ein. Sie saß am Besprechungstisch und trank Kaffee. Ihr gegenüber entdeckte ich einen alten Bekannten.

»Hallo, ihr beiden«, begrüßte ich sie. »Herr Becker, es ist bereits Nachmittag. Wir sind uns heute – bis jetzt – noch gar nicht zufällig über den Weg gelaufen. Wie gehts Ihnen denn?«

Dietmar Becker stand auf und stieß sich dabei prompt den Fuß am Tischbein an. Seine Feinmotorik ließ manchmal etwas zu wünschen übrig. »Tag, Herr

Palzki. Gut, dass Sie noch gekommen sind. Frau Wagner sagte, ich solle hier auf Sie warten.«

Jutta bat mich mit einer Handbewegung, Platz zu nehmen und schob mir gleich die Keksdose zu.

»Es scheint etwas von Bedeutung zu sein, wenn Frau Wagner Ihnen empfiehlt, auf mich zu warten«, sagte ich in Richtung des Studenten.

»Ja, wie man es nimmt, Herr Palzki. Wie ich Ihnen gestern sagte, habe ich mir die Vereinsmitglieder von ›Solarenergie forever‹ vorgenommen.«

Ich nickte. »Ist etwas dabei herausgekommen? Für die offizielle Befragung durch meine Kollegen sind nämlich noch nicht alle erreichbar gewesen. Oder hat sich da etwas geändert, Jutta?«

Meine Kollegin schüttelte nur den Kopf.

»Ich habe mit fast allen Mitgliedern sprechen können. Ohne Ausnahme haben sie mir meine Fragen ausführlich beantwortet. Dabei ist mir einiges aufgefallen«, berichtete Becker.

»Lassen Sie mal hören! Konnten Sie auch mit Gottfried Müller sprechen? Was für ein Bild haben Sie sich vom Verein machen können?«, erkundigte ich mich gespannt.

»Wie kommen Sie jetzt gerade auf Gottfried Müller?« Becker war verblüfft. »Dieser Herr fällt im Vergleich zu den anderen Mitgliedern nämlich etwas aus der Reihe. Bei ihm handelt es sich um einen ziemlich nervösen und grobmotorisch veranlagten Typ. Seine Mutter saß die ganze Zeit neben ihm und behütete ihn, als wäre er ein Kleinkind.«

Nervös und grobmotorisch, das sagt gerade der Richtige, dachte ich mir.

»Er hat Stress mit den Kluwers, wollte aber nicht mit der Sprache herausrücken. Dafür hat seine Mutter umso mehr gewettert. Sie sagte sinngemäß, dass durch den Tod von Berti Kluwer der Verein endlich die Chance erhalte, sich neu zu orientieren und zu seinen Wurzeln zurückzukehren. Ihr Sohn hat versucht, sie etwas im Zaum zu halten, doch sie hat sich in Rage geredet. Seit fünf Jahren würden die Kluwers wie Diktatoren über den Verein herrschen. Niemals sei etwas gegen ihren Willen durchgesetzt worden.«

»Warum hat sich niemand gewehrt? Aus einem Verein kann man einfach austreten.«

Becker lachte kurz auf. »Theoretisch ja, Herr Palzki. Praktisch hätten sich die Mitglieder ins eigene Fleisch geschnitten. Ich werde Ihnen erklären, warum.«

»Da bin ich mal gespannt.«

»Gottfried Müllers Mutter ist anscheinend die treibende Kraft, die ihren Sohn zum Ersten Vorsitzenden machen will. Hinter den Kulissen muss es mächtig gerumpelt haben. Frau Müller ging für ihren Sohn bei den anderen Mitgliedern regelrecht auf Werbetour. Mal brachte sie denen leckere Kuchen mit, mal den Samen einer besonders wertvollen Staude. Auch in allen anderen Lebensbereichen bevormundet sie ihren Sohn. So gesehen war und ist Gottfried Müller nur eine Marionette seiner Mutter.«

»Unter Umständen sogar eine gefährliche Marionette«, erwiderte ich. »Was haben Sie über die anderen Mitglieder zu berichten?«

»Von ihnen habe ich ein sehr zwiespältiges Bild, Herr Palzki. Allesamt sind sie Ökos höchsten Grades und gehören der Umwelt-Partei Deutschland, der UPD, an. Doch sie haben alle eine Doppelmoral. Umweltschutz hin, Umweltschutz her, Hauptsache, die Kasse stimmt. Diese Leute sind so was von geldgeil, Herr Palzki, das ist unglaublich. Ich habe einen Freund, der arbeitet bei einem Steuerberater in Mannheim. Der ist in der Lage, von allen deutschen Unternehmen und Vereinen die steuerlichen Daten abzufragen. Natürlich darf er sich dabei keinesfalls von seinem Chef erwischen lassen. Aber Sie wissen ja, wie das unter Freunden so ist.«

»Und was ist dabei herausgekommen?«

»Der Verein ›Solarenergie forever e. V.‹ ist in der Tat gemeinnützig. Das ist noch nicht alles. Sämtliche Mitglieder sind Minderheitsgesellschafter des Unternehmens ›Solarenergie forever GmbH.‹ Und genau dieses Unternehmen wird immer von den Mitgliedern beauftragt, die Solaranlagen zu planen und zu installieren. Der Verein bleibt außen vor, das Geld fließt komplett in die GmbH. Eine etwas unschöne Methode, um das Prädikat der Gemeinnützigkeit nicht zu verlieren.«

»Das ist ja ein Ding. Und die Gesellschafter lassen sich den Gewinn auszahlen?«

»Ja, schon. Das ist allerdings noch nicht alles. Die Vereinsmitglieder halten zusammen nur etwa ein Drittel des Gesellschaftskapitals. Und raten Sie mal, wem die restlichen zwei Drittel gehören.«

»Verraten Sie es mir.«

»Die Zweidrittelmehrheit gehört der Partei UPD.«

»Wie bitte?« rief ich verblüfft aus.

»Das ist noch nicht alles. Die UPD hält wiederum Anteile an neun Unternehmen in der Solar- und Windenergiebranche.«

Mit offenem Mund starrte ich Becker an. »Und mit den Gewinnen wird die Partei finanziert, richtig?«

»Da muss ich passen. Das konnte mein Freund nicht herausfinden. Die Partei hat da ein ganz kompliziertes Firmenkonstrukt aufgebaut. Damit sie in ihren Berichten kein Haus- und Grundvermögen angeben muss, wurden beispielsweise Vermögensverwaltungsvereine außerhalb der Partei gegründet. Und mit den Beteiligungen läuft es ähnlich.«

»Das ist der reine Wahnsinn. Das wäre genauso, als würde der CDU die katholische Kirche gehören. Weiß die Öffentlichkeit Bescheid?«

»Na, sicher doch. Jedenfalls wissen es die, die sich dafür interessieren oder die Zusammenhänge halbwegs erfassen. Die anderen Parteien sind auch nicht besser. Der SPD zum Beispiel gehörten bis vor nicht allzu langer Zeit 90 Prozent der Tageszeitung ›Frankfurter Rundschau‹.«

Wieder einmal steckten hinter der ganzen Sache finanzwirtschaftliche Motive. Geld regierte anscheinend doch die Welt. Im Kleinen, wenn man sich die Gemüseanbaubranche aus meinem vorletzten Fall anschaute oder die Gesundheitsbranche aus dem letzten, genauso wie im Großen. Nun hatte ich es sogar mit einer der etablierten Parteien zu tun. Und immer war das Motiv das Gleiche: Geld, Geld und nochmals Geld.

»Haben Sie etwas über die Verbindungen des Vereins zum Holiday Park herausfinden können?«

»Der Holiday Park ist einer der potenziellen Kunden. Seit fast zwei Jahren wird der Geschäftsführer des Parks bedrängt, endlich eine Solaranlage in Auftrag zu geben.«

Ich war ziemlich verwirrt. Wenn der Verein den Park als Kunden gewinnen wollte, so würde man keinen seiner Mitglieder deswegen ermorden. Und warum war Herr Bernhardus erschossen worden? Es ergab für mich einfach keinen Sinn. Hinzu kam dieser ominöse saudiarabische Geheimdienst. Vermutlich konnte man auch den Papieraufleser mit dem russischen Namen und die bei Jacques im Keller gefundene russische Zigarette dem Gesamtbild hinzufügen. Doch wie? Einigermaßen klar für mich war nur, dass der Solarverein Solaranlagen verkaufen wollte, die Araber keine Lust hatten, auf ihrem Öl sitzen zu bleiben und bei den Russen vermutete ich, dass es ihnen um die Erdgasvorräte in Sibirien ging. Sollte Jacques wirklich eine Erfindung gemacht haben, die von solch einer weitreichenden internationalen Bedeutung war? War mein Freund in die Schusslinie dieser Interessengruppen geraten? Und was hatte das alles mit dem Holiday Park zu tun? Handelte es sich nur um einen konspirativen Treffpunkt oder spielte der Park eine gewichtigere Rolle?

»Herr Becker«, sprach ich den Studenten erneut an. »Hat sich eines der Mitglieder in irgendeiner Form darüber geäußert, wer Herrn Kluwer ermordet haben könnte?«

»Absolut niemand. Sie waren alle sehr erschüttert, konnten aber keine Erklärung finden. Sie waren sich einig: Der Verein müsse weiterleben, es gebe noch so viel Gutes zu tun.«

»Vielen Dank, Herr Becker. Sie haben uns mit Ihrer Recherche sehr weitergeholfen. Leider kann ich mich derzeit nicht revanchieren, da wir keine weiteren Informationen haben. Wir stehen vor einem riesengroßen Rätsel.«

»Kann ich darauf vertrauen, dass Sie mir, wenn sich in dem Fall etwas tut, Bescheid geben? Vielleicht ist das der Beginn einer neuen kriminellen Geschichte?«

»Der Beginn?«, fragte ich stirnrunzelnd. »Wir sind mittendrin in dieser kriminellen Geschichte, Herr Becker!«

Jutta und ich dankten ihm nochmals für seine Aussage, und schließlich gelang es uns, ihn zu verabschieden.

9. DIE LETZTE CHANCE

»Was meinst du dazu, Jutta?«, fragte ich meine Kollegin, nachdem Becker gegangen war.

»Tut mir leid, da bin ich überfragt. Ich weiß nicht, wo wir hier einen Ansatzpunkt haben. Übrigens, die Typen vom Geheimdienst waren echt. Der BND hat das vorhin bestätigt. Was ist bei dir herausgekommen?«

Ich berichtete von dem Gespräch mit Herrn Schleicher. Ich erwähnte auch den russischen Mitarbeiter und kündigte ein Fax mit detaillierten Angaben an.

»Werde ich gleich checken, Reiner. Übrigens, bisher wurde weder Jacques' noch Brezanos Wagen gefunden. Die Fahndung läuft ja auch noch nicht lange. Auf meinem Schreibtisch liegt ein erster Zwischenbericht: Jürgen war so nett, alle bisherigen Ermittlungsergebnisse zusammenzustellen. Es sind sogar die ersten vorläufigen Resultate aus Speyer und dem Einbruch im Park dabei. Leider bringt uns das alles nicht weiter.«

»Jürgen hat das erstellt?«, fragte ich erstaunt, während ich den Bericht überflog.

»Wer denn sonst? Ich habe so viel zu tun, dass ich nicht dazu komme. Ich habe allein drei Stunden gebraucht, um eine Liste der besten Lachsschnittchenlieferanten der Umgebung zusammenzustellen. Keine Angst, Reiner. Jürgen ist bei seinen Recherchen immer sehr akkurat.

Da passt alles zusammen. Dass wir inhaltlich keinen Schritt weiterkommen, liegt nicht an ihm.«

»Höre ich da so etwas wie Sympathie aus deinen Worten?«, erkundigte ich mich ironisch.

»Hör bloß auf, Kollege. Gestern hat mir Jürgen eine Schachtel Schnapsbohnen geschenkt. Ausgerechnet in diesem Moment kam KPD dazu. Ich dachte schon, es gibt ein Donnerwetter, von wegen Alkohol und so. Denkste! Er schien diese dekadenten Dinger zu mögen. Also habe ich die Schachtel geöffnet. Die Schnapsbohnen waren – wie soll ich es ausdrücken? –, sie waren etwas überlagert. Der Alkohol hatte sich im Laufe der Zeit verflüchtigt und in der Packung lagen nur noch vertrocknete Schokoladenreste. Daraufhin gab Jürgen zu, dass er sie aus der Nachttischschublade seiner Mutter stibitzt hatte.«

Ich grinste. So war er eben, unser Jürgen. Immer versuchte er, seiner Kollegin zu imponieren und jedes Mal ging irgendetwas schief.

»Frau Wagner, wissen Sie, wo ich Herrn Palzki finde?«

Am Klang der Stimme erkannte ich KPD, der, durch die offen stehende Bürotür verdeckt, meine Kollegin ansprach. Gut so, dachte ich, dann musste ich ihn nicht suchen.

»Herr Palzki ist hier.«

Der Dienststellenleiter trat einen Schritt nach vorne und entdeckte mich.

»Herr Palzki, ich renne seit Stunden auf der Suche nach Ihnen durch das Haus. Wo treiben Sie sich denn herum? Sie können nicht den ganzen Tag im Außendienst verbringen, wenn wir hier wichtige Dinge zu erledigen haben. Oder wurde wieder jemand ermordet?«

Ich verneinte.

»Na, sehen Sie. Ich kann ja verstehen, dass Sie der Todesfall Ihres Freundes und die anschließende Durchsuchung seiner Wohnung sehr mitnehmen. Aber so ist nun mal das Leben. Es geht einfach weiter.«

Ich nickte.

»Warum ich Sie eigentlich suche, Herr Palzki. Wie lange waren Sie jetzt kommissarischer Leiter der Inspektion?«

Ohne mir nur den Hauch einer Chance für eine Antwort zu geben, fügte er an: »Es war offensichtlich zu lange. Ein richtiger Schlendrian herrscht hier in dieser Dienststelle. Sogar externe Berater müssen kommen, um den hohen Energieverbrauch wieder in geregelte Bahnen zu lenken. Und überall bekomme ich von meinen Untergebenen zu hören: ›Das hat den Reiner Palzki nicht interessiert. Hauptsache, der Laden lief.‹ Herr Palzki, Sie können nicht einfach eine Dienststelle mit einem halben Heer von Beamten sich selbst überlassen. Es müssen Hierarchien aufgebaut, Prioritäten gesetzt und Aufgabenbereiche delegiert werden. Jeder Beamte muss bei Arbeitsbeginn genau wissen, was auf ihn zukommt. Es darf keine Überraschungen im Tagesablauf geben. Nur so kann man eine Polizeidienststelle wie ein gesundes Unternehmen führen.«

Ich kann Ihnen, lieber Leser, die letzten Zeilen nur deshalb wiedergeben, weil Jutta zufällig ihr Diktiergerät eingeschaltet hatte und ich es mir später, warum auch immer, nochmals angehört habe. Denn in diesem Moment dachte ich an die Vorkommnisse der letzten Zeit.

»Das ist aber immer noch nicht der eigentliche Grund, weshalb ich Sie aufsuche, Herr Palzki!« Sein Ton wurde schärfer und holte mich in die Gegenwart zurück. KPD hielt plötzlich ein Blatt Papier hoch. »Das finde ich nicht mehr lustig! Sie wollen offensichtlich meine Weihnachtsfeier sabotieren. Es wird die erste Feier in dieser Dienststelle sein, an der ich als Dienststellenleiter teilnehme. Daher bestehe ich auf eine Haute Cuisine. Das bin ich meinen Untergebenen einfach schuldig.«

Ich hatte nur eine leise Ahnung, was ›Haute Cuisine‹ bedeuten könnte. Ich nahm mir vor, Jürgen später darüber recherchieren zu lassen.

»Ich erwarte mindestens ein Dreisternedinner in gehobenem Ambiente. Immerhin habe ich bereits den Bürgermeister und den Landrat dazugebeten. Vielleicht beehrt uns sogar der Speyrer Bischof. Für solch eine Veranstaltung kommen nur ganz wenige Restaurants der Umgebung infrage. Und was machen Sie? Sie bestellen Bierzelttische für den Sozialraum der Dienststelle. Wollen Sie hier eine Absteige inszenieren? Was denken Sie, wie die Medien über mich herfallen würden! Frau Wagner hat bereits eine lange Liste mit Medienvertretern erstellt, die ich ebenfalls zur Feier einladen werde. Was haben Sie sich dabei nur gedacht, Herr Palzki?« Seine Stimme war immer lauter geworden.

»Aber, Herr Diefenbach, ich habe alles in Ihrem Interesse geregelt. Sie betonen doch immer wieder, dass Ihnen das Wohl der Mitarbeiter am Herzen liegt. Aus diesem Grunde habe ich eine Umfrage unter den Kollegen durchgeführt, Mehrfachnennungen waren übrigens möglich. 60 Prozent stimmten für Döner, knapp 80 Prozent für Hamburger mit Pommes und immerhin knapp die Hälfte für Bratwürste mit Senf. Für Champagner haben sich lediglich 10 Prozent ausgesprochen, wovon zwei Drittel dieses Gesöff allerdings nur in Kombination mit Orangensaft mögen. Wegen des Exportbiers habe ich extra noch einmal nachgefragt: Es sind nur zwei Kollegen, die das mögen. Deshalb habe ich es bei einem halben Kasten belassen und dafür ein zusätzliches Fässchen Pilsner geordert. Auf flambiertes Zeug habe ich ganz verzichtet, da unser Energieberater bestimmt irgendwelche Einwände hätte. Und die Bierzeltgarnituren finden fast alle Kollegen in Ordnung, weil man zu später Stunde gut darauf rumrocken kann. Letztes Jahr haben wir eine AC/DC-Session hingelegt, da hat das ganze Gebäude gewackelt.«

Leider blieb die erwartete Reaktion aus. KPD saß nur mit offenem Mund da und bewegte sich nicht. Jutta hatte sich umgedreht, um nicht loszulachen. Keiner sagte etwas. Nur sehr langsam kam wieder Leben in unseren Vorgesetzten.

»Ist das wahr, Herr Palzki?«, flüsterte er sichtlich mitgenommen. »Sind meine Untergebenen wirklich alles Nahrungsmittelproleten? Gibt es hier in Schifferstadt keine Esskultur?« Er drehte sich zu Jutta um, seine Stimme wurde wieder fester. »Frau Wagner, bitte notieren Sie Folgendes: Wir beide werden die Weihnachtsfeier selbst in die Hand nehmen, ich stelle das Menü zusammen und suche ein geeignetes Etablissement aus. Und damit es bei der Feier selbst zu keiner Tragödie kommt, werden wir vorher einen Koch- und Kniggekurs, den ich selbstverständlich selbst leiten werde, für alle Mitarbeiter auf die Beine stellen. Die Teilnahme daran ist für alle Untergebenen verpflichtend. So ein Kurs gehört eigentlich zur Grundausbildung jedes Polizeibeamten.«

KPD echauffierte sich noch ein wenig, bevor er schließlich den Raum verließ. Ich hatte keine Chance, ihn auf unseren momentanen Personalmangel anzusprechen.

»Das war knapp, Reiner. Ich dachte schon, der schmeißt dich raus.«

»Schade, dass es nicht geklappt hat«, erwiderte ich erleichtert und schmunzelte.

»Deine Kollegen werden auf jeden Fall überaus begeistert sein, wenn sie erfahren, wem sie diesen Kniggekurs zu verdanken haben.«

»Das ist nur meine Retourkutsche. Das nächste Mal werden die mich garantiert nicht mehr für die Organisation einer Weihnachtsfeier empfehlen.«

»Davon kannst du ausgehen.«

»Weiß man eigentlich inzwischen, für was das ›P‹ in seinem Namen steht? Steht es vielleicht wie bei einem Künstlernamen für ›Polizist‹?«

»Nein, Reiner, das Geheimnis ist längst gelüftet. Das ›P‹ steht für ›Pierre‹. Unser KPD heißt mit vollem Namen nämlich Klaus Pierre Diefenbach.«

»Von mir aus«, winkte ich ab. »Wo gibts neue Kekse?«

»Du hast gleich ganz andere Probleme, mein Lieber. Ich habe Stefanie weder bei dir zu Hause noch in Ludwigshafen erreicht. Tut mir leid. Fahr am besten gleich nach Hause und versuche zu retten, was zu retten ist.«

Jutta hatte vollkommen recht. Heute Morgen wollte ich nur kurz zu Jacques' Wohnung wegen des Einbruchs fahren. Inzwischen waren ein paar Stunden vergangen und ich war dauernd unterwegs gewesen. Und ich hatte mich nicht gemeldet. So hatte ich mir die Herbstferien mit Stefanie und den Kindern wirklich nicht vorgestellt. Ich fuhr nach Hause. Wenn mir Stefanie meine heutigen Eskapaden verzieh, würde ich morgen auf dem Arbeitsamt nach einer Umschulung anfragen.

Ich war sehr überrascht und auch ein wenig erleichtert, als ich Stefanie zusammen mit Paul und Melanie vor dem Haus unserer Nachbarin erblickte. Frau Ackermann schien wieder in Höchstform zu sein. Meine Lieben waren sicher schon eine Weile hier. Die Kinder saßen auf dem Boden vor Stefanies Einkaufskorb und verspeisten, vermutlich aus Frust, rohe Karotten.

»Da bist du ja, Schatz«, rief mir Stefanie in überaus freundlichem Ton entgegen. »Du wirst bestimmt hungrig sein, ich mach uns gleich etwas zu essen. Entschuldigen Sie, Frau Ackermann, vielen Dank für Ihre Informationen. Sie sehen, die Pflicht ruft.« Sie bückte sich, um ihren Einkaufskorb hochzuheben und lief so schnell sie nur konnte auf unser Grundstück.

Ich hatte inzwischen die Eingangstür aufgeschlossen und war gleich im Innern des Hauses verschwunden. Die Kinder rannten an mir vorbei. Kurz darauf kam auch Stefanie herein und schloss die offen stehende Eingangstür.

»Dass du mich von dieser Quasselstrippe erlöst hast, rechne ich dir hoch an. Über den Rest reden wir später. Ich mache uns jetzt erst einmal etwas zu essen, die Kinder haben Hunger und ich vermute, dass es dir nicht anders geht.«

Um meine Frau zu besänftigen, verzichtete ich auf die Zeitungslektüre und machte mich nützlich. »Erzähl doch mal, was du heute so alles erlebt hast«, forderte mich schließlich die beste aller Ehefrauen auf. »Es war dir auch bestimmt nicht langweilig?«

Den Sarkasmus in ihrer Stimme hörte ich deutlich heraus. So begann ich, den Tag Revue passieren zu lassen. Manches ließ ich im Dunkeln, denn ich wollte meine Frau nicht beunruhigen. Andere Dinge schmückte ich dafür aus. Zum Beispiel meine vergeblichen Versuche, daheim anzurufen.

»Ich glaube, dir würde ein Kochkurs ganz guttun. Jeder Mann sollte eigentlich kochen können!«, meinte sie, als sie sah, wie ungeschickt ich die Karotten bearbeitete.

Das Essen verlief wie am Tag zuvor. Die Kinder trauten sich auch heute nicht, am Gemüse herumzumäkeln. Und auf ihre vielsagenden Gesichtsausdrücke reagierte ihre Mutter einfach nicht. Der Rest des Abends lief in geordneten Bahnen. Stefanie drückte mir wieder eines ihrer Namensbücher in die Hand, diesmal blätterten wir gemeinsam in dem Werk. Sie schien leicht in Panik zu sein, weil sie noch keinen Namen für unser Baby hatte.

Als die Kinder endlich schliefen, setzte sie sich neben mich und las eine ihrer Gesundheitsratgeberzeitschriften.

»Du, Reiner«, begann sie plötzlich. »Morgen ist Wochenende. Urlaub hast du auch. Meinst du, wir könnten für den Abend meine Mutter zum Essen einladen?«

»Du willst, dass deine Mutter uns morgen besucht? Ich dachte, wir machen einen Familienausflug.«

»Das können wir am Sonntag immer noch. Erst die Pflicht, dann die Kür.«

»Wann soll deine Mutter kommen?«

»Erst gegen 20 Uhr. Vorher fahre ich mit den Kindern zu Christin nach Rheingönheim. Ich möchte mit ihr Rezepte austauschen.« Sarkastisch ergänzte sie: »Das habe ich mit ihr vereinbart, da ich nicht wusste, ob du morgen zu Hause bist. Du musst nicht mitkommen. Ihr Mann Michael ist nämlich auf Geschäftsreise. Du kannst in Ruhe Zeitung lesen. Natürlich wäre es toll, wenn du das Essen machen könntest.«

Ich vertiefte mich in das Namensbuch. Hoffentlich hatte Stefanie ihren letzten Satz nicht allzu ernst gemeint.

10. SCHATTEN DER NACHT

Am Samstagmorgen konnten wir ausschlafen. Irgendwann weckten uns die Kinder und wir frühstückten ausgiebig.

Den aktuellen Fall verdrängte ich so gut es ging und widmete mich meiner Familie, bis meine Lieben sich zur Abfahrt rüsteten. »Und vertrage dich um alles in der Welt mit meiner Mutter, falls sie etwas früher kommt und wir bis dahin noch nicht zurück sein sollten.« Mit diesen Worten verabschiedete sich Stefanie von mir.

Ich genoss das Alleinsein, holte mir eine Tiefkühlpizza aus dem Keller, erhitzte sie im Mikrowellenherd und machte es mir auf dem Sofa gemütlich. Ich biss eben in ein Stück Pizza, als das Telefon klingelte.

»Palzki«, meldete ich mich.

»Spreche ich mit Reiner Palzki?«, fragte mich eine mir unbekannte Stimme.

»Ja. Mit wem habe ich die Ehre?«

»Sie kennen mich nicht, Herr Palzki. Mein Name ist Brezano. Ich bin einer der Liliputaner, die im Holiday Park arbeiten.«

»Ich weiß, wer Sie sind. Wir suchen Sie bereits seit gestern Morgen.«

»Nun denn. Ich konnte mich nicht früher melden. Auf der Polizeiwache wollte man mir Ihre Privatnummer nicht geben, also habe ich sie im Telefonbuch gesucht. Ich muss Sie unbedingt sprechen!«

»Was gibt es denn so Dringendes, Herr Brezano?«

»Ich weiß, wer den Wolf umgebracht hat.«

»Und?«

»Nicht am Telefon, Herr Palzki. Besser, Sie kommen zu mir. Geht das?«

»Klar kann ich kommen. Zu Ihnen nach Hause?«

»Nein, das ist zu gefährlich. Kommen Sie in den Park. Da gibts genügend geeignete Verstecke.«

»Sie sind im Park? Weiß Herr Schleicher das?«

»Keiner weiß das. Ich kann niemandem mehr trauen. Ich habe gesehen, wie Wolf umgebracht wurde. Was ist? Werden Sie kommen?«

»Sicher komme ich. Wo kann ich Sie treffen?«

»Um 19.30 Uhr beginnt die Halloween-Parade. Stellen Sie sich neben das Karussell, das gegenüber der Burg Falkenstein steht. So kann ich sehen, ob Sie allein sind. Gehen Sie, wenn die Parade fertig ist, zum Lighthouse Tower. Dort werde ich Sie treffen. Alles klar?«

»Woher soll ich wissen, dass Sie Herr Brezano sind?«

Ein Klacken beendete das Gespräch. Ich überlegte, ob ich ein Spezialeinsatzkommando in den Park schicken sollte. Allerdings war ich mir nicht sicher, ob dies eine geschickte Taktik wäre. Angenommen, bei dem Anrufer handelte es sich wirklich um Herrn Brezano, dürfte er, wenn er vom SEK gestellt würde, darüber wenig erfreut sein. Die Frage war, ob er uns dann noch als Zeuge zur Verfügung stünde. Außerdem hatte er einen klaren

Heimvorteil. Er dürfte den Park und alle seine Schlupfwinkel in- und auswendig kennen. Nein, ich musste das persönlich regeln. Ich ganz allein.

Auf die naheliegende Lösung, Stefanie bei Christin anzurufen, kam ich dummerweise nicht. So legte ich ihr nur einen Zettel auf den Wohnzimmertisch und versprach, mich nur ein klein wenig zu verspäten. Wenn alles gut ginge, wäre ich ungefähr um 21 Uhr wieder daheim. Ich schnappte mir meinen Einsatzkoffer und fuhr los. Diesmal ließ ich die Imbissbude links liegen.

Um nicht aufzufallen, stellte ich mich auf den offiziellen Besucherparkplatz und kaufte mir eine reguläre Eintrittskarte. Trotz der relativ späten Stunde strömten noch viele Besucher in den Park. Zahlreiche von ihnen, jung und alt, waren verkleidet. Da es für die Parade noch zu früh war, lief ich planlos durch den Park. Ich verweilte eine Zeit lang auf den Bänken am Free Fall Tower und hörte dem Kreischen der Fahrgäste zu, die dort in die Tiefe fielen. Für mich unbegreiflich, dass diese Lebensmüden nach der Fahrt allesamt fröhlich und begeistert ausstiegen. Langsam verdunkelte die Dämmerung die schaurige Szenerie. Parallel dazu leuchteten, als wären sie von einem Dimmer behutsam geregelt, Tausende bunt beleuchtete Kürbisse und Lämpchen auf, die überall in den Büschen und Bäumen verstreut hingen. Die an zahlreichen Verkaufsständen angebotenen Leuchtstäbe verfehlten ihre Wirkung nicht. Der Park war in Bewegung, er schien zu leben. Diese Atmosphäre war mit der, die die Anlage tagsüber ausstrahlte, nicht im Geringsten zu vergleichen. Binnen einer halben Stunde war ein einzigartiges gruseliges Gesamtkunstwerk entstanden.

Nach einem weiteren Spaziergang setzte ich mich in eines der Selbstbedienungsrestaurants und schaute durch die großen Fensterscheiben dem abendlichen Treiben zu.

›Die Parade beginnt in fünf Minuten‹, tönte es durch die Lautsprecher.

Ich trug mein Tablett zur Sammelstelle zurück und hastete ins Freie. In Sichtweite lag die Geisterbahn, Burg Falkenstein. Auf der anderen Seite des an der Burg vorbeiführenden Weges stand ein historisches Karussell. Mitarbeiter sicherten den Weg mit Absperrband, ähnlich wie das, was wir bei der Polizei verwendeten. Immer mehr Besucher strömten aus den anderen Teilen des Parks herbei und bildeten an den Bändern eine Gasse. Ich hatte Gelegenheit, mir die Anwesenden näher anzuschauen. Meine bisherige Vermutung, dass der Park hauptsächlich für die Zielgruppe der Familien mit Kindern geeignet war, wurde widerlegt. Menschen jeglichen Alters, oft auch ohne Kinder, warteten auf den Beginn der Parade. Sogar eine teilweise verkleidete Seniorengruppe stand nur wenige Meter von mir entfernt und erzählte sich lautstark frivole Witze. Zum Glück hatte ich meinen Sohn nicht dabei.

Ich konzentrierte mich darauf, einen Liliputaner zu erspähen. Gegenüber ragte die Burg empor. Ziemlich weit oben befand sich ein überdachter Freigang, der sehr wahrscheinlich zur eigentlichen Fahrattraktion führte. Der Eingang im Erdgeschoss war durch eine Kette versperrt. Trotzdem war mir, als gäbe es einen stillen Beobachter.

Die nun einsetzende Musik hatte einen beschwingten Refrain, der einige Besucher dazu veranlasste, mitzusingen oder sich rhythmisch zu bewegen. Ich dagegen verstand noch nicht einmal den Text.

Es dauerte ein paar weitere Minuten, bis der erste Motivwagen erschien. Die skurrile Vielfalt der Gefährte hatte ich ja bereits kurz in der Halle, in der der Einbruch stattgefunden hatte, in Augenschein nehmen können. Doch hier, in der unheimlichen Atmosphäre der Dunkelheit, die alle Sinne anregte, wirkten diese so richtig gespenstisch. Das alles schien freilich die kleineren Kinder nicht im Mindesten zu beunruhigen. Sie lachten und zeigten ihren Eltern Details, die ihnen besonders wichtig erschienen. Die Wagen waren alle mit Elektroantrieb ausgestattet und wurden außerhalb der Paraden vermutlich zur Parkpflege sowie für logistische Zwecke genutzt. Zwischen ihnen liefen verkleidete Fußgruppen umher. Vermutlich handelte es sich um Karnevalsvereine, die sich den Spaß gönnten, außerhalb der Saison ihrer Narrenfreiheit zu frönen. Diese Hexen, Außerirdischen oder undefinierbaren Monster traten immer in Rudeln auf und neckten die Besucher, indem sie mit Reisigzweigen oder anderen Gegenständen, die sie in der Hand hielten, vor deren Gesichtern herumfuchtelten. Überall blinkte und rauchte es. Um es mit den Worten meines ehemaligen Deutschlehrers auszudrücken: ›Die Luft war von einer Stimmung geschwängert‹, die auf die Besucher Furcht einflößend und trotzdem völlig ungefährlich wirkte.

Zwischen Motivwagen und Fußgruppen gab es Handwagen, die von grotesken Gestalten gezogen wurden. Auf diesen Fuhrwerken befanden sich beispielsweise Aufbauten mit Galgen oder Guillotinen. Selbst ein Sarg war dabei, der sich ständig öffnete und schloss, inklusive eines Skeletts, das den Besuchern apathisch zuwinkte.

Schließlich fuhr ein größerer Motivwagen in mein Sichtfeld, der Frankensteins Labor zum Thema hatte. In Plexiglasgefäßen, die wie Aquarien aussahen, schwammen beleuchtete Organe. Ein Mann, der mir den Rücken zugewandt hatte, war als Frankenstein verkleidet. Mit zwei Elektrodenplatten, wie sie zur Wiederbelebung in der Notfallmedizin benutzt wurden, ließ er die Funken sprühen.

Als der Wagen an mir vorbeigezogen war, blickte ich ihm nach und konnte Frankenstein nun von vorne erkennen. Sofort begann mein Herz zu rasen. Das war Jacques! Dieser verkleidete Frankenstein war mein Freund Jacques! Ohne weiter nachzudenken, schlüpfte ich unter der Absperrung hindurch, um so schnell wie möglich zu meinem tot geglaubten Freund zu gelangen. Sofort nahmen mich drei oder vier Hexen in Beschlag und hielten mich fest. Eine weitere schlug mir mit ihrem Besen auf das Hinterteil. Die Zuschauer johlten und der Frankensteinwagen entfernte sich immer mehr. Nur unter Aufwendung meiner ganzen Kraft konnte ich mich losreißen und dem Fuhrwerk nachlaufen. Schweißgebadet und außer Puste erreichte ich den

Wagen und schaute zu meinem Freund hoch. Er sah von oben auf mich herab, schien mich jedoch nicht zu erkennen und hantierte weiter unbekümmert mit seinen Elektrodenplatten herum. Ich war nahe dran, das Teil zu erklimmen, da schaltete sich mein Verstand wieder ein. Es ist Wunschdenken, Reiner, sagte ich mir: Schau genau hin, dieser Frankenstein ist viel zu groß. Die Maske und diese Perücke haben dir einen üblen Streich gespielt. Darunter steckt ein ganz anderer Mensch. Jacques ist tot!

Dass die Hexen mich inzwischen wieder eingefangen hatten, war mir einerlei. Da ich teilnahmslos innehielt, ließen sie nach einer Weile von mir ab. Ich schlüpfte wieder unter dem Absperrband hindurch und ließ den Rest der Parade an mir vorüberziehen, ohne irgendwelche Details wahrzunehmen. Als der letzte Motivwagen das Karussell passierte, hatte ich mich wieder einigermaßen unter Kontrolle. Auf einem großen Schiff fuhr das Parkmaskottchen, Papagei Holly, an mir vorbei und die Parade war zu Ende.

Wie auf ein geheimes Zeichen strömten die Besucher dem letzten Wagen hinterher in Richtung Ausgang. Offiziell schloss damit der Park für heute seine Pforten. Ich dagegen mischte mich nicht unter das dicht gedrängte Volk, sondern schlich langsam Schritt für Schritt zu einem dunklen Seitenweg. Nur der Hauptweg wurde noch normal beleuchtet, damit die Besucher ohne Weiteres den Weg zu ihren Autos fanden. Die Seitengassen dagegen waren nur von einer sparsamen Notbeleuchtung schwach erhellt. Da ich inzwischen den

Parkplan ausführlich studiert hatte, kannte ich einen Weg, um zum Lighthouse Tower zu gelangen, ohne dafür den Hauptweg benutzen zu müssen. Mittlerweile hatten sich meine Augen gut an die Dunkelheit gewöhnt, dennoch lief ich langsam und vorsichtig stets am Rande des Weges, um mich jederzeit, falls ich wider Erwarten nicht allein sein sollte, blitzschnell in die Büsche schlagen zu können. Der Himmel war so gut wie wolkenfrei und der Schein des abnehmenden oder zunehmenden Mondes – das konnte ich mir nie merken – unterstützte das schummrig gedämpfte Laternenlicht. Da es noch ein wenig dauern würde, bis die letzten Gäste den Park verlassen hatten, rechnete ich noch nicht mit einem Rundgang des Sicherheitsdienstes.

Zehn Minuten später war die Geräuschkulisse der Besucherschar verebbt. Die Stille und die Dunkelheit waren mindestens genauso gespenstisch und gruselig wie vorhin die düstere Atmosphäre der Parade. Noch war ich mir nicht sicher, ob dieses Treffen nicht eine mörderische Falle darstellte.

Unbehelligt erreichte ich den großen Platz mit dem Leuchtturm. Die Attraktion war ein Kettenkarussell mit gigantischen Ausmaßen, das in Form und Farbe einem Leuchtturm nachempfunden war. Auch hier war alles mit Kürbissen, Strohballen und getrockneten Blumen dekoriert. Am Sockel des Turms war ein mehrere Quadratmeter großes Bild aus verschiedenfarbigen Kürbissen gelegt worden. Ich schlich an den Rand des Platzes in den Schatten eines großen Busches, damit mich möglichst niemand von hinten überraschen konnte. Mehrere Minuten lang harrte ich so aus. Der Platz war menschenleer; lediglich ein Eichhörnchen huschte umher. Wieder kam mir Jacques in den Sinn. Wenn er noch leben würde, hätte ich mir eines seiner Nachtsichtgeräte leihen können. Der Restlichtverstärker, den er entwickelt hatte, war so stark, dass man auch bei fahlem Mondlicht vorsichtshalber eine Sonnenbrille als Augenschutz tragen sollte. Doch auf diese Erfindung musste ich verzichten. Stattdessen hatte ich nur eine kleine Stabtaschenlampe in meiner Jacke.

Ein plötzliches kurzes Quietschen ließ mich aufhorchen. Gleich darauf quietschte es ein zweites Mal. Das Geräusch wiederholte sich in einem annähernd gleichbleibenden Rhythmus. Ich lokalisierte die Klangquelle auf der gegenüberliegenden Seite des Platzes. Langsam bewegte ich mich im Halbkreis darauf zu. Als ich schließlich einen Weg, der von dem Platz wegführte, erreichte, bemerkte ich ein leicht schwingendes Tor wenige Meter entfernt. Verdammt, es war windstill, warum bewegte es sich? Zögernd huschte ich nach vorn, bis ich die Aufschrift ›Tor 4‹ erkennen konnte. Es führte ganz klar aus dem Park heraus. Auch hier konnte ich keine Menschenseele entdecken. Ich hielt das Tor fest, das Geräusch verstummte sofort. Das konnte nur bedeuten, dass dieser Durchgang eben benutzt worden war. Doch in welche Richtung?

Ich schlüpfte hindurch und überprüfte den asphaltierten Weg, der hinter dem Tor begann. In einer leichten Rechtskurve lief er außerhalb der Umzäunung parallel zum Holiday Park. Etwa 100 Meter entfernt konnte ich einen sich bewegenden Schatten ausmachen. Jetzt wusste ich wenigstens, dass der oder die Unbekannte aus dem Park herausgegangen war. War es der Kleinwüchsige oder jemand anderes? Sollte ich lieber am Turm bleiben und auf Brezano warten oder dem Schatten nachschleichen? Ich entschied mich nach kurzem Nachdenken für Letzteres. Durch die den Weg säumenden Bäume, deren Kronen sich wie ein Dach über den Weg spannten und dank des Mondlichts schaurige Schatten warfen, war es noch dunkler geworden. Meine Taschenlampe ließ ich trotzdem ausgeschaltet, um nicht gesehen zu werden. Ich schlich weiter und konnte nun rechts hinter dem Zaun die Schienen der zweiten Parkachterbahn mit dem Namen ›Superwirbel‹ erkennen. Der Weg verlief beinahe kerzengerade und ich folgerte, dass er am Verwaltungsparkplatz enden musste. Wahrscheinlich war er als Versorgungszugang zum Park gedacht.

Der Schatten war immer noch da. Er bewegte sich mit der gleichen Geschwindigkeit wie ich. Der Zaun endete an einem Gebäude. Ich schätzte seine Höhe auf etwa zehn Meter, die Breite konnte ich von meinem Standort aus schlecht bestimmen. An der mir zugewandten Gebäudeseite erkannte ich nun eine menschliche Gestalt, die mir zuwinkte. Noch bevor ich die Geste richtig einordnen konnte, löste sich die Gestalt in Luft auf. War es eine Sinnestäuschung, wie ich sie vorhin auch bei diesem Frankenstein gehabt hatte? Ich betrachtete die riesige Wand des Gebäudes näher und war verwundert.

Nirgendwo konnte ich eine Tür oder ein Fenster entdecken, sondern blickte direkt auf eine kahle Front. Hätte ich das Bauwerk nicht zuvor von der Seite gesehen, hätte ich es für eine überdimensionale Mauer gehalten. Vorsichtig huschte ich am Gebäude entlang und entdeckte eine Metalltür, dort, wo der Schatten verschwunden war. Sie war offenbar die einzige Öffnung auf dieser Seite. Ich hatte nicht die geringste Vorstellung, was sich dahinter verbarg. War es Brezano gewesen, der mir zugewunken hatte? Ich konnte mich täuschen, aber mir schien die Person größer, als ich mir den Kleinwüchsigen vorstellte. Mit Schwung öffnete ich die Tür, die, wie vermutet, nicht abgeschlossen war. Wegen der totalen Dunkelheit, die im Inneren herrschte, schaltete ich meine kleine Taschenlampe ein. Ich befand mich in einem Technikraum. An den Wänden hingen einige Schalt- und Sicherungskästen, auf dem Boden lagen unzählige Verlängerungskabel und in einer Ecke standen mehrere Trittleitern herum. Seltsam, was sollte von hier aus wohl gesteuert werden? Die Schalter und Sicherungen waren dermaßen kryptisch beschriftet, dass ich nichts zuordnen konnte.

Ich hatte keine andere Wahl, als die Tür am anderen Ende des Technikraums zu öffnen. Auch dies gelang mir problemlos, und nachdem ich mit meiner Lampe überall herumgeleuchtet hatte, wusste ich, wo ich mich befand: Direkt vor meinen Füßen verliefen ein paar Schienen. Ich war im Innern der Burg Falkenstein angekommen. Was die Erbauer auf der Vorderfront der Burg bis ins kleinste Detail liebevoll modelliert hatten, daran hatten sie auf der trostlos wirkenden Rückseite, die nie ein Besucher zu Gesicht bekam, gespart.

Ich folgte dem Schienenstrang nach rechts, da ich dort in geringer Entfernung einen größeren Raum ausmachen konnte. Nur durch gelegentlichen Einsatz meiner Taschenlampe erreichte ich ohne zu stolpern diesen Saal. Hier war eine mittelalterliche Bankettszene nachgestellt. An einem langen Tisch saßen mehrere echt wirkende Ritter- und Burgfräuleinfiguren, die während der Öffnungszeiten ständig in Bewegung waren. Auf einer Art Wagenrad, das als Kronleuchter diente, lag ein Hofnarr mit roter Harlekinmütze. Zur Belustigung der Gesellschaft tanzte ein Braunbär, auf dessen Kopf ein armer Bauer balancierte. Die ganze Kulisse war durch ein schmückendes Geländer von der Fahrbahn abgetrennt.

Es war mir nicht vergönnt, diese Szene genauer begutachten zu können. Das Licht flammte plötzlich auf und die Figuren begannen, sich zu bewegen. Ein Tonband spielte die dazu passende Geräuschkulisse ab. Irgendjemand hatte die Bahn in Betrieb gesetzt. Die ersten leeren Wagen kamen angefahren. Ich sprang geistesgegenwärtig über das Geländer, um nicht von ihnen erfasst zu werden.

Trotz des hohen Geräuschpegels hörte ich ganz deutlich einen Schuss. Die genaue Richtung, aus der er kam, konnte ich allerdings nicht ausmachen. Ich hechtete hinter den Tanzbären und warf mich zu Boden. Ein weiterer Schuss ertönte; der Hofnarr fiel von seinem Wagenrad und landete direkt auf dem darunter befindlichen Tisch.

Bei diesem Sturz verlor er seine Maske und ich konnte deutlich sein kleines Gesicht erkennen.

Das war keine Puppe, die da lag. Es war der Liliputaner! Seine Stirn war blutverkrustet, er musste schon seit einer Weile tot sein.

In der Ferne hörte ich einen Hund bellen. Bevor ich mir weitere Gedanken machen konnte, fiel bereits der nächste Schuss. Der Bär wackelte heftig, er drohte, auf mich niederzustürzen. Ich hechtete zur Seite und knallte mit voller Wucht gegen die Tischkante. Mir wurde schwarz vor Augen und ich verlor das Bewusstsein.

11. DER STROMFRESSER DER KRIMINALINSPEKTION

»Diese kleine Transfusion mit dem Bärenblut wird Ihnen bestimmt guttun«, hörte ich eine mir vertraute Stimme sagen. Ich geriet in Panik, wo war ich bloß? Mein Kopf dröhnte. Es fiel mir schwer aufzuwachen. Es dauerte eine Weile, bis meine Augen sich an das helle Licht gewöhnt hatten. Ich lag in einem Krankenzimmer und über mich beugte sich Dr. Metzger. Sein zuckender Mundwinkel verhieß nichts Gutes. Sobald ich irgendwie dazu in der Lage sein sollte, wäre es angebracht, meinen Körper auf fehlende oder veränderte Körperteile hin zu untersuchen.

»Was … mache ich … hier?«, richtete ich meine ersten stammelnden Worte an ihn.

»Ah, der Herr Palzki ist wieder unter den Lebenden. Haben Sie ein Glück. Darf ich Sie gleich mit meinem Nachsorge-Rundumsorglospaket bekannt machen?«

»Wo bin ich?«, fragte ich. »Warum sind Sie hier?«

»Sie hatten einen kleinen Unfall, mein Lieber. Man hat Sie ins Krankenhaus gebracht. Und ich bin Arzt, also liegt es nahe, dass ich hier bin.«

Meine schlimmsten Befürchtungen schienen sich bewahrheitet zu haben. War ich operiert worden? Der Angstschweiß trat mir auf die Stirn.

»Keine Panik, Herr Palzki, die Kollegen haben mich

nicht an Sie herangelassen. Ich bin nicht angestellt, sondern vielmehr aus privaten Gründen im Krankenhaus.« Er grinste. »Na ja, wie man es nimmt, ganz so privat sind die Gründe nun auch wieder nicht.«

»Herr Dr. Metzger, was tun Sie hier?« Auf seine Anwesenheit konnte ich mir immer noch keinen Reim machen.

»Ich bin nur zufällig über Sie gestolpert. Eigentlich bin ich gerade unterwegs auf einer kleinen Werbetour von Zimmer zu Zimmer und biete meine Dienstleistungen an.«

»Welche Dienstleistungen?«, fragte ich erstaunt.

»Nun, das Übliche eben. Nachsorgeuntersuchungen, kleine vorbeugende Operationen wie Gallen- oder Nierensteinentfernung, kosmetische Gesichtsanpassungen und so weiter. Seit die Krankenkassen die Zuschüsse stetig kürzen, boomt das Geschäft geradezu. Ich bin sogar dabei, ein paar Praktikanten auszubilden. Wenn die mir zwei- oder dreimal über die Schulter geschaut haben, können sie selbstständig einen Blinddarm entfernen oder einen Bypass legen. Und das obendrein für wenig Geld.«

»Machen Sie jetzt wieder einen Ihrer Späße?«

»Welche Späße? Ich muss Ihnen sagen, seit Ihr Kollege, dieser Student, in seinen Romanen für mich wirbt, bekomme ich fast täglich Nachfragen. Ich habe sogar eine Rabattkarte für chirurgische Eingriffe eingeführt. Bei 20 OP-Punkten gibt es bereits kleinere kosmetische Operationen gratis.«

Das war zu viel für mich. Ich versuchte, mich in

meinem Bett etwas aufzusetzen, was mir zu meinem Erstaunen sogar ohne größere Probleme gelang. Das Schwindelgefühl ignorierte ich einfach. In meinen Schläfen pochte es, als wäre ein Dampfhammer am Werk. Am Epizentrum des Pulsierens ertastete ich ein großes Pflaster, das eine mittelprächtige Beule bedeckte. Ich schaute zweifelnd an mir herab und konnte glücklicherweise keine weiteren sichtbaren Blessuren feststellen. Metzger stand neben mir und hatte immer noch dieses hinterhältige Grinsen im Gesicht.

»Was ist passiert? Wie bin ich hergekommen?«

»Nun machen Sie sich mal keine Sorgen, Herr Palzki. Ich habe vor ein paar Minuten mit dem Stationsarzt gesprochen. Mit dieser Beule sind Sie absolut glimpflich davongekommen. Wahrscheinlich dürfen Sie heute sogar wieder nach Hause. Da fällt mir ein, ich habe der Schwester versprochen, Bescheid zu sagen, sobald Sie aufwachen.«

In diesem Moment ging die Tür auf und Stefanie stürzte herein. »Oh, Reiner, wie gehts dir?« Sie kam auf mich zu und fiel mir um den Hals. »Ist alles okay?«

Ich nickte und verschwieg meine hämmernden Kopfschmerzen. »Alles prima, was machen die Kinder?«

»Die sind bei meiner Mutter. Reiner, wir haben uns Sorgen gemacht. Erst weit nach Mitternacht hat uns die Polizei darüber informiert, was dir passiert ist.«

»Wie spät ist es denn?« In der Notaufnahme hatte man mich anscheinend nicht nur meiner Kleider beraubt. Der Blick aus dem Fenster sagte mir klar und deutlich, dass die Nacht vorbei war.

»Es ist kurz vor 10 Uhr morgens. Der Arzt wollte mich heute Nacht nicht zu dir lassen, da du noch bewusstlos warst.«

Bereits als Stefanie zur Tür hereingekommen war, hatte sich Metzger verdrückt. Anscheinend hatte er inzwischen die Schwester benachrichtigt. Diese brachte gerade ein Tablett herein und stellte es neben mein Bett. Danach maß sie meinen Puls. »Wie fühlen Sie sich, Herr Palzki?«

»Prima, alles wie immer.«

»Der Arzt hat gesagt, dass Sie großes Glück gehabt haben. Das hätte auch anders ausgehen können. Wenn die Untersuchungen nichts Gegenteiliges ergeben, dürfen Sie heute Mittag wieder nach Hause. Ich bringe Ihnen gleich ein ordentliches Frühstück.«

»Lassen Sie mal, Schwester«, unterbrach sie Stefanie. »Ich habe für meinen Mann ein paar gesunde Leckerbissen dabei.«

»Bringen Sie mir das Frühstück bitte trotzdem. Ich habe nämlich einen Bärenhunger«, baute ich vor.

Nachdem die Schwester verschwunden war, hoffte ich, dass Stefanie meiner Erinnerung auf die Sprünge helfen könnte: »Kannst du mir sagen, was letzte Nacht passiert ist?«

»Na, dass du im Holiday Park herumgeschlichen bist, wirst du wohl noch wissen, oder?«

»Ja, daran kann ich mich erinnern. Dieser Brezano, das ist ein Kleinwüchsiger, der im Park arbeitet, hat mich angerufen und wollte sich mit mir treffen. Er behauptete, er wisse, wer der Mörder des Parkgärtners sei. Im Park bin ich einer verdächtigen Person bis in die Burg Falkenstein hinein nachgeschlichen. Plötzlich krachten Schüsse und der tote Liliputaner fiel mir fast vor die Füße. Es folgten weitere Schüsse und was dann geschah, weiß ich nicht mehr.«

»Jutta sagte mir am Telefon, du seist mit dem Kopf gegen einen Tisch geknallt.«

»Weiß Jutta, wer da rumgeballert hat?«

»Nein, deine Kollegen haben noch nichts gefunden. Der Liliputaner soll schon länger tot gewesen sein. Und du bist wahrscheinlich nur am Leben, weil der Hund des Nachtwächters den Lärm in der Geisterbahn gehört hat. Der Wächter hat euch beide in der Bankettszene gefunden. Zuerst dachte er an einen Unfall. Erst später bemerkte er, dass dieser Brezano erschossen wurde. Von dem Täter fehlt bis jetzt jede Spur.«

»Stefanie, es tut mir so leid. Ich konnte nicht ahnen, dass so etwas passieren würde.«

»Ist ja gut, Reiner. Jetzt ruh dich noch ein paar Stunden aus und später hole ich dich ab. Ach, übrigens, der Geschäftsführer des Holiday Parks hat angerufen. Er hat mich und die Kinder für heute Mittag in den Park eingeladen.«

»Was hat er gemacht? Wieso denn das?«

Stefanie zuckte mit den Achseln. »Keine Ahnung, du kannst natürlich auch mitkommen, hat er gesagt, falls du bis dahin fit genug sein solltest.«

»Selbstverständlich gehe ich mit! Hat der Park heute wieder geöffnet?«

»Ja. Nur die Burg Falkenstein bleibt gesperrt. Die

Spurensicherung kann ohne Weiteres von der Rückseite in das Gebäude hinein, sodass keiner der Besucher etwas bemerken wird. Jutta hat mir das vorhin alles erzählt. Neue Erkenntnisse gibt es allerdings nicht, soll ich dir ausrichten.«

Stefanie blieb noch eine Weile bei mir sitzen und vergewisserte sich, dass ich ihren Proviant auch brav aufaß. Nach einer innigen Umarmung verließ sie mich, ohne mir wegen des gestrigen Abends Vorwürfe zu machen.

Kaum war sie gegangen, stürzte ich mich auch noch auf das Krankenhausessen. Der Kaffee belebte meine Sinne. Stefanie war so nett gewesen, mir die Sonntagszeitung mitzubringen. Ich machte es mir in meinem Bett so richtig bequem und beschloss, die nächsten Stunden ausschließlich zur persönlichen Rehabilitation zu nutzen. Andere hatten dafür wochenlang Zeit, mir mussten ein paar Stunden genügen. Keine Nachbarin, kein Telefon, nichts konnte mich jetzt stören. Ich schlug die Zeitung auf und im gleichen Moment öffnete sich die Tür.

»Guten Morgen, Herr Palzki!«, rief mir die Schwester zu und schob ein zweites Krankenbett ins Zimmer. Darin lag ein älterer Mann, dessen rechtes Bein bis zum Hüftgelenk eingegipst war.

Er grüßte mich kurz und wandte sich an die Schwester: »Fräuleinschen, sind Sie so gut und geben Sie mir noch die Fernbedienung? Gleich fängt das Autorennen an.«

Der Mann war offensichtlich schwerhörig. Er musste fast taub sein, anders konnte ich mir nicht erklären, dass er die Lautstärketaste bis zum Anschlag gedrückt hatte, wenn nicht sogar darüber hinaus. Der Lautsprecher des Fernsehers krächzte unverständlich und dessen Kunststoffgehäuse war vermutlich dem Schmelzen nahe. Kurz darauf kam eine Schwester und stellte das Gerät leiser, doch sie hatte kaum das Zimmer verlassen, da hatte der Mann die Lautstärke erneut voll aufgedreht.

Ich erhob mich und fischte meine Kleider aus einem der Wandschränke. Vier Stunden später, die Schwester hatte mich im Café des Krankenhauses aufgespürt und der Arzt mich für gesund befunden, wartete ich auf meine Frau. Ich saß im Flur, als Jutta den Gang entlanggelaufen kam.

»Hallo, Reiner, was machst du bloß hier?« Sie lachte, während sie auf mich zuging. »Alles wieder im grünen Bereich, Herr Kollege?«

»Klar doch. Ich hatte jetzt ehrlicherweise nicht mit dir, sondern mit Stefanie gerechnet.«

»Mach dir keine Sorgen. Deine Frau weiß Bescheid. Ich habe mit ihr telefoniert und sie darüber informiert, dass ich dich abhole. Ich brauche dich kurz für ein paar Informationen in der Inspektion. Danach bringe ich dich ganz schnell heim. Das habe ich Stefanie fest versprochen. Sie hat mir gesagt, dass ihr zusammen in den Holiday Park fahrt, da euch der Geschäftsführer eingeladen hat. Gibt es dafür einen bestimmten Anlass?«

»Nein, keine Ahnung, wie wir zu der Ehre kommen. Wie du dir denken kannst, bin ich selbst sehr gespannt darauf, was der Grund ist.«

»Eins nach dem anderen. Hast du noch irgendwelche Sachen im Zimmer, die wir mitnehmen müssen?«

»Ich habe alles, Jutta. Ich war gestern Abend mit leichtem Gepäck unterwegs.«

»Dann lass uns zum Auto gehen«, beschloss meine Kollegin.

Eine Viertelstunde später hielt sie auf dem für sie reservierten Parkplatz im relativ leeren Hof der Inspektion. Da am Wochenende nur der Schichtdienst anwesend war, wirkte die Wache an diesen Tagen etwas verlassen.

»Nanu, das ist doch der Mertens! Was macht der denn heute hier?«, bemerkte ich verwundert, als wir aus dem Wagen ausstiegen. »Seit wann arbeitet der Hausmeister am Wochenende?«

»Vielleicht eine dringende Sonderaufgabe unseres Energieberaters«, mutmaßte Jutta. »Er hat so einen komischen Sack ins Gebäude geschleppt.«

»Ja, das habe ich auch gesehen. Schau mal auf den Boden. Hier ist alles voller Sand.«

»Das ist Blumenerde oder so. Ob die von unserem Hausmeister stammt?«

In einer Linie zog sich die Spur die Treppe bis ins Obergeschoss hinauf.

»Was will der Mertens da oben in den Büros der Verkehrsdirektion? Da arbeitet doch heute keiner. Jutta, lass uns mal nachschauen, vielleicht hat er noch gar nicht bemerkt, dass er das Zeug verloren hat.«

Wir stiegen hoch ins zweite Obergeschoss. Doch auch dort nahm die Spur kein Ende. Sie führte weiter ins Dachgeschoss hinauf.

»Was will der auf dem Speicher? Dort liegt nur altes Gerümpel herum.«

Jutta war fast noch neugieriger als ich, und so schnauften wir auch noch die letzten Stufen bis unter das Dach. Das Dachgeschoss war in zwei Hälften unterteilt. Die Spur führte nach rechts direkt in einen großen Speicherraum. Ihn hatte ich bisher nur einmal, und das war schon einige Jahre her, betreten. Die Tür stand offen und gab den Blick auf einen großen Raum frei, der in ungewöhnlich helles Licht getaucht war. Eine mörderisch schwüle Hitze schlug uns entgegen. Der Hausmeister verschwand gerade mit seinem geschulterten Sack in einem kleinen, selbst gezimmerten Kämmerchen in der gegenüberliegenden Ecke. Jutta und ich waren an der Tür stehen geblieben und konnten es nicht glauben: In acht Reihen, die jeweils etwa zehn Meter lang waren, befanden sich auf langen Tischen Beete, wie sie in einem Gewächshaus üblich waren. Über den Pflanzenreihen waren dicke Stahlkabel gespannt, an denen in geringem Abstand unzählige Lampen hingen, die neben dem grellen Licht auch für die Hitze verantwortlich waren. Zwischen den Gewächsen, die je nach Beetreihe unterschiedlich groß waren, lagen perforierte Wasserschläuche, aus denen unablässig dünne Rinnsale Wasser sickerten.

Wir schauten uns an.

»Hast du schon mal so eine große Indoor-Hanfplantage gesehen, Reiner?«

Auch wenn ich nicht gerade mit großen Pflanzenkenntnissen gesegnet war, dieses Gewächs erkannte ich sofort. Allerdings erst, seit ich auf der Polizeischule war. Just in diesem Moment kam Herr Mertens aus seinem Kämmerchen und erschrak zu Tode, als er uns entdeckte. Eine Flucht schien für ihn ausgeschlossen. Selbstsicher kam er auf uns zu: »Frau Wagner, Herr Palzki, es ist nicht so, wie Sie jetzt wahrscheinlich vermuten.«

»Das sage ich meiner Frau auch immer«, antwortete ich ihm. »Wie auch immer, von unserem Elektrofuzzi dürften Sie den geringsten Ärger erwarten.«

»Ich hole ein paar Kollegen«, sagte Jutta und verschwand nach unten.

»Herr Palzki, würden Sie sich auf einen kleinen Deal einlassen?«

»Lassen Sie mal hören, Herr Mertens.«

»Ich habe nicht nur die Produktion aufgebaut, sondern auch die gesamte Verteilung geregelt. Alles ist bis ins Detail durchorganisiert. Noch zwei Jahre und ich kann mich nach Florida absetzen. Haben Sie nicht Lust mitzukommen?«

Ich tat so, als würde ich ernsthaft über sein Angebot nachdenken, schüttelte nach einer Weile aber den Kopf. »Wenn Sie mir jetzt ein Plätzchen im brasilianischen Dschungel angeboten hätten, wäre dies unter Umständen eine Überlegung wert gewesen. Doch Florida ist mir mit diesem ganzen Fast-Food-Zeug eindeutig zu amerikanisch.«

Der mir körperlich um einiges überlegene Mertens schien darüber nachzudenken, ob er die Situation eventuell mit Gewalt noch retten konnte. Doch die Unterbreitung seines Angebotes hatte ihn zu viel Zeit gekostet, da in diesem Moment mehrere Beamte die

Treppe hochgestürmt kamen. Als sie die Anpflanzung sahen, waren sie mehr als bestürzt. Einer rief erbost: »Um wegen dieses Hanffelds hier oben Strom zu sparen, mussten wir unseren Kaffee kalt trinken!«

Wir überließen Mertens den Kollegen und gingen nach unten in Juttas Büro.

»Soll ich uns einen Kaffee aufsetzen?«

»Lieber nicht, Jutta. Nicht, dass die Kollegen von der Drogenfahndung auch noch den Sekundentod entdecken.«

Jutta lachte. »Dieser Tag hat es wirklich in sich. Wenn du gestern Abend deine Eskapaden unterlassen hättest und deshalb nicht im Krankenhaus gelandet wärst, hätten wir keinen Grund gehabt, in die Inspektion zu fahren und hätten die Indoor-Plantage nicht entdeckt. Glaubst du, dass der Prüfer vom Präsidium da seine Finger im Spiel hatte?«

»Glaube ich nicht. Dessen Lebensinhalt besteht darin, im Nichts auch noch die letzte Milliwattsekunde zu sparen. Wenn der Spinner die unzähligen Lampen sieht, kriegt er glatt einen Herzinfarkt.«

Jutta schaltete ihren Computer an, um die neusten Informationen abzurufen.

»KPD wird von dieser Sache auch nicht gerade erbaut sein. Das Ganze hat sich immerhin in seinem Einflussbereich abgespielt«, ergänzte ich.

»Dem fällt bestimmt etwas ein, um jemand anderem die Schuld in die Schuhe zu schieben. He, da kommt mir ein Gedanke: KPD war bis vor Kurzem in Ludwigshafen beschäftigt, und wenn mich nicht alles täuscht, war er dort auch für die Einstellung ziviler Mitarbeiter zuständig. Ich werde mal klären, ob KPD etwas mit der Anstellung unseres Hausmeisters zu tun hatte.«

Ich erkannte einen Hoffnungsschimmer. »Ja, mach mal. Wenn du Hilfe brauchst, in mir findest du immer einen verlässlichen Partner.«

Sie schaute mich skeptisch an. »Ob das Stefanie auch von dir behaupten kann?«

»Ach, hör auf! Was kann ich dafür, dass immer alles gleichzeitig über mich hereinbricht? Ich tu mein Bestes.«

»Na schön, kommen wir zu einem anderen Thema. Du hast gestern angeblich einen Anruf von Brezano erhalten. Wir konnten das zurückverfolgen. Du wurdest wirklich von Brezanos Wohnung aus kontaktiert. Damit dürfte es relativ sicher sein, dass es sich bei dem Anrufer tatsächlich um den Liliputaner gehandelt hat. Nach Angaben des Arztes muss er daraufhin in einem Zeitraum zwischen einer und drei Stunden erschossen worden sein. Zum Zeitpunkt der Halloween-Parade lebte er definitiv nicht mehr.«

»Und wem bin ich im Park die ganze Zeit nachgeschlichen?«

»Unserem großen Unbekannten! Der Nachtwächter war es jedenfalls nicht, der war gerade auf seinem ersten Rundgang, den er immer am Verwaltungseingang beginnt, als sein Hund registrierte, dass mit der Geisterbahn etwas nicht stimmte. Als die ersten Schüsse fielen, war er im Technikraum. Allerdings hat er nicht erkannt, dass es sich um Schüsse gehandelt hat. Als er daraufhin

Brezano und dich fand, dachte er deshalb zunächst an einen tragischen Unfall.«

»Konnten irgendwelche Spuren sichergestellt werden?«

»Sogar jede Menge, Reiner. Ob man die alle zuordnen kann, dürfte sehr fraglich sein. Den ganzen Oktober über sind in der Burg Falkenstein sogenannte Live-Erschrecker am Werk, die den Besuchern in ihren Geisterbahnwagen Angst einjagen. Daher kannst du dir sicher vorstellen, wie viele Spuren wir gefunden haben.«

»Wie heißt der Nachtwächter? War es dieser Tim Wochner?«

»Ja, sein Kollege ist zurzeit krank. Ich kann mir allerdings nicht vorstellen, dass er es war, der dich in diese Falle gelockt hat. Oder hast du einen Hund bei ihm gesehen?«

Ich verneinte. »Nur diesen Schatten. Er hat mich regelrecht dazu verleitet, ihm zur Geisterbahn zu folgen. Ansonsten habe ich nichts bemerkt, was irgendwie von Bedeutung sein könnte.«

»Na gut«, schloss Jutta. »Da kann man nichts machen. Brezanos Wohnung wird zur Stunde zum zweiten Mal durchsucht. Gestern wurde zwar eine umfangreiche Waffensammlung sichergestellt, Anhaltspunkte für eine Verbindung zu den Morden wurden aber nicht gefunden.«

»Für mich liegt es nahe, dass der Liliputaner irgendetwas im Park gesehen hat. Höchstwahrscheinlich hat er den Mörder bei der Ausübung der Tat beobachtet.

Jutta, könntest du überprüfen lassen, ob dieser komische Solarverein gestern im Park war?«

»Stimmt, das sollte gecheckt werden. Ich gebe es gleich an Jürgen weiter. Er will hier vorbeikommen. Ach, übrigens, Brezanos Wagen wurde auf dem Parkplatz der Parkverwaltung gefunden. Genaueres werden wir bis morgen wissen.«

»Mehr fällt mir im Moment auch nicht ein, Frau Kollegin. Ich werde mich jetzt auf den Weg nach Hause machen.«

»Alles klar, ich fahr dich schnell.«

»Lass mal, Jutta. Ein bisschen laufen wird mir jetzt ganz guttun.«

Jutta schaute mich entgeistert an. »Bist du krank, Reiner?«

»Was soll die Frage? Es geht mir blendend.«

»Du bist doch bisher noch nie, wenn es sich vermeiden ließ, einen Schritt freiwillig zu Fuß gegangen.«

»Da siehst du mal, wie sich die Zeiten ändern. Gestern bin ich sogar im Holiday Park herumgelaufen und das war auch freiwillig. Vielleicht mache ich irgendwann mal das Wanderabzeichen des Pfälzer-Wald-Vereins.«

»Das ist nicht dein Ernst. Das glaube ich dir erst, wenn du eines Tages mit Hut hinterm Steuer deines Autos sitzt.«

»Genau. Und auf der Hutablage steht die umhäkelte Klopapierrolle. Ne, Jutta. Sag mir bitte Bescheid, falls es einmal so weit sein sollte, damit ich mich erschießen kann.«

Ich verabschiedete mich und versprach, ihr über unseren Familienausflug im Park zu berichten. Eine Viertelstunde später war ich tatsächlich zu Hause angekommen. Meine Schwiegermutter wischte im Wohnzimmer Staub.

»Das war bitter nötig«, waren ihre Begrüßungsworte.

Ich murmelte ein paar Sätze vor mich hin, von denen es gut war, dass sie sie nicht verstand. Paul kam angeflogen und wollte mir zur Begrüßung gleich einen neuen Witz erzählen. Zum Glück war auf Stefanie Verlass, sie kam einen Moment später aus der Küche. »Lass deinen Vater noch etwas in Ruhe, Paul. Er ist noch nicht so richtig fit.« Zu mir sagte sie: »Alles in Ordnung mit dir? Konntest du Jutta helfen?«

»Ja, mir geht es wieder ausgezeichnet. Die Beule spüre ich schon gar nicht mehr. Ich bin nur ein bisschen müde. Haben wir noch etwas Zeit, bis wir zum Holiday Park aufbrechen?«

»Du kannst dich noch eine Stunde ausruhen. Dann fährt meine Mutter wieder heim. Sie will nicht mit in den Park. Ach übrigens, hör mal den Anrufbeantworter ab. Dieser Student Becker, von dem du öfter gesprochen hast, hat eine Nachricht hinterlassen. Er will irgendein Geheimnis gelöst haben. So ganz habe ich es nicht verstanden.«

Stimmt, Becker war längst überfällig. Normalerweise störte er mich häufiger bei meinen polizeilichen Ermittlungen. Ich drückte die Wiedergabetaste.

›Guten Morgen, Herr Palzki. Becker hier. Dietmar Becker. Ich weiß leider nicht, wo ich Sie erreichen kann. Deshalb spreche ich Ihnen jetzt auf dieses Gerät. Bitte rufen Sie mich zurück, Sie haben ja meine Nummer. Ich habe das Geheimnis um die Morde im Holiday Park gelöst. Im Prinzip ist alles sehr einfach. Sie werden staunen, was ich Ihnen zu erzählen habe!‹

In Windeseile durchsuchte ich das Telefonregister, um Beckers Nummer herauszusuchen. Meine Neugier wurde nicht befriedigt. Am anderen Ende der Leitung nahm auch beim wiederholten Versuch niemand ab. »Verdammter Mist!«, fluchte ich vor mich hin, was mir einen bösen Blick von Stefanie einbrachte. Paul versuchte sofort, mich zu imitieren.

Die ersehnte Ruhestunde wurde mir durch Beckers Nachricht geraubt. Ziellos ging ich von einem Zimmer ins andere, während mir die wildesten Theorien durch den Kopf schwirrten. Meine Schwiegermutter betrachtete mich verwundert und begann daraufhin, mit ihrer Tochter zu tuscheln. Es waren mit Sicherheit keine Nettigkeiten, so viel war sicher. Schließlich ging auch diese Stunde vorbei. Nachdem sie Stefanie viele Ratschläge für eine schwangere Frau erteilt hatte, verabschiedete sie sich endlich. Mir drückte sie nur kurz die Hand.

»Papa, fahren wir nachher zuerst die geile Achterbahn?«, fragte mich mein Sohn, der schon die ganze Zeit aufgeregt auf unser Startsignal wartete. Melanie lief in ihr Zimmer, um ausreichend Ersatzakkus für ihren MP3-Player einzupacken.

Zu viert fuhren wir mit Stefanies Opel Corsa zum Park, da sich mein Wagen noch dort befand.

12. DAS GEHEIMNIS DES HOLIDAY PARKS

Ich lotste Stefanie auf den Besucherparkplatz. Wir hatten Glück und konnten das Auto nur wenige Meter von meinem Dienstwagen entfernt abstellen. Als wir am Parkeingang und den Kassen vorbeiliefen, ohne hineinzugehen, schaute mich Paul zornig an. »Papa, da müssen wir lang!«

»Ich weiß, mein Sohn. Lass uns trotzdem heute lieber einen schönen Spaziergang im Wald machen. Den Park können wir ein anderes Mal besuchen.«

Paul war außer sich. Darum erklärte ich ihm schnell, dass das nur ein Scherz gewesen war. Glücklicherweise ließ er sich davon überzeugen, den Verwaltungseingang zu nehmen, da wir dort erwartet wurden. Wir meldeten uns am Personaleingang an. Kaum eine Minute später kam uns Herr Schleicher entgegen.

»Hallo, Herr Palzki. Es freut mich, dass es Ihnen offensichtlich wieder gut geht. Aha, Sie müssen die Gattin sein. Ich bin erfreut, Sie kennenzulernen, Frau Palzki. Mein Name ist Schleicher.« Er schüttelte uns nacheinander die Hand. »Und das sind wohl Ihre Kinder?«

Stefanie stellte Paul und Melanie vor und ich stellte fest, dass meine Kinder sich gut benahmen. Bereitwillig streckten sie dem Geschäftsführer ihre Hände hin.

»Ihr wollt euch bestimmt ein wenig im Park umschauen, oder?«, sprach er die beiden lächelnd an.

Paul bekam sofort leuchtende Augen. Sogar Melanie schien sich inzwischen auf die Fahrgeschäfte zu freuen. »Also nichts wie los. Wir werden euch später sicher wiederfinden.«

Stefanie schaute Herrn Schleicher entsetzt an. »Sollen die beiden etwa ganz allein durch den Park streifen?«, fragte sie.

»Ja, warum nicht?«, versetzte der Parkchef. »Keine Angst, hier ist noch keiner verloren gegangen. Es kann ihnen nichts passieren, wir haben jede Menge Angestellte im Park, Frau Palzki. Kinder gehören schließlich zu unserer Zielgruppe. Sie brauchen sich also keine unnötigen Sorgen zu machen.«

Paul und Melanie zögerten.

»Ich mache mir aber Sorgen«, entgegnete meine Frau energisch.

Herr Schleicher nickte. »Ich habe einen Vorschlag für Sie. Sie begleiten Ihre Kinder und ich verschwinde mit Ihrem Mann in meinem Büro. Anschließend stoßen wir zu Ihnen. Keine Angst, wir werden Sie garantiert finden und eine Überraschung habe ich dann auch für Sie parat.«

Meine Frau sah mich unschlüssig an und konnte sich anscheinend nicht von mir trennen.

»Na, mach schon, Stefanie. Geh mit den Kindern und genieße den Ausflug. Wir kommen später nach und ich fahre mit euch auf dem Donnerfluss, okay?«

Sie stimmte zu.

»Kommen Sie, Herr Palzki. Hier entlang.« Wir gingen in sein Büro und setzten uns.

»Zwei Tote im Park sind ein Desaster, Herr Palzki. Einer war schon zu viel, aber jetzt ist das Fass endgültig am Überlaufen. Ich kann nicht mehr. Wir müssen dem Ganzen ein Ende setzen. Und zwar sofort!«

»Wir?«

»Ja, wir. Sie haben mich richtig verstanden, Herr Palzki. Ich werde Ihnen jetzt ein gut gehütetes Geheimnis anvertrauen. Hier im Park befindet sich das Labor von Jacques. Ich hatte es meinem Freund zur Verfügung gestellt, damit er in Ruhe seine Forschungen weiterführen konnte.«

»Jacques hat hier bei Ihnen gearbeitet?«

Herr Schleicher nickte verwundert. »Ich dachte, das haben Sie längst vermutet. Waren Sie nicht deswegen in der letzten Nacht im Park? Unser Freund wusste, dass es für ihn gefährlich werden würde und sich verschiedene Gruppen für seine Forschungsarbeit interessierten.«

»Ging es um alternative Energien?«

»Natürlich, worum denn sonst? Seine Entdeckung hätte die Welt revolutioniert.«

Jacques hatte also tatsächlich hier im Park geforscht. Ich hatte das Gefühl, als hätte ich es schon die ganze Zeit über gewusst.

»Und warum die Morde?«, fragte ich. »Das ergibt alles keinen Sinn!«

»Ich weiß zwar nicht, wie, jedenfalls muss jemand von dem Labor im Park erfahren haben. Nur den genauen Standort konnte niemand ausfindig machen. Bedenken Sie, es steht sehr viel auf dem Spiel. Denn Jacques hätte seine Forschungsarbeit ja bereits fertiggestellt haben können.«

»Hat er?«

Herr Schleicher schüttelte den Kopf. »Nein, er hatte zwar wichtige Indikatoren entdeckt, doch er stand vor einem letzten Problem, das er noch nicht lösen konnte. Kommen Sie mit, Herr Palzki. Ich zeige Ihnen das Labor.«

»Jetzt, mitten am Tag? Hier wimmelt es von Besuchern!«

»Keine Angst, dort, wo wir hingehen, gibt es heute keine Besucher.«

Er schnappte sich den Telefonhörer, wählte eine kurze Nummer und sprach, als der Angerufene abgenommen hatte, ein knappes: »Ich gehe jetzt mit Herrn Palzki hinüber. Passen Sie bitte auf.«

Er wandte sich wieder an mich. »Das war mein Pressesprecher. Er ist der Einzige, der außer mir den Zugang zum Labor kennt. Er wird ein Auge auf uns haben.«

Wir verließen das Büro. Wie schon nach dem Einbruch wählte er nicht den direkten Weg nach rechts in den Park, sondern ging nach links zu den Hallen.

Als wir an der Halle, in der der Einbruch stattgefunden hatte, vorbeikamen, schoss mir ein Gedanke durch den Kopf. »Wahrscheinlich hat *hier* jemand das geheime Labor vermutet«, fabulierte ich.

»Klar, was denn sonst, Herr Palzki? Aber so einfach ist es nicht zu finden. An diesem Gebäude kommen viel zu viele Leute vorbei.«

Kurz danach liefen wir den gleichen Weg entlang, den ich bereits gestern von der anderen Richtung aus zur Burg Falkenstein genommen hatte. Am helllichten Tag wirkte er nicht im Geringsten unheimlich.

Der Geschäftsführer deutete nach links. »Hier sehen Sie die Rückseiten der Parkrestaurants. Durch diese Türen werden die Restaurants beliefert. Kein Besucher bemerkt etwas davon. Und hier vorne – «, er deutete auf ein mehrstöckiges Gebäude, »ist die Rückseite der Burg Falkenstein. Das müsste Ihnen doch bekannt vorkommen, oder? Was wollten Sie dort letzte Nacht überhaupt?«

Ich versuchte abzuwiegeln, in dem ich nur auf seine erste Frage einging. Manchmal hatte ich mit solch kleinen psychologischen Tricks Glück. »Bei Nacht hat das Ganze viel unheimlicher ausgesehen.«

Bei Tageslicht wirkte diese Seite der Geisterbahn sehr trostlos. Der einzige Zugang war, wie ich gestern Abend bereits festgestellt hatte, eine Metalltür.

Herr Schleicher hakte zum Glück nicht nach, sondern öffnete die Tür und bat mich, einzutreten. »Kommen Sie. Sie kennen sich hier ja aus. Wir können uns frei bewegen, die Polizei hat ihre Arbeit bereits erledigt.«

»Befindet sich Jacques' Labor in dieser Burg?«, fragte ich verwundert. »Dann muss die Spurensicherung es doch entdeckt haben!«

Ein kurzes Lachen war die Antwort. »Wir sind keine Anfänger, Herr Palzki. Jacques selbst hat den Zugang gestaltet.«

Im Technikraum sah es noch genauso aus, wie ich es in Erinnerung hatte. Herr Schleicher drückte ein paar

Tasten. »Ich habe das Licht der Bahn eingeschaltet. Ich denke, auf die Geräusche und die Figurenanimationen können wir verzichten.«

Wir verließen den Technikraum und standen nun auf den Gleisen der Falkenstein-Bahn. Aufgrund der eingeschalteten Beleuchtung konnte man auf beiden Seiten den jeweils nächsten Raum erkennen.

»Wie kommt man tagsüber in das Labor, wenn die Bahn in Betrieb ist?«, wollte ich wissen.

»Überhaupt nicht!«, war die Antwort. »Das geht nur frühmorgens oder abends.«

Ich folgte dem Parkchef nach links. Die Bankettszene auf der rechten Seite war anscheinend nicht sein Ziel. Als sich der Gang zum nächsten Raum hin öffnete, drehte sich Herr Schleicher unvermittelt um und fragte: »Haben Sie früher auch so gerne die alten Edgar-Wallace-Filme gesehen?«

Ich bejahte. »Natürlich, besonders die Filme mit Klaus Kinski und Eddi Arent.«

»Jetzt passen Sie mal genau auf.« Er ging in die Halle hinein und geradewegs auf ein kleines Podest zu. Hier stand ein Bogenschütze, der mit seiner Waffe die Fahrgäste zu bedrohen schien. Wahrscheinlich wurde auch er normalerweise künstlich in Bewegung gesetzt. Die runde Wand im Hintergrund war mit Wandteppichen behängt und erinnerte mich an das Innere eines Turms.

Der Parkchef ging auf den Schützen zu und drehte den Pfeil, der abschussbereit auf dem Bogen saß, eine Viertelumdrehung nach links. Dann hob er seine Spitze an. Im nächsten Moment vernahm ich ein Schnarren.

»Nach Ihnen«, sagte Herr Schleicher zu mir und deutete mit der Hand auf einen der Wandteppiche. Nur aufgrund seiner Erwähnung der Edgar-Wallace-Filme ging ich, ohne zu zögern, auf den Teppich zu. In etwa zwei Metern Höhe war dieser an einem Metallrohr, einer Art überdimensionaler Gardinenstange, mit Schlaufen befestigt. Das untere Ende des Teppichs reichte exakt bis zum Boden.

»Sie wollen doch nicht behaupten, dass es hier Geheimgänge gibt?«

Der Geschäftsführer schmunzelte. »Na ja, wie man es nimmt. Einigen wir uns auf einen gut versteckten Zugang zu einer Treppe. Würden Sie jetzt so freundlich sein und den Teppich zur Seite schieben?«

Ich folgte seiner Anweisung. Hinter dem Teppich befand sich zu meiner Überraschung eine schmale Wendeltreppe, die nach unten führte. Ich begutachtete den Zugang zur Treppe und konnte eine kleine Schiebetür entdecken, die fast komplett in der Mauer versenkt war.

»Alles nur Illusion, Herr Palzki.« Er klopfte mit seiner Faust auf die massiv wirkende Mauer, die seltsam hohl klang. »Alles aus Plastik und ähnlichen Materialien. Darf ich vorgehen?«

Herr Schleicher nahm die Wendeltreppe nach unten, die mit kleinen grünen Lampen ausgestattet war. »In der Bauphase war dies ein offizieller Zugang zu den unteren Etagen. Ursprünglich wollten wir dort Ersatzteile für die Burg Falkenstein lagern. Das hat sich jedoch als wenig praktikabel herausgestellt. Bis Jacques anfing, den Keller als Labor zu nutzen, gab es hier keine Tür. Jeder, der den Vorhang zur Seite schob, konnte die Treppe erkennen. Aber wer kam schon auf so eine verrückte Idee?«

Wir hatten bis jetzt etwa zwei Umdrehungen auf der Wendeltreppe zurückgelegt und noch immer war kein Ende in Sicht. Da hörte ich ein seltsames Rauschen, es schien direkt aus der Wand zu kommen.

»Keine Angst, Herr Palzki. Das ist nur der kleine Fluss, von dem ich Ihnen bereits erzählt habe. Beim Bau der Burg war es einfacher gewesen, das Gebäude um ihn herum zu errichten, als das Flussbett zu verlegen. Seitdem fließt er in einem Betonkanal quer durch den Keller der Burg und gelangt von hier aus zum Donnerfluss und anschließend zum See.«

Endlich erreichten wir das Ende der Treppe. Sie mündete in einen kleinen kahlen Raum mit schlichten Betonwänden. Am Ende dieses Raums standen wir vor einer massiven Metalltür. Herr Schleicher holte einen Schlüssel aus seiner Hosentasche und schloss auf. »Jacques wollte eine elektronische Zugangssperre mit Zahlencode installieren. Das fand ich etwas übertrieben. Nun, Herr Palzki, jetzt gelangen wir gleich ins Labor. Fragen Sie nicht, wie wir das alles heruntergebracht haben. Es war ein hartes Stück Arbeit, kann ich Ihnen sagen. Für das andere, was Sie jetzt gleich entdecken, möchte ich mich im Voraus bei Ihnen entschuldigen. Doch ich glaube, Sie werden Verständnis haben.«

Oje, was wird mich hier wohl erwarten?, dachte ich mit einem mulmigen Gefühl im Magen. Ich musste immer wieder an meinen toten Freund denken.

Herr Schleicher ließ mir den Vortritt. Das Labor war hell erleuchtet, obwohl er keinen Schalter betätigt hatte, zumindest hatte ich das nicht bemerkt. Der Keller war größer, als ich es erwartet hatte. Das Labor bestand aus zwei gleich großen Räumen mit je etwa 40 Quadratmetern Grundfläche, die durch einen breiten und raumhohen Durchgang verbunden waren. Überall an den Wänden hingen Schränke, darunter standen fast durchgängig Labortische, Waschbecken und andere undefinierbare Gegenstände. Hier unten konnten locker zehn Wissenschaftler gleichzeitig arbeiten. In der Mitte des vorderen Raums stand ein Tisch mit einem kompliziert aussehenden Versuchsaufbau. Mit den vielen Röhren und Glaskörpern konnte ich nicht das Geringste anfangen. Während ich mir ehrfurchtsvoll das seltsame Gebilde anschaute, hörte ich aus dem zweiten Teil des Labors schlurfende Schritte näher kommen. Reflexartig drehte ich mich um und stand meinem Freund Jacques gegenüber.

Mir wurde schlecht. Litt ich infolge meiner Bewusstlosigkeit jetzt etwa an Halluzinationen? Mein Mund war trocken, ich war nahe dran, zusammenzubrechen. Verwirrt drehte ich mich zu Herrn Schleicher. Er lächelte. Ich blickte zurück auf Jacques, der immer noch an derselben Stelle stand.

»Hallo, Reiner, nett, dass du mich mal besuchen kommst.«

Mein staubtrockener Mund und mein zugeschnürter Hals ließen momentan keine Antwort zu. Mit meinem Gleichgewichtssinn stand es nicht zum Besten, deshalb musste ich mich an der Tischkante festklammern.

»Ich kann verstehen, dass Sie jetzt etwas verwirrt sind, Herr Palzki«, übernahm Herr Schleicher das Wort. »Mein Pressesprecher und ich haben Jacques fest versprochen, keiner Menschenseele etwas über ihn oder das Labor zu verraten, das galt natürlich auch für Sie. Er wollte nicht, dass Sie als Polizeibeamter in seine getürkte Geschichte hineingezogen würden und Gewissensbisse bekämen. Deshalb der Umweg über diesen Notar. Jacques meinte, so könnten Sie neutral in seiner Sache ermitteln und müssten sich keine Vorwürfe machen. Für ihn war es ein Spaß, seine Verfolger zu verwirren, er nannte es ein Abenteuer. Das mit den Morden war selbstverständlich nicht geplant und hat uns sehr schockiert. Seit Tagen überlegen wir gemeinsam, wie wir diesem Spuk ein Ende setzen könnten. Wir wissen, dass wir Mist gebaut haben.«

Ich konnte es immer noch nicht fassen. Einen guten Meter vor mir stand Jacques mit seinen wirren Einstein-Haaren und dem obligatorischen schmutzig grauen Kittel, ohne den ich ihn in den letzten 20 Jahren wahrscheinlich nie gesehen hatte. Ein kleines Männlein stand hier vor mir, uralt und doch war er einer der intelligentesten Menschen auf diesem Planeten.

»Jetzt krieg dich mal wieder ein, mein lieber Reiner, sonst fang ich noch an zu glauben, du hättest mich vermisst.«

Nun konnte ich nicht mehr anders und fiel meinem Freund um den Hals und heulte hemmungslos.

»Jetzt mach mal halblang, mein Sohn. Erzähl mir lieber, wie draußen das Wetter ist. Hier unten ist es nämlich ein bisschen eintönig.«

Ich riss mich zusammen, wischte meine Tränen am Ärmel ab und sprach schluchzend: »Mensch, Jacques, wir haben alle gedacht, du wärst tot!«

»Na, das will ich auch schwer hoffen«, antwortete mein Freund, der Erfinder, mit erstaunlich cooler Stimme.

»Wieso lebst du denn überhaupt noch? Hingstenberg hat doch eindeutig deinen Tod bestätigt!«

»Ach ja, der Enrico.«

Ich war irritiert. Dr. Dr. Enrico Hingstenberg war eine Koryphäe auf seinem Gebiet. Er war erst Ende 20 und die große Hoffnung des Rechtsmedizinischen Instituts. Wegen seiner langen und streng zusammengebundenen Haare wurde er von jedermann ›Leichenzar‹ genannt.

»Dr. Hingstenberg hat doch die Gewebeproben untersucht, oder?«

Jacques zeigte mir seinen linken Daumen, auf dem ein Pflaster klebte. »Ja, ja, das hat er, der gute Junge. Ehrlich gesagt, es hat schon ein bisschen wehgetan, als er mir ein Stück Haut abgeschnitten hat. Wenigstens ist Enrico so nett gewesen, die Wunde etwas zu betäuben.«

Ich verstand immer noch nicht ganz. »Wieso hat er das getan?«, fragte ich.

»Reiner, hast du es wirklich nicht kapiert? Enrico benötigte eine Gewebeprobe von mir, da alle Proben von zwei unabhängigen Personen überprüft werden. Nur so konnte er glaubhaft nachweisen, dass ich bei der Explosion ums Leben gekommen bin.«

»Heißt das, Hingstenberg ist bekannt, dass du lebst?«

»Na klar. Ohne ihn hätte das Ganze gar nicht funktioniert. Ich brauchte einen Verbündeten. Enrico war sofort Feuer und Flamme, als ich ihn angerufen habe.«

»Hingstenberg weiß über deine Experimente Bescheid?«

»Nein, nicht die Bohne, Reiner. Das hat ihn überhaupt nicht interessiert.«

»Und wieso hat er dir dabei geholfen, deinen Tod vorzutäuschen?«

»Das war eine meiner leichtesten Übungen. Eine Hand wäscht bekanntlich die andere. So ist es bei den Politikern, den Unternehmensbossen und so war es auch bei Enrico und mir.«

»Und welche Hand von Enrico hast du gewaschen? Ganz davon abgesehen, dass er deine nicht gewaschen, sondern verletzt hat?«

Jacques lachte kurz auf. »Sehr gut, Reiner. Deinen Humor habe ich vermisst. Nein, ganz so war es nicht. Enrico hat seit Jahren ein Problem. Er riecht etwas außergewöhnlich.«

»Er riecht außergewöhnlich? Was soll das, Jacques? Ich war schon oft bei Hingstenberg und habe nichts bemerkt.«

»Das hast du bestimmt. Überleg mal, wo du Enrico getroffen hast. Es war wahrscheinlich immer bei einer Obduktion, oder? Und wie du weißt, duftet es dabei nicht unbedingt nach Aprilfrische.«

»Und was hat das jetzt mit Hingstenberg zu tun?«

»Na ja, Hingstenberg hat beruflich eben viel mit Toten

zu tun. Jeden Tag untersucht er ein paar Leichen. Mit der Zeit hat sich der Geruch bei ihm irgendwie festgesetzt. Enrico riecht deshalb selbst in seiner Freizeit immer etwas nach Tod. Das machte ihm die Partnersuche nicht gerade leicht. Auch seine übrigen sozialen Kontakte sind deshalb sehr spärlich gesät.«

»Mir ist der der Zusammenhang immer noch nicht klar.«

»Ganz einfach, Reiner, ich habe für ihn ein extrastarkes Rasierwasser mit Dauerwirkung entwickelt. Es neutralisiert den Leichengeruch und lässt ihn so richtig nach Mensch riechen. Nach einem lebendigen Menschen, meine ich.«

»Aha, und als Gegenleistung hat er die Untersuchung geleitet und den Totenschein ausgestellt.«

»Ja, so war es.«

»Oh, Jacques, warum hast du das nur gemacht? Ich bin deswegen fast verrückt geworden!«

»Tut mir leid, Reiner. Es ging nicht anders. Ich musste damit rechnen, dass man mir nach dem Leben trachtet. Zuerst war es nur dieser seltsame Verein, der ständig bei mir aufkreuzte und Einblick in meine Studien forderte. Als dann noch diese beiden Typen vom Geheimdienst auf der Bildfläche erschienen und mir unmissverständlich zu verstehen gegeben haben, ich solle meine Arbeit einstellen, wurde es mir zu brenzlig. Stell dir mal vor, die haben mich auf Schritt und Tritt verfolgt. Glücklicherweise haben sie sich dabei dermaßen stümperhaft angestellt, dass ich sie jedes Mal abschütteln konnte. Ich hatte viel Spaß dabei.«

»Nicht jedes Mal, Jacques. Einmal ging es schief.«

»Was sagst du? Woher willst du das wissen?«

»Ganz einfach. Die beiden Kerle vom Geheimdienst tauchten auch bei mir auf und erzählten, dass sie dich bei einem der Ausflüge bis hierher zum Holiday Park verfolgt hätten.«

»Also doch«, mischte sich Herr Schleicher ein. »Mensch, Jacques, ich habe dir gesagt, dass es gefährlich ist, daheim wohnen zu bleiben, während du hier bereits experimentierst. Vermutlich haben diese Geheimdienstler unseren Brezano und den Wolf auf dem Gewissen.«

»Langsam«, unterbrach ich die beiden. »Keine voreiligen Schlüsse ziehen. Das scheint mir zu einfach zu sein. Irgendwie muss auch der Verein seine Finger im Spiel haben.«

»Das denke ich auch«, sinnierte Jacques. »Wenn ich gewusst hätte, welche Gefahr von meinen Experimenten ausgeht, hätte ich längst aufgehört. Ich konnte ja nicht damit rechnen, dass deshalb mehrere Menschen einem Mord zum Opfer fallen! Ich dachte die ganze Zeit über, dass ich die einzige Zielscheibe wäre. Ich war ziemlich naiv und habe das alles nur für ein großes Abenteuer gehalten.«

Es entstand eine kurze Pause. Ich wollte gerade ein paar klärende Fragen stellen, doch im gleichen Moment wandte sich Jacques an den Parkchef. »Lieber Werner! Ich habe dir ja bereits nach dem Tod deines Gärtnermeisters gesagt, dass ich das Projekt sofort einstellen werde. Ich bin zwar kurz vor dem Abschluss, aber die

Menschheit scheint noch nicht reif für mein Verfahren zur Energiegewinnung zu sein. Ich sehe den Sinn meiner Entdeckung sehr infrage gestellt. Vielleicht werde ich meine bisherigen Studien zu einem späteren Zeitpunkt veröffentlichen und hoffen, dass deshalb nicht gleich ein Krieg ausbricht.« Wutentbrannt pfefferte Jacques ein Manuskript auf den Boden, das er kurz zuvor von einem der Tische genommen hatte. Doch sofort besann er sich wieder und hob die Blätter auf. »Reiner, wir müssen das Problem so schnell wie möglich lösen! Ach, übrigens, wo ist eigentlich Stefanie? Als Werner mir sagte, dass du im Krankenhaus liegen würdest, bat ich ihn, sie hierher einzuladen, um das Geheimnis zu lüften. Ich konnte ja schlecht zu dir ins Krankenhaus fahren. Umso erfreuter bin ich natürlich, dass du so schnell wieder fit bist.«

»Die ist mit Paul und Melanie irgendwo im Park«, antwortete ich.

Jacques schaute Herrn Schleicher fragend an.

»Geht in Ordnung, Jacques. Jetzt wäre eine prima Gelegenheit, da die Burg im Moment außer Betrieb ist.«

Ich hatte keine Ahnung, worüber sich die beiden gerade unterhielten.

»Na gut, ich werde es wagen. Also, bis gleich.«

Mit diesen Worten verschwand Jacques im hinteren Teil seines Labors.

Ich folgte ihm neugierig ein paar Schritte und entdeckte links von mir eine Tür. Vermutlich verbargen sich dahinter Jacques' Schlafgelegenheit und eine Toilette.

Herr Schleicher nutzte die Zeit, um mich in das Vorhaben einzuweihen. »Jacques und ich dachten, dass wir allen potenziellen Tätern eine Falle stellen sollten. Das Problem an der Sache ist, dass wir nicht wissen, wie wir das anstellen sollen und die Beteiligten auch nicht genau kennen. Um ehrlich zu sein, weder Jacques noch ich trauen jemandem vom Verein ›forever‹ die Morde zu. Aus unserer Sicht kommt letztendlich nur der Geheimdienst dafür infrage.«

Als Jacques zurückkam, musste ich zweimal hinschauen. Seinen grauen Kittel hatte er gegen ein weißes Hemd und eine schwarze Stoffhose eingetauscht. Der größte Unterschied zu vorhin war jedoch sein Kopf. Seine graue Einsteinmähne hatte er unter einer pechschwarzen Perücke versteckt. Eine getönte Brille mit gerade noch nicht peinlich wirkender Glasgröße verdeckte einen erheblichen Teil seines Gesichts.

»Wie sehe ich aus?«, fragte er mich mit einer seltsam breiten Aussprache. »Tut mir leid, wenn ich etwas undeutlich spreche. Diese Wangenpolster sind so etwas von unbequem.«

Ich staunte, mit welch geringen Mitteln es ihm gelungen war, äußerlich einen anderen Menschen aus sich zu machen. »Sag bloß, du warst der Frankenstein während der Halloween-Parade?«

Jacques blickte mich irritiert an. »Welcher Frankenstein?«

Werner lachte. »Das, was Herrn Palzki aufgefallen ist, habe ich auch schon bemerkt, Jacques. Bei unserer Halloween-Parade war ein Frankenstein-Motivwagen dabei. Sei mir nicht böse, aber die Frankenstein-Verkleidung gleicht mit etwas Fantasie ziemlich exakt deinem üblichen Erscheinungsbild und auch der Wagen hat gewisse Ähnlichkeiten mit deinem Labor. Nichts für ungut, Jacques.«

»Das habe ich auch festgestellt«, ergänzte ich. »Mir war allerdings sofort klar, dass dieser Frankenstein bestimmt zehn Zentimeter größer war, als du es bist. Die Ähnlichkeit war ziemlich verblüffend.«

Herr Schleicher schloss das Labor ab und wir gingen die Wendeltreppe nach oben.

»Das Labor hat noch einen weiteren Zugang«, erklärte Herr Schleicher. »Aber der kann im Moment nur als Ausgang und nicht als Eingang genutzt werden.«

Problemlos gelangten wir bis zu den Verwaltungsgebäuden. In diesem Moment klingelte das Handy des Parkchefs. Er telefonierte kurz und beendete das Gespräch mit einem ›Ich komme sofort‹.

»Tut mir leid, wenn ich euch für eine Weile allein lassen muss. Mein Pressesprecher hat angerufen. Die Pressekonferenz wird etwas vorverlegt. Sie sehen, Herr Palzki: wir müssen das Problem dringend lösen. Suchen Sie mit Jacques schon mal Ihre Frau. Ich komme so schnell wie möglich nach. Selbstverständlich können Sie, bis ich wieder da bin, in meinem Büro warten.«

Herr Schleicher schien um zehn Jahre gealtert zu sein. Sein Lebenswerk stand auf dem Spiel, ich konnte seine Sorgen gut nachvollziehen. Er eilte davon und ich war mit Jacques allein.

13. DER PLAN

»Na, alter Junge«, seufzte mein Freund und schlug mir auf die Schulter. »Mächtig was los im Moment.«

»In der Tat, junger Alter«, entgegnete ich. »Nur die drei Toten hätten nicht sein müssen.«

»Willst du damit sagen, ich hätte die Morde absichtlich provoziert?«

»Nein, versteh mich nicht falsch. Es ist nur viel zu tragisch, um es auf die leichte Schulter zu nehmen. Hinzu kommt erschwerend, dass ich keinen blassen Schimmer habe, warum diese Leute ihr Leben lassen mussten.«

Jacques wollte gerade etwas erwidern, als uns Dietmar Becker mit Tim Wochner im Schlepptau entgegenkam.

»Herr Palzki, da sind Sie ja!«, rief der Student freudig aus. »Ich habe Sie heute Morgen überall gesucht. Erst vorhin habe ich von Ihrem Abenteuer der letzten Nacht erfahren. Geht es Ihnen wieder gut?« Er nickte dem Mann neben mir freundlich zu, ohne ihn jedoch zu erkennen.

»Hallo, Herr Becker. Irgendwie sind wir wie zwei Magnete mit unterschiedlicher Polarisierung. Guten Tag, Herr Wochner. Freut mich, Sie hier zusammen mit Herrn Becker anzutreffen.«

Der Student drängte sich in den Vordergrund. »Herrn Wochner habe ich erst kürzlich interviewt. Er ist Vorstand des Clubs Schäferhunde Vorderpfalz e. V. Der Artikel hat mir ein ordentliches Honorar eingebracht.«

»Aha, und heute haben Sie ihn getroffen, um eine Fortsetzung zu schreiben.«

»Nein«, antwortete Becker und warf dem für ihn unbekannten Mann einen prüfenden Blick zu.

»Sie können frei reden, Herr Becker, er ist einer meiner Kollegen«, entgegnete ich ihm, ohne dabei näher auf seine Identität einzugehen.

»Es ist folgendermaßen, Herr Palzki. Wegen dieser Sache habe ich Sie ja angerufen, nur waren Sie leider nicht zu Hause. Als Sie nach dem ersten Mord im Park von Herrn Wochner gesprochen haben, wurde ich neugierig. Daraufhin habe ich ihn gleich angerufen.«

Tim Wochner bestätigte eifrig nickend Beckers Aussage.

»Wie er mir mitteilte, hat er Ihnen bei Ihren Ermittlungen etwas weiterhelfen können.«

»Ja, in der Tat. Herr Wochner hat nachts Herrn Brezano im Park gesehen.«

Nun mischte sich der Muskelprotz ein. »Ja, das stimmt. Ich habe Ihnen jedoch nicht alles erzählt. Tut mir leid.«

»Ich weiß«, antwortete ich. »Sie haben Brezano im Park nicht nur gesehen, sondern auch mit ihm gesprochen!«

Die beiden erschraken. »Sie wissen das bereits?«

»Frau Bernhardus hat es mir gesagt.«

Tim Wochner klatschte sich eine Hand auf die Stirn. »Stimmt! Wolf hat mich gesehen. Das habe ich vergessen.«

»Also, fangen wir noch mal von vorne an. Sie haben also mit Brezano gesprochen. Wie oft und warum?«

Becker wollte gerade loslegen, als er von Wochner unterbrochen wurde: »Es war ein dummer Racheakt meinerseits. Ich wollte Brezano sozusagen einen Denkzettel verpassen. Deswegen habe ich ihn an den Staatsanwalt verpfiffen.«

»Heißt das, er war in der Mordnacht gar nicht im Park?«

»Doch, war er. Ich wunderte mich allerdings darüber. Normalerweise traf er sich nachts nur mit mir dort.«

»Das heißt, Sie haben ihn mehrmals getroffen.«

»Ja, in letzter Zeit alle zwei oder drei Wochen. Wir waren dick im Geschäft. Jedenfalls bis vor ein paar Tagen.«

»Um welche Geschäfte ging es?«

»Brezano sammelte Waffen und ich versorgte ihn regelmäßig mit historischen Kampfgeräten aus Osteuropa. Nichts Illegales, Herr Kommissar. Es waren nur schwierig zu beschaffende Sammlerstücke. Er sagte mir allerdings bei unserem letzten Gespräch, dass er jetzt einen billigeren Lieferanten hätte.«

»Aha, und das Ganze soll legal gewesen sein? Warum trafen Sie sich dann heimlich?«

Wochner lief rot an. »Weil, äh, weil …«

»Herr Palzki, das tut im Moment nichts zur Sache«, mischte sich Becker ein. »Wichtig ist nur, dass Herr Wochner nichts mit den Morden zu tun hat.«

»Und wieso sind Sie sich da so sicher, Herr Becker?«

»Weil er kein Motiv hat. Außerdem weiß auch er nicht, wo sich das Labor befindet.«

Jetzt war ich an der Reihe, überrascht zu sein. »Welches Labor?«, entgegnete ich.

»Na, das Labor von Jacques. Ich weiß, dass es hier im Park sein muss, Herr Palzki!«

Mir durfte jetzt kein Fehler unterlaufen. »Wie bitte? Jacques soll hier im Park ein Labor gehabt haben? Wie kommen Sie auf so eine verrückte Idee?«

»Die Gesamtumstände lassen keinen anderen Schluss zu. Egal, wie ich es drehe und wende, immer komme ich auf das gleiche Ergebnis. Die letzte Bestätigung gab mir Tim Wochner.«

»Sie wissen, wo das Labor ist?«

»Nein. Aber die Spatzen pfeifen es in der letzten Zeit von den Dächern. Es lag in der Luft. Gerüchte gingen im Park um. Irgendwo sollte ein großes Experiment am Laufen sein. Anfangs dachte ich, es ginge um ein neues Fahrgeschäft, das im nächsten Frühjahr eröffnet werden soll.«

»Es passt alles zusammen, Herr Palzki«, platzte Becker nervös in die Rede Wochners. »Der Verein suchte im Park nach dem Labor des Erfinders.«

»Interessant, Herr Becker. Bei der Suche ermordet man eben mal nebenbei den Gärtnermeister und den Liliputaner. Und als Beigabe wird der Vorsitzende gleich mit erlegt.«

Tim Wochner schaute auf die Uhr und machte ein flehendes Gesicht. »Ich müsste so langsam gehen. Apollo wartet auf mich.«

»Machen Sie es gut, Herr Wochner. Sie müssen allerdings damit rechnen, dass Ihre Waffengeschichte und Ihre falsche Verdächtigung Herrn Brezano gegenüber noch ein gerichtliches Nachspiel haben wird. Ob Sie für den Job eines Nachtwächters noch vertrauenswürdig sind, habe ich nicht zu beurteilen.«

Wochner schaute verlegen zu Boden, verabschiedete sich von Dietmar Becker und verschwand.

Ich zögerte. Eigentlich hätte ich den Studenten jetzt heimschicken müssen. Möglichst unauffällig warf ich Jacques einen fragenden Blick zu und er nickte mir fast unmerklich zu.

»Herr Becker, Sie könnten mir eventuell behilflich sein.«

Er strahlte über beide Ohren.

»Doch zunächst muss ich meine Frau und die Kinder finden. Sie laufen hier irgendwo im Park umher.«

»Wenn das alles ist, Herr Palzki: Ich habe sie vorhin ins Aquascope zur Lasershow-Vorstellung gehen sehen.« Er schaute auf seine Uhr. »Sie müsste bald vorüber sein.«

Zu dritt gingen wir den Weg zum Aquascope entlang. An einem der Kioske konnte ich nicht widerstehen und kaufte für jeden von uns eine Bratwurst. Erst danach wurde mir klar, vor welche Probleme ich Jacques damit gestellt hatte. Zum Glück bemerkte Becker nicht, wie sich der Erfinder mit seinen Wangenpolstern abmühte. Trotz der Schwierigkeiten aß er mit Genuss. Vermutlich hatte sich der arme Kerl in der letzten Zeit nur von Fertiggerichten ernährt. Vor dem Aquascope angekommen, hatten wir noch etwas Gelegenheit, die Parkbesucher zu beobachten. Obwohl es bereits Oktober war, war noch sehr viel los. Fast alle Tische der Restaurants waren belegt.

Jacques, der noch immer mit seiner Wurst kämpfte, schluckte gerade das letzte Stück hinunter, als sich die Tür des Aquascopes öffnete und die Zuschauer herausströmten.

Was jetzt passierte, war mir unbegreiflich. Dachten Frauen wirklich anders als Männer? Nahm das andere Geschlecht die Umwelt mit anderen Augen wahr? Die nun folgende Minute werde ich in meinem ganzen Leben nicht vergessen. Stefanie kam mit Melanie und Paul aus dem Gebäude heraus. Nachdem sie mich entdeckt hatte, blickte sie einen winzigen Moment zu dem Mann neben mir, stutzte, öffnete sprachlos ihren Mund und ging zögerlich auf ihn zu. Man merkte ihr deutlich an, wie ihr Gehirn rotierte. Schließlich traute sie sich, ihm die alles entscheidende Frage zu stellen: »Jacques, du lebst? Das gibt es doch gar nicht! Wie ist das nur möglich?« Tränen kullerten ihr übers Gesicht.

»Es ist alles gut, Stefanie«, tröstete er sie. »Ich erkläre es dir später. Verzeih mir, dass ich euch so viel Kummer bereitet habe. Es war sehr dumm von mir.«

Dietmar Becker stand neben den beiden und staunte mindestens genauso sehr wie ich. Nur aus einem anderen Grund. Er hatte bis jetzt an Jacques' Tod geglaubt.

Wir setzten uns in eines der Restaurants und genehmigten uns Kaffee. Den Kindern erlaubten wir, nachdem Stefanie ihre Bedenken geäußert und ich sie auf meine altbewährte Art und Weise beruhigt hatte, weiter auf Entdeckungsreise zu gehen. Jacques blieb in seinem Kostüm.

Becker wirkte aufgeregt und platzte heraus: »Bedeutet das, dass es tatsächlich ein geheimes Labor im Park gibt?«

»Selbstverständlich, Herr Becker«, verriet ihm der Erfinder. »Allerdings werde ich es jetzt aufgeben müssen. Zu viele schlimme Dinge sind in den letzten Tagen passiert. Ich träumte von einer besseren Zukunft für die Menschheit. Inzwischen weiß ich jedoch, dass es viele Menschen gibt, die solch eine Zukunft mit aller Gewalt verhindern wollen.«

»Damit gibst du dich aber geschlagen«, erwiderte Stefanie.

»Da hast du vollkommen recht. Nur, mal ehrlich, Stefanie: siegen um des Siegens willen. Ist das immer so erstrebenswert? Wenn die Leute, die meine Entdeckung verhindern wollen, über Leichen gehen, so muss ich das nicht zusätzlich vorantreiben. Nein, ich habe beschlossen, meine Arbeit einzustellen. Vielleicht veröffentliche ich sie später einmal in geeigneter Form. Zunächst würde ich gerne zusammen mit deinem Mann die Verantwortlichen für diese schrecklichen Taten zur Strecke bringen.«

Stefanie musterte ihn. »Ihr habt einen Plan?«

»Nein, nicht wirklich, nur eine vage Idee. Ich hatte mit Werner, ich meine Herrn Schleicher, das ist der Parkchef hier, vereinbart, dass wir mit deinem Mann einen detaillierten Plan ausarbeiten.« Mit einem Blick auf den

Studenten ergänzte er: »Herr Becker kann natürlich auch mitwirken, vielleicht kann er uns mit seinen Kontakten behilflich sein.«

»Das wird bestimmt wieder gefährlich, Jacques?«

»Ach woher denn, Stefanie. Wir gehen ganz bestimmt kein Risiko ein. Erst einmal geht es um eine Bewertung der Lage. Danach werden wir in aller Ruhe entscheiden, wie es weitergehen soll.«

»Wo wollt ihr euch zusammensetzen?«

»In meinem Büro, Frau Palzki.« Von uns allen unbemerkt, war der Parkchef hinzugekommen. Er blickte fragend zu Becker und ich verstand sofort.

»Herr Schleicher, das ist Dietmar Becker. Wahrscheinlich haben Sie ihn das eine oder andere Mal im Park gesehen. Er ist Journalist und kennt Jacques. Also auch den Jacques, der hier lebend am Tisch sitzt.«

»Herzlich willkommen an Bord, Herr Becker«, begrüßte Herr Schleicher den Studenten. »Dann wollen wir mal schauen, was wir aus dieser misslichen Lage machen können.«

»Reiner, auch wenn ich größte Bedenken habe, dich hier allein zu lassen«, begann Stefanie. »Ich werde mit Paul und Melanie, sobald sie zurück sind, heimfahren. Aber was immer ihr vorhabt, ich will es vorher wissen, ja?«

Ich versprach ihr, sie auf dem Laufenden zu halten. »Heute werden wir nur Pläne schmieden. Und das dürfte wirklich nicht gefährlich sein.«

Als einige Minuten später unsere Kinder leicht durchnässt zurückkamen, stand Stefanie auf und verabschiedete sich. Paul murrte, weil er mit mir unbedingt noch gemeinsam etwas besonders schnelles fahren wollte. Ich versprach ihm, dass er im kommenden Frühjahr mit Freunden seinen Geburtstag im Holiday Park feiern dürfte. Nach einem dreifachen Ehrenwort gab er sich mit dieser Aussicht zufrieden.

Herr Schleicher, Becker, Jacques und ich begaben uns ins Büro des Parkchefs.

Herr Schleicher riss vom Flipchart das oberste beschriebene Blatt ab und malte einen Kreis in die Mitte des darunterliegenden. »Das ist die Burg Falkenstein mit dem Labor.« Rechts unten malte er einen kleineren Kreis auf. »Das ist Jacques' Haus.«

Wir nickten einträchtig.

»Wir wissen definitiv, dass der saudi-arabische Geheimdienst GID fieberhaft nach dem Labor sucht. Wie wir von Herrn Palzki erfahren haben, wurde Jacques auf dem Weg zum Park leider erfolgreich observiert.« Er malte einen Pfeil von Jacques' Haus in Richtung Labor und beschriftete ihn mit ›GID‹. »Was können wir weiter annehmen?«

»Der Verein ›forever‹ hat mit Sicherheit seine Finger im Spiel«, meinte Becker. »Er taucht immer und überall auf.«

»Das trifft auch auf Sie zu«, wandte ich ein.

»Sie …Sie denken doch nicht, dass ich …«

»Nein, beruhigen Sie sich. Ich gehe ebenfalls davon aus, dass bei diesem Verein etwas nicht stimmt. Und außerdem wurde der Erste Vorsitzende bestimmt nicht grundlos ermordet.«

»Also ein weiterer Pfeil.« Herr Schleicher zeichnete einen zweiten Pfeil in Richtung Labor und beschriftete ihn mit ›Verein‹.

»Wie sieht es mit den Parkmitarbeitern aus?«, fragte Jacques. »Dieser Tim Wochner, den ich vorhin kennengelernt habe, sagte uns, dass es bereits Gerüchte über ein Labor im Park gebe.«

»Davon ist mir nichts zu Ohren gekommen«, staunte Herr Schleicher.

»Das hat nichts zu bedeuten«, erwiderte ich. »Der Chef bekommt meistens zuletzt etwas mit. Das dürfte bei Ihnen nicht anders sein als bei uns in der Inspektion. Aber wenn wir schon über die Angestellten sprechen: Ich weiß nicht, warum, irgendwie habe ich das Gefühl, dass wir auch für Ihren Pressesprecher einen Pfeil benötigen.«

Herr Schleicher und Jacques lachten.

»Reiner, du hast zwar schon immer eine gute Kombinationsgabe gehabt«, stellte der Erfinder fest. »Doch den Pressesprecher können wir außen vor lassen. Er ist eingeweiht und kennt das Labor genau. Einer musste mich ja schließlich mit Lebensmitteln und anderen Dingen versorgen. Außerdem ist er seit Jahren die direkte Vertrauensperson von Herrn Schleicher.«

Ich gab mich geschlagen. »Okay, somit dürfte es wahrscheinlich ausgeschlossen sein, dass er Informationen weitergegeben hat. Für ihn wäre es ja ein Leichtes gewesen.«

»Ganz bestimmt, Herr Palzki«, bestätigte der Parkchef. »Nur wir beide wussten von Jacques' Versteck. Für ihn lege ich meine Hand ins Feuer.«

»Einverstanden. Streichen wir den Pressesprecher von der Liste. Bleiben wir trotzdem noch eine Weile bei den Angestellten. Ich fasse mal kurz zusammen: Beim Einbruch in Jacques' Haus entdeckten wir eine russische Zigarette. Als ich mit Herrn Schleicher durch den Park lief, verfolgte uns eine russische Reinigungskraft.«

»Fjodor Michailowitsch Petrow«, unterbrach mich Herr Schleicher und ich wunderte mich über sein erstaunliches Namensgedächtnis.

»Das ist noch nicht alles. Die Frau des ermordeten Wolf Bernhardus berichtete mir, ihr Mann habe einen Parkmitarbeiter in der Nacht im Park herumschleichen sehen. Er heißt, äh, sein Name, äh …« Ich zog meinen Notizblock aus der Tasche. »Igor Pawlow«, ergänzte ich.

Jacques kratzte sich an der Perücke. »Von irgendwelchen Russen habe ich bisher nichts bemerkt, Reiner. Doch prinzipiell würde es passen. Ein Motiv hätten diese Leute genauso wie die vom Geheimdienst. Frag mich aber nicht, woher die von meinen Experimenten erfahren haben könnten.«

»Vielleicht ist das alles in deiner Veröffentlichung über die Herstellung des synthetischen Benzins begründet. Ich könnte mir vorstellen, dass dadurch nicht nur die Araber nervös geworden sind. Stell dir mal vor, Jacques, welche Märkte, ja welche Branchen du mit dem Verfahren zur Silan-Gewinnung arbeitslos machen würdest.«

»Du siehst das alles falsch, Reiner! Ich wollte nicht, dass jemand dadurch arbeitslos wird. Mein Ziel war es, den Menschen ein angenehmeres Leben zu verschaffen. Egal, ob die Autos mit Benzin oder mit Silanen fahren, Autos werden trotzdem weiterhin benötigt und die Silane müssen produziert werden. Bei allem geht es nur darum, bestehende Werte zu sichern. Die Araber und die Russen würden mit ihrem Gas und Öl nicht mehr die Dollarbillionen scheffeln, dagegen hätten andere Länder, darunter auch viele Entwicklungsländer, endlich die Chance, einen anständigen Lebensstandard zu entwickeln.«

»Es sind ja nicht nur die Staaten«, warf ich ein. »Nehmt nur mal diesen dubiosen Verein. Herr Becker, was wissen Sie über seine Mitglieder?«

Der Student informierte uns über den Verein, das dazugehörige Unternehmen und die Verbindung zur Partei. Ich blickte in die staunenden Gesichter von Herrn Schleicher und Jacques.

»Jetzt ist mir einiges klar«, stieß Jacques hervor, als Becker mit seinem Bericht fertig war. »Es geht nicht um regenerative Energien, sondern ausschließlich um eine möglichst hohe Rendite. Und dabei ist Solarenergie nur das Mittel zum Zweck. Alles, was nicht in das gewinnbringende Konzept passt, ist schlecht und darf deshalb nicht sein. Werner, das hast du selbst erlebt.«

»Deine Erfindung zur Energiegewinnung bedeutet für den Verein mit Sicherheit den Untergang«, vollendete Herr Schleicher und kam auf die Russen zurück. »Ich zeichne einen weiteren Pfeil ein und beschrifte ihn mit ›Russen‹.« Nachdem er fertig war, drehte er sich wieder zu uns um. »Haben wir sonst noch Verdächtige?«

Nach einer Weile durchbrach ich die Stille. »Theoretisch könnte es noch x Tatverdächtige geben, von denen wir bis jetzt lediglich nichts wissen. Es könnten ja aufgrund von Jacques' Veröffentlichung auch andere Organisationen auf ihn aufmerksam geworden sein. Wie wahrscheinlich das alles ist, kann ich nicht beantworten. Ich habe nämlich ein ganz anderes Problem: die drei Toten. Sind vielleicht die verschiedenen Interessengruppen dabei, sich selbst zu zerfleischen? Im Fall des Liliputaners würde ich das zumindest verneinen. Er ist wahrscheinlich nur zufällig zum Zeugen geworden. Doch wie sieht es mit Wolf Bernhardus oder Berti Kluwer aus?«

»Ich glaube, so kommen wir im Moment nicht weiter«, stellte Jacques fest. »Werner und ich haben uns, wie bereits erwähnt, überlegt, den beteiligten Gruppen eine Falle zu stellen.«

Herr Schleicher trat wieder an das Flipchart heran und umrahmte den symbolischen Kreis, der das Labor darstellte.

»Alle wollen dieses Labor finden, also zeigen wir ihnen den Weg dorthin. Unter diesen Umständen kann ich es nicht verantworten weiterzumachen«, stellte Jacques fest und ergänzte: »Vorher werden natürlich alle brauchbaren Utensilien entfernt. Niemand wird mehr erkennen können, an welchem Projekt gearbeitet wurde.«

»Wie wollen Sie es fertigbringen, die verschiedenen Parteien zum Labor zu locken?«

»Ja, da stehen wir noch vor einem Rätsel«, gab der Parkchef zu.

»Angenommen, die Araber, die Leute vom Verein und eventuell die Russen finden sich im Labor ein. Damit wissen wir noch lange nicht, wer für die Morde verantwortlich ist.«

»Aber, Reiner«, warf Jacques ein. »Wenn ich jetzt mein Labor nicht räume, werden wir niemals herausfinden, wer hinter dem Ganzen steckt. Außerdem ist mein Leben weiterhin in Gefahr, auch wenn Hingstenberg meinte, ich sei zäh wie eine alte Kuh. Ich hänge sehr am Leben. Werner und ich haben vor, alle Verdächtigen an einen Ort zu locken, so wie es auch Agatha Christie am Ende ihrer Romane immer getan hat, um ein Geständnis zu provozieren. Wir haben weder einen Hercule Poirot noch eine Miss Marple, sondern nur einen Reiner Palzki. Und der hat genauso wenig eine Ahnung wie wir, wer der Täter sein könnte. Wenn unser Plan funktioniert, wird der sich jedoch selbst verraten.«

»Da bin ich mal gespannt.«

Herr Schleicher zeichnete die Umrisse des Labors auf ein neues Blatt. »Hier, im vorderen Teil des Labors, steht in der Raummitte der vermeintliche Versuchsaufbau. Herr Palzki, Sie hatten bereits die Gelegenheit, ihn zu bestaunen.«

»Das war kein echter Versuch?«

Jacques lachte. »Mit diesem Ding kann man höchstens Tee aufgießen.«

Der Parkchef fuhr fort. »Sobald alle Beteiligten den Raum betreten haben, schnappt die Falle zu. Jacques hat sich dafür etwas Einzigartiges einfallen lassen.«

Jetzt wurde ich neugierig. Ich kannte schließlich den Erfindungsreichtum meines Freundes. Doch das, was er uns jetzt erklärte, machte mich sprachlos. Wenn dieser Plan funktionierte, würde Dietmar Becker Schwierigkeiten haben, das Geschehen glaubwürdig in seinem nächsten Roman unterzubringen. Das Vorhaben barg zudem beträchtliche Risiken. Auf keinen Fall durfte ich davon etwas bei KPD verlauten lassen. Lediglich ein paar Kollegen würde ich informieren, das dürfte genügen.

»Wie findest du meine Idee?«, fragte mich der etwas zappelig wirkende Erfinder, nachdem er seine Ausführungen beendet hatte. »Damit würden wir uns selbst im Hinblick auf unseren letzten Fall übertrumpfen.«

Mir fiel auf, dass er ›unseren Fall‹ gesagt hatte. Er und Becker waren mir bei der Auflösung der Verstrickungen um den Arzneimittelskandal tatsächlich sehr behilflich gewesen.

»Gut«, nickte ich langsam. »Das könnte funktionieren. Das Problem, die verschiedenen Gruppen in die Falle zu locken, haben wir allerdings immer noch nicht gelöst.«

Nun drängte sich der Student in den Vordergrund. »Das ist doch ganz einfach, Herr Palzki!«

Verwundert blickten wir ihn an.

»Bei den Mitgliedern des Vereins kann ich offiziell als Journalist auftreten. Ich fahre bei Hannah Kluwer, Gottfried Müller und ein paar anderen vorbei. Beiläufig erzähle ich ihnen dann, natürlich unter dem Siegel der Verschwiegenheit, dass morgen Abend nach Parkschluss in der Burg Falkenstein ein wichtiges Experiment durchgeführt wird. Bei den Geheimdienstleuten kann ein anonymer Anruf helfen. Natürlich keinen Anschluss benutzen, den man zurückverfolgen kann.«

»Das Telefonat kann ich übernehmen«, bot Herr Schleicher an. »Wie gehen wir bei Petrow und Pawlow vor?«

»Auf keinen Fall beide informieren, das wäre zu auffällig, falls sie zusammenarbeiten. Vielleicht kann Ihr Pressesprecher mit Pawlow ins Gespräch kommen und sich zufällig verplappern.«

»Das wäre eine Möglichkeit«, stimmte der Parkchef zu. »Gut, meine Herren. Damit wäre für heute alles geklärt. Wir treffen uns morgen Nachmittag in meinem Büro zur letzten Einsatzbesprechung. Danach können wir nur noch hoffen, dass das Glück auf unserer Seite ist.«

14. IN DER FALLE

Es war früher Abend, als ich zu Hause ankam. Stefanie saß in der Küche und weinte.

»Was ist passiert? Ist etwas mit dem Kind?«

»Nein, Reiner, mit den Kindern ist alles bestens.« Sie zog schniefend die Nase hoch.

»Ist es meinetwegen? Ich habe wirklich nicht lange gebraucht, oder? Außerdem wusstest du doch, wo ich war.«

»Oh, Reiner, es ist so schrecklich.« Sie weinte hemmungslos und die Tränen kullerten über ihr Gesicht.

»Soll ich einen Arzt rufen?«

»Einen Arzt? Spinnst du? Denkst du, ich lasse mich in die Klapsmühle einweisen?«

»Ich verstehe nicht, was ist denn los? Warum weinst du?«

Stefanie sah von ihrem Stuhl aus zu mir hoch. »Schau doch, was da vor mir auf dem Tisch steht!«

So sehr ich mich auch anstrengte, ich konnte zunächst nichts außer ein paar Resten des Abendessens erkennen. Drei Teller, Besteck, Töpfe – halt, was war das? Vor Stefanie stand ein Teller, auf dem ein Toastbrot lag. Es war mit Butter und Marmelade bestrichen sowie mit Gurkenscheiben belegt und zur Hälfte verzehrt. Daneben lag Schokolade.

»Wolltest du dir einen Burger machen?«, fragte ich noch immer ratlos.

»Mensch, Reiner, ich hab davon gegessen!« Wieder liefen ihr die Tränen übers Gesicht.

»Was ist daran so schlimm? Hats dir etwa nicht geschmeckt?«

Fassungslos schaute sie mich an. »Doch, es hat mir geschmeckt und es schmeckt mir immer noch. Ist das nicht furchtbar?«

»Solange du mir und den Kindern nicht die ganze Schokolade wegisst, finde ich das nicht weiter schlimm. Wie du dich sicherlich noch gut erinnern kannst, hast du bei deiner letzten Schwangerschaft Pizza mit Erdbeermarmelade gegessen.«

Stefanie schien überhaupt nicht zugehört zu haben. »Stell dir vor, vorhin hatte ich sogar Lust auf ein Steak. Zum Glück haben wir keins im Haus. Meine ganze ernährungstechnische Einstellung wäre damit über den Haufen geworfen.«

»Ich glaube, du hast nicht richtig nachgeschaut. In der Kühltruhe müssten noch ein paar Steaks liegen.«

Ich gebs zu, meine Antwort war unsensibel. Stefanie schaute mich böse an, immerhin gelang es mir, sie ein wenig abzulenken.

»Das ist mal wieder typisch für dich. Fleisch kauft man frisch!«

»Ich habe es nur auf Vorrat gekauft, falls zufälligerweise mal eine schwangere Ehefrau Lust auf etwas Besonderes bekommen sollte.«

Stefanie schluchzte wieder. »Oh, diese Schwangerschaft. Meine Hormone spielen jedes Mal verrückt. Dabei freue ich mich doch so auf unser Kind!«

Ich nahm Stefanie in den Arm. »Ich freue mich auch auf unser drittes Kind. Und ich bin gerne bereit, deinetwegen auf die Schokolade zu verzichten.«

Ich konnte den Ansatz eines Lächelns in Stefanies Gesicht erkennen. Ich massierte sie liebevoll und wir überboten uns gegenseitig mit Vorschlägen für einen Mädchennamen. Trotzdem lehnte sie meinen Vorschlag ›Samantha‹ sofort ab.

»Nein, Reiner, auf keinen Fall!«

Vielleicht sollten wir uns ein weiteres Namensbuch zulegen?

Am nächsten Tag war ich ein vorbildlicher Vater. Morgens meldete ich mich bei Jutta. Nach dem anfänglichen Schock war sie hörbar erleichtert, dass Jacques weiterhin unter den Lebenden weilte. Ich erzählte ihr nur die Teile unseres Plans, die sie zwingend wissen musste. Sie versprach, genügend Beamte vorbeizuschicken und wollte auch selbst mitkommen, sich jedoch im Hintergrund halten.

Es war ein sehr warmer und sonniger Montag im Herbst. Eigentlich wollte ich mit Paul und Melanie auf unserer Terrasse Tischtennis spielen, während Stefanie vorhatte, sich mit ein paar Ratgebern, die sie von ihrem Frauenarzt bekommen hatte, auf die Couch zu legen. Doch als die Bauarbeiter auf dem Nachbargrundstück ihre Bagger anwarfen, verzogen wir uns schleunigst wieder ins Haus. Es war nicht einfach, etwas mit meinen Kindern zu unternehmen, das sowohl Paul als auch Melanie interessierte und zudem Stefanies Erziehung nicht entgegenstand. Wir beschlossen ins Mutterstadter Schwimmbad Aquabella zu fahren, so konnte Stefanie sich ein wenig ausruhen.

Anschließend machte ich mich auf den Weg zu unserem Treffen im Holiday Park. Den bohrenden Blicken meiner Frau hielt ich tapfer stand. Nach meinem Hinweis, dass auch Jutta vor Ort sein würde, drückte sie mir mein Handy in die Hand, das sie mir nach eigenen Angaben heute Morgen aus dem Auto stibitzt hatte. »Ich habe es mal wieder geladen, es war wie immer komplett leer. Bitte versprich mir, danach gleich anzurufen.«

Ich gab ihr mein Wort und steckte das Ding in meinen Einsatzkoffer.

Als Letzter trudelte ich im Büro des Parkchefs ein. Die von mir angeforderten Beamten würden in einem Nebenraum bereitstehen. Schleichers Pressesprecher hatte sie mit Getränken und Essen versorgt.

Dietmar Becker saß nervös auf einem Besucherstuhl.

»Der Park schließt zwar erst in einer halben Stunde, aber mit dem Fahrdienstleiter der Burg Falkenstein habe ich vereinbart, dass die letzte Fahrt heute bereits um 17:30 Uhr stattfindet. Das war vor fünf Minuten. Wir können uns also langsam auf den Weg machen.

So, als würden wir drei nur rein zufällig den Wirtschaftsweg nehmen, schlenderten wir in Richtung Burg. Ein letzter prüfender Blick und wir verschwanden in ihrem Innern. Becker war ebenso verblüfft, wie ich es gestern gewesen war, als Herr Schleicher den Pfeil des

Bogenschützen nach oben geschoben und damit den Zugang zur Wendeltreppe offen gelegt hatte.

Jacques war wieder der Alte, inklusive seines grauen Kittels und seiner Einsteinfrisur. »Da seid ihr ja endlich«, begrüßte er uns.

»Nur nicht so ungeduldig«, grüßte ich zurück. »Dein Labor liegt schließlich nicht an der Autobahnabfahrt.«

»Kommt mit, ich zeig euch alles!« Mein Freund konnte es gar nicht erwarten. Er winkte uns in den zweiten Teil des Labors. Hinter der Tür befand sich, wie ich vermutet hatte, eine Campingliege und eine Toilette mit Waschgelegenheit. In einer Ecke stand ein kleiner Schreibtisch und an der Wand hingen fünf Flachbildschirme. Sie zeigten verschiedene Örtlichkeiten der Burg Falkenstein. Manche Aufnahmen waren allerdings etwas lichtschwach. Ich vermutete, dass sie von einer Infrarotkamera stammten.

»Werft einmal einen Blick auf diese Box.« Er deutete auf den Schreibtisch, auf dem ein Blechkasten in Schuhkartongröße stand und aus dem ein ganzer Strang Drähte herausschaute. »Seid bitte vorsichtig, ich habe alles nur provisorisch verdrahtet. Nicht, dass noch jemand einen Stromschlag bekommt. Mit den Schaltern eins bis zehn könnt ihr die Kameras auswählen. Man kann auf den Monitoren jeweils fünf Aufnahmen gleichzeitig sehen. Dort neben dem Steuergerät liegt eine Liste mit den verschiedenen Kamera-Positionen. Damit kann man alle Zugänge inklusive der Wendeltreppe überwachen. Überraschungen dürften damit ausgeschlossen sein.«

Herr Schleicher unterbrach den Erfinder. »Wir schlagen vor, dass Herr Becker und ich in diesem Raum bleiben, um die Steuerung der Kameras zu bedienen. Im Labor sollten besser nur zwei Personen sein. Sie, Herr Palzki, und Jacques natürlich. Mehr Leute wären nur verdächtig.«

»Ganz recht, Werner. Pass also gut auf. Die Kamerabilder werden zusätzlich per Funk in den Raum, in dem sich die Polizeibeamten befinden, übertragen. Sie greifen erst ein, wenn jemand auf diesen roten Alarmknopf drückt.«

»Und wofür sind diese verschiedenfarbigen Schalter?«, fragte ich der Vollständigkeit halber nach.

»Mit dem linken können, so, wie wir es besprochen haben, sämtliche Türen gleichzeitig geschlossen werden. Und mit dem rechten Schalter startet die Überraschung. Ein zweites Mal umlegen und sie wird gestoppt. Ich habe zur Sicherheit noch eine Notabschaltung eingebaut. Wir wollen ja schließlich niemanden umbringen.«

»Nein, wir nicht«, antwortete ich mit leichtem Unbehagen.

Mit einem Blick auf seine Uhr beendete Jacques seine Erklärungen: »Ich denke, wir haben alles besprochen, jetzt können wir noch ein wenig verschnaufen.«

Doch das war uns nicht vergönnt. Im gleichen Moment fing ein Warnlicht an zu blinken. Jacques legte einen der Schalter um und auf dem Monitor erschienen zwei arabisch anmutende Gestalten, die eben den Technikraum der Burg betraten.

»Der Geheimdienst scheint es ja eilig zu haben. Die sind viel zu früh dran. Zum Glück haben wir bereits alles Notwendige veranlasst. Lasst uns unsere Plätze einnehmen. Viel Glück allerseits.«

Zusammen mit Jacques lief ich in den vorderen Teil des Labors.

Mein Freund stellte sich mit einer Gelassenheit an seinen Pseudo-Versuchsaufbau, die mich verblüffte. Mir dagegen schlug das Herz bis zum Hals. Wir mussten zum Glück nicht lange warten, bis die Tür aufging. Amal Al-Morany und sein Kollege betraten das Labor und starrten mich an.

»Guten Abend, Herr Palzki«, begrüßte Al-Morany mich nach einer Schrecksekunde überaus freundlich. »Sie hätten wir hier nicht erwartet. Doch nachdem wir herausgefunden haben, dass Ihr Freund noch lebt …«

Er wandte sich an Jacques und mir fiel auf, dass weder er noch sein stummer Kollege eine Waffe in der Hand hielten.

»Es freut uns, dass Sie noch am Leben sind. Und das meine ich ernst. Immerhin wollen wir mit Ihnen noch ein paar Geschäfte abwickeln, die ganz bestimmt von Interesse für Sie sind.«

»Mit Mördern verhandele ich nicht«, antwortete Jacques und betätigte einen Schalter seines Versuchsaufbaus. Eine rote Flüssigkeit fing an zu blubbern.

»Mörder? Wir? Ich glaube, ich höre nicht richtig. Ich versichere Ihnen, wir sind nicht im Auftrag unseres Königs nach Deutschland gereist, um zu morden. Durchsuchen Sie uns ruhig.« Er öffnete mit beiden Händen demonstrativ sein Jackett.

In der Tat, es waren keine Waffen zu sehen. Dennoch hatte das nicht allzu viel zu bedeuten; er konnte sie schließlich am Körper versteckt haben. Ich ging auf Al-Morany zu und tastete ihn nach Polizeimanier ab. Dabei ging ich so sorgfältig vor, dass ich Waffen in normaler Größe mit an Sicherheit grenzender Wahrscheinlichkeit entdecken musste. Auch sein Kollege öffnete bereitwillig das Jackett. Fehlanzeige, musste ich mir nach einer knappen Minute eingestehen. Gleichzeitig war mir klar, dass ich keine Ahnung hatte, welche Waffen in welcher Größe ein Geheimdienstmitarbeiter unauffällig bei sich tragen konnte.

»Das überzeugt uns nicht«, entgegnete ich ihm. »Sie waren auf der Suche nach diesem Labor, nun haben Sie es gefunden. Deshalb mussten drei Menschen sterben! Hat der Liliputaner Sie bei Ihrer Recherche behindert?«

Die beiden lachten. »Herr Palzki, selbstverständlich stehen wir Ihnen für eine nähere Untersuchung gerne zur Verfügung. Nehmen Sie uns, wenn es sein muss, vorübergehend fest. Ich versichere Ihnen, wir haben mit diesen Ereignissen nicht das Geringste zu tun. Im Gegenteil, diese drei Morde haben uns ebenfalls sehr verunsichert. Offensichtlich müssen weitere Personen etwas gegen die Erfindung einzuwenden haben.«

Im Hintergrund knackte es plötzlich. Al-Morany und sein Kollege drehten sich blitzartig herum. Dass sie auch jetzt keine Waffen zogen, unterstrich Al-Moranys Behauptung, sie seien unbewaffnet. In der Tür standen Pawlow und Petrow. Die beiden hatten Pistolen in ihren Händen.

»Wir stören Ihre Versammlung nur ungern«, begann Igor Pawlow. »Ein kleiner Vogel hat uns zugezwitschert, dass wir bei Ihnen etwas finden werden, wonach wir schon lange suchen. Los, Fjodor, tu deine Arbeit.«

Fjodor Petrow tastete die Geheimdienstler ab, ohne etwas zu finden. Danach waren Jacques und ich an der Reihe. Auch wir waren selbstverständlich unbewaffnet.

»Sie waren ganz schön unvorsichtig«, sprach Pawlow nun den Araber an. »Wir haben Sie observiert, Al-Morany, selbst heute Abend. Ja, da staunen Sie: Wir kennen sogar Ihren Namen. Mit Ihrem kleinen Geheimdienst können Sie uns Russen, mit unserem über Jahrzehnte gewachsenen Netzwerk bei Weitem nicht das Wasser reichen. Selbst wenn Ihr König nur laut gähnt, kriegen wir das sofort mit. Und doch wollen wir im Prinzip alle das Gleiche.«

Pawlow stellte sich vor den imposant wirkenden Versuchsaufbau und schlug mit dem Griff seiner Pistole wahllos auf die Apparatur ein. Ich konnte mir trotz dieser gefährlichen Situation ein Grinsen kaum verkneifen. Jacques hatte dafür gesorgt, dass aus den verschiedenen Röhrchen bunte Nebelschwaden aufstiegen. Mit Ausnahme von Pawlow traten wir alle erschrocken ein paar Schritte zurück.

»Das haben Sie prima gemacht«, lobte ich ihn, mit Blick auf den Scherbenhaufen. »Sie haben damit einige Erfahrung. Der Einbruch in der Halle ging sicherlich ebenfalls auf Ihr Konto? Warum sind Sie in Jacques' Wohnhaus eigentlich so behutsam vorgegangen?«

»Manchmal kann ich mein Temperament nicht zügeln, Herr Kommissar. Es macht mir bisweilen richtig Spaß, den Zerstörer zu spielen. In Schifferstadt mussten wir wegen der Nachbarschaft ein bisschen vorsichtiger sein. Leider fanden wir nicht das, was wir suchten.«

»Die Pläne, nicht wahr? Diese Unterlagen haben Sie bei Ihrem Einbruch bei dem Notar in Oggersheim auch gesucht.«

Igor Pawlow nickte. Sie hatten inzwischen wieder die Waffen auf uns gerichtet. »Genau deswegen sind wir hier. Also, darf ich bitten?«

Jacques wusste, dass nun sein Einsatz begonnen hatte. »Die gibt es nicht mehr. Ich habe alles verbrannt. Meine Erfindung wird niemandem in die Hände fallen.«

»Das sollen wir Ihnen glauben? Davon abgesehen wollen wir selbstverständlich ebenfalls nicht, dass Ihre Erfindung in die falschen Hände gerät.«

»Sie sind wie die Leute vom GID, auch die wollen alles für sich haben.«

»Ich glaube, Sie verstehen nicht!«, brüllte Pawlow. »Wir wollen Ihre verdammte Erfindung nicht. Wir wollen, dass niemand sie bekommt!«

»Und um das zu erreichen, haben Sie drei Menschen ermordet?«, schrie ich zurück.

»Langsam, langsam, wir sind ganz bestimmt keine Mörder. Was sich hier in den letzten Tagen abgespielt hat, hat absolut nichts mit uns zu tun. Sie sollten vielleicht besser die Araber fragen.«

»Und weil Sie so friedliche Zeitgenossen sind, bringen Sie gleich Ihre Waffen mit«, konterte ich.

»Die haben wir ausschließlich zu unserer Verteidigung dabei, bei diesen Arabern kann man ja nie wissen. Mit unseren Waffen wurde mit Sicherheit noch nie ein Mensch erschossen.«

»Legen Sie Ihre Schießeisen einfach auf den Tisch. Die Leute vom GID sind schließlich auch unbewaffnet. Danach können wir wie zivilisierte Menschen miteinander reden.«

Eigentlich wollte ich Pawlow damit nur provozieren. Doch dieser nickte seinem Kollegen kurz zu und beide folgten der Aufforderung. Die nächsten Sekunden waren entscheidend. Würde Al-Morany eine seiner Geheimwaffen hervorholen, oder würde er sich auf die Pistolen der Russen stürzen? Nichts dergleichen geschah. Alle standen mit versteinerten Gesichtern da und starrten sich gegenseitig an. Jetzt musste ich die Rolle des Moderators übernehmen und hoffen, dass sich eine der beiden Parteien verriet.

»Da wir nun alle beisammen sind, erlaube ich mir, die Sachlage noch einmal kurz zusammenzufassen. Der saudi-arabische Geheimdienst war, genauso wie die russischen Kollegen, hinter Jacques' Erfindung zur Energiegewinnung her. Beide Parteien wollten sie jedoch nicht nutzen, sondern zerstören oder zumindest dafür sorgen, dass sie nicht an die Öffentlichkeit gelangt. Die Gründe dürften wohl im Öl- beziehungsweise Gasvorkommen Ihrer Länder liegen. Beide Parteien behaupten, nichts mit den drei Mordfällen tun zu haben.«

Die vier Männer nickten synchron.

»Was ist denn hier los?«

Pawlow versuchte, an seine Waffe zu gelangen, doch Gottfried Müller, der am Laboreingang stand, schrie ihm zu: »Lass das lieber, Bürschchen!«

Irgendwie wirkte Müller trotz dieser gefährlichen Situation lächerlich. Er trug die gleichen Klamotten, mit denen ich ihn bereits in Speyer angetroffen hatte. Zu diesem Erscheinungsbild passte alles, nur keine Waffe.

»Raus mit der Sprache, wo ist die Erfindung?« Seine Stimme schien sich vor Aufregung fast zu überschlagen. Sollte diese Witzfigur wirklich ein dreifacher Mörder sein?

»Was sind das für Leute hier?« Müller schien immer nervöser zu werden. Das hatte uns gerade noch gefehlt. Die Situation schien zu eskalieren. Ich hoffte, dass Herr Schleicher keinen Fehler machte und jetzt richtig reagierte. In diesem Moment fiel die schwere Eingangstür des Labors mit einem Knall zu. Alle starrten erschrocken auf die geschlossene Tür. Alle, außer Jacques und ich. Wir bewegten uns möglichst unauffällig einige Schritte zurück, bis wir schließlich im zweiten Teil des Labors standen. Wir hörten ein lautes Knirschen, als plötzlich von oben eine schwere Glasscheibe herunterfiel und die beiden Laborhälften voneinander trennte.

Gottfried Müller geriet in Panik und schoss auf die Scheibe, doch dem Panzerglas konnte er nichts anhaben. Al-Morany schnappte sich nun die beiden Waffen, die immer noch auf dem Tisch lagen, und zielte damit auf Müller. Hinter der Scheibe spielte sich eine groteske Szene ab: Fünf Menschen, die von dem Geschehen völlig überfordert waren, wussten nicht, was sie tun sollten. Müller ließ seine Waffe sinken und versuchte vergebens, die Labortür manuell zu öffnen. In diesem Moment ertönte ein merkwürdig knallendes Geräusch und ein armdicker Wasserstrahl schoss aus der Decke. Dieses Geräusch wiederholte sich mehrmals und weitere Wasserfontänen ergossen sich über die Gefangenen. Im Nu standen die fünf knöcheltief im Wasser und der Pegel stieg unaufhörlich.

Ich erschrak, als mir plötzlich jemand auf die Schulter klopfte. Es war Dietmar Becker, der mit Herrn Schleicher zusammen aus dem Nebenraum gekommen war.

»Das ging ja leichter, als wir dachten«, triumphierte der Parkchef. »Die sitzen in der Falle und oben sichern die Beamten die Burg. Jetzt können wir zum gemütlichen Teil übergehen.«

Für die Araber, die Russen und Gottfried Müller war es jedoch alles andere als gemütlich. In rasantem Tempo füllte sich der ihnen zur Verfügung stehende Teil des Labors immer weiter mit Wasser. Inzwischen hatten sie es aufgegeben, sich gegenseitig mit ihren Waffen zu bedrohen. Sie trommelten wild auf das Panzerglas. Jacques, der für einen Moment verschwunden war, kam mit einem Tablett zurück. Darauf standen vier gefüllte Sektgläser.

»Habe ich mir von deinem Pressesprecher besorgen lassen«, erklärte er trocken. Wir prosteten uns zu. Mit Blick auf das sich stetig füllende Schwimmbecken wandte ich mich an den Parkchef: »Morgen werden Sie den Donnerfluss mangels Wasser stilllegen müssen, und wahrscheinlich haben wir auch noch den See trockengelegt.«

Herr Schleicher lachte. »Keine Angst, der Donnerfluss und der See sind bestens gefüllt. Da machen ein paar Kubikmeter Wasser nichts aus.«

»Wir sollten das trotzdem rechtzeitig abschalten«, meinte Jacques. »Dieser Petrow ist nicht gerade ein Riese.«

Als Polizeibeamter hätte ich normalerweise in so einer Situation sofort eingreifen müssen. Da ich jedoch wusste, dass die Lage ungefährlich war und wir sie, wenn auch erst jetzt, unter Kontrolle hatten, sah ich das nicht so eng und hoffte, dass KPD und Borgia nicht alle Details erfahren würden. Schließlich war die Falle ja nicht meine Idee gewesen.

Dietmar Becker wirkte etwas nachdenklich, als er feststellte: »Mal ehrlich, viel gebracht hat uns das alles nicht. Keiner der Anwesenden hat sich bisher zu den Morden bekannt.«

Das war bitter. Trotzdem mussten wir dem Studenten insgeheim beipflichten. Halb gewonnen ist auch verloren.

»Wartet mal ab«, meinte Jacques hoffnungsvoll. 20 Minuten später schaltete er die Pumpen ab und schloss die Zuleitungsrohre. Petrow mit seinen schätzungsweise 1,60 Metern Körpergröße reichte das Wasser buchstäblich bis zum Hals. Jacques holte währenddessen einen kleinen Kasten, der einem Lautsprecher mit Gehäuse ähnelte, aus seinem Nebenraum. Auf der Oberseite des Kastens war ein Mikrofon befestigt.

»Entschuldigt das primitive Aussehen. Das Ding habe ich heute früh schnell zusammengeschraubt«, sagte er an uns gewandt, bevor er mir das Mikrofon reichte.

Mir war klar, dass sein Kasten mit einer Gegensprechanlage auf der anderen Seite verbunden sein musste. Ich begann das Gespräch: »Meine wenig geehrten Herren im Nebenzimmer. Ich hoffe, dass niemand von Ihnen wasserscheu ist. Bevor wir den Rest des Raumes fluten, würden wir uns gerne mit Ihnen darüber unterhalten, wer den Parkgärtner, den Liliputaner und den Vereinsvorsitzenden erschossen hat. Wer von Ihnen will mit seinem Bericht beginnen? Leider müssen wir auf Beamer und ähnliche Hilfsmittel verzichten.«

Alle fünf redeten durcheinander. Sogar Al-Moranys bisher stummer Kollege wirbelte mit den Armen in der Luft herum und schrie. Verstehen konnte man niemanden.

»Wo bleibt Ihre gute Erziehung?«, fragte ich. »Vielleicht sollten wir freundlicherweise versuchen, einer nach dem anderen zu reden. Beginnen wir mit dem saudi-arabischen Geheimdienst. Was haben Sie zu Ihrer Verteidigung vorzubringen?«

Al-Morany kam an die Plexiglasscheibe gerudert, so als würden wir ihn dadurch besser verstehen können.

»Das wird Konsequenzen haben, Herr Palzki. In Ihrem Land darf sich die Polizei so etwas nicht erlauben. Dies hier ist eine freie Demokratie! Lassen Sie uns sofort heraus!«

»Leider kann Ihnen die Polizei im Augenblick nicht weiterhelfen«, erwiderte ich. »Im Moment bin ich hier Herr über Leben und Tod. Und ich bin mächtig sauer auf Sie! Warum haben Sie das getan?« Ich weiß nicht, wie Jacques es machte. Etwa eine halbe Minute lang schoss wie zur Warnung erneut Wasser aus einem der Rohre heraus. Vermutlich hatte er eine Fernsteuerung.

»Wir waren es nicht!«, brüllte Al-Morany. »Ich habe hervorragende Beziehungen und werde dafür sorgen, dass dieser Park sofort geschlossen wird. Und Sie, Herr Palzki, sind die längste Zeit Polizist gewesen.«

Ich winkte nur müde ab. Mit dieser Aussage war ich nicht sehr zufrieden. »Als Nächstes darf ich das Team aus Russland zur Stellungnahme bitten. Warum mussten diese drei Menschen sterben? Verraten Sie uns das!«

Pawlow und Petrow diskutierten bereits die ganze Zeit über auf Russisch. »Wir waren es nicht«, sagte Pawlow schließlich. »Es stimmt zwar, dass wir den Park observiert haben, mit den Morden haben wir jedoch nichts zu tun. Und diesen bärtigen Spinner kannten wir nicht einmal. Lassen Sie uns sofort hier raus, wir kennen unsere Rechte!«

»Ja, ja, ich weiß«, antwortete ich möglichst gelassen. »Ich kenne neben meinen Rechten auch meine Pflichten. Und hierzu gehört an erster Stelle, diese scheußlichen Verbrechen aufzuklären. Oder können Sie uns etwas dazu sagen, Herr Müller?«

Gottfried Müller war nur noch ein durchweichtes Häufchen Elend. »Lassen Sie mich raus«, schnaubte er verzweifelt. »Ich vertrage so viel Wasser nicht. Ich habe den Berti und die anderen nicht umgebracht.«

»Und warum sind Sie hier?«, wollte ich von ihm wissen.

»Das war die Idee meiner Mutter. Vor ein paar Wochen haben wir bei einer Sitzung mit Herrn Schleicher in seinem

Büro zufällig ein paar Dokumente herumliegen sehen. Wir wussten seitdem, dass irgendwo im Park in einem Labor an einem Energiekonzept geforscht wird, das alles bisher Dagewesene in den Schatten stellen sollte. Hinzu kam, dass Herr Schleicher bei unserem Solarprojekt auf Zeit spielte. So sehr wir hier im Park auch nach dem Labor suchten, natürlich unauffällig und inoffiziell, wir konnten absolut nichts entdecken. Ausgerechnet gestern kam dann dieser Journalist zu mir.« Er deutete durch die Glasscheibe auf Becker. »Meine Mutter meinte, ich solle mir das einmal näher anschauen. Vielleicht könne man damit Geschäfte machen. So bräuchte ich die anderen nicht mehr und könnte mit ihr ein eigenes Unternehmen aufbauen.«

»Aha, um sich das einmal anzuschauen, kommen Sie gleich mit einer Waffe hereinspaziert. Das macht Ihre Aussage sehr glaubwürdig«, meinte Jacques ironisch.

»Es ist die Wahrheit!«, schrie Müller. »Die Waffe hat mir meine Mutter nur zur Verteidigung mitgegeben!«

Herr Schleicher und Jacques blickten sich an.

»Fehlanzeige«, seufzte ich schließlich. »Wir sollten das Drama beenden. Was meinst du, Jacques?«

Er nickte entmutigt und Herr Schleicher ging in den Nebenraum. Kurz darauf sahen wir, wie sich die Labortür öffnete und der Wasserspiegel langsam um ein paar Dezimeter zu sinken begann. Wie wir wussten, wurde dabei der Vorraum geflutet und die bereitstehenden Beamten würden die fünf Verdächtigen an der Wendeltreppe, die nach oben führte, in Empfang nehmen.

Nachdem die Fünf begriffen hatten, dass sich ein Fluchtweg vor ihnen auftat, verschwanden sie aus unserem Blickfeld.

»Lasst uns auch nach oben gehen«, forderte Herr Schleicher uns niedergeschlagen auf.

Auch Dietmar Becker schien mit diesem Ergebnis sehr unzufrieden zu sein. Er wandte sich mit Blick auf die Labortische an den Erfinder. »Eines würde mich noch interessieren. Hätte Ihre Entwicklung funktioniert?«

Jacques nickte. »An der Universität der Bundeswehr in München wurde im Jahr 2004 eine Diplomarbeit zum Thema ›Untersuchung der Eignung von Silanen als Treibstoffe in der Luft- und Raumfahrt‹ geschrieben. Dort wurde festgestellt, dass Silane in vielen Bereichen als alternative Raketentreibstoffe in Betracht kommen. Es sei nur eine Sache der technologischen Beherrschbarkeit. Und genau diese habe ich zusammen mit einem äußerst günstigen Verfahren zur Produktion der Silane geschaffen. Jedenfalls beinahe, eine oder zwei Wochen hätte ich noch gebraucht.«

»Darf ich darüber in der Zeitung schreiben?«

»Um Himmels willen, Herr Becker! Wollen Sie damit weitere Morde provozieren?«

Herr Schleicher führte uns zum Ausgang, quasi dem Notausgang, der sich im Nebenraum hinter Jacques' Liege befand. Herr Schleicher entfernte mit einem Griff ein Stück der Wand, das sich nur als Attrappe erwies. Dahinter lag ein etwa gleich großer Raum, in dem einige alte Fässer standen.

»Das ist nur ein Raumteiler«, erklärte der Parkchef. »Ich wollte meinem Freund den Anblick dieser alten Fässer ersparen.«

Gemeinsam räumten wir auf sein Geheiß einige der Fässer zur Seite. Daraufhin kam eine weitere Tür zum Vorschein.

»Die Tür führt direkt in einen der Betriebsräume der Geisterbahn. Damit von der anderen Seite aus niemand herein kann, haben wir diesen Durchgang blockiert.«

Bald standen wir in einem fast völlig dunklen Gang. Da das Fahrgeschäft außer Betrieb war, konnten wir uns lediglich an der eingeschalteten Notbeleuchtung orientieren.

Draußen angekommen, gingen wir auf direktem Weg zum Selbstbedienungsrestaurant Pfalzgraf. Herr Schleicher hatte für Personal gesorgt, das sich um unser leibliches Wohl kümmerte, sogar zwei Kleinwüchsige waren darunter. Abgesehen von uns waren ein paar Beamte anwesend, die hier offensichtlich eine kleine Pause einlegten. Fast gleichzeitig mit uns kam Jutta in das Restaurant. Ich nahm sie zur Seite und klärte sie über das eben Erlebte und auch über meine persönliche Meinung auf. Sie nickte eifrig und hatte dem nichts hinzuzufügen, schließlich hatte sie alles auf dem Monitor verfolgen können. Ich schaute mich um. Dietmar Becker schrieb die ganze Zeit in seinen Notizblock und Herr Schleicher diskutierte mit zwei Beamten und einem seiner Mitarbeiter.

»Tut mir leid, Jacques, dass das so enden musste«, tröstete ich meinen Freund.

»Ist schon gut, Reiner. Ich hoffe nur, dass wenigstens die Verhöre etwas Verwertbares bringen oder eine der Waffen den Verbrechen zugeordnet werden kann.«

»Klar, das ist durchaus möglich. Komm, lass uns ein wenig durch den Park laufen. Ich kann im Moment nicht still sitzen.«

Auf Anordnung von mir war der Park durch die Notbeleuchtung und einen Teil der Lampions etwas erhellt. Daher konnten wir uns trotz der Dunkelheit leicht orientieren. Wir unterhielten uns über Gott und die Welt und versuchten, uns gegenseitig abzulenken. Nach einer Weile erreichten wir am hinteren Ende des Sees das Aquastadion. Wir kletterten über das niedrige Absperrseil und gingen nach oben zur Tribüne. Von hier aus konnten wir weite Teile des Parks überblicken. Der Free Fall Tower und die Achterbahn bildeten markante Punkte. Wir setzten uns in zwei der Plastiksitze und blickten eine Weile stumm auf den See.

»So, jetzt haben wir dieses Abenteuer überstanden, Jacques. Doch leider ist es nicht zu unserer Zufriedenheit verlaufen. Wenn nicht einer der Festgenommenen die Taten gesteht, sieht es schlecht für uns aus. Vielleicht werden wir den Fall erst in einigen Jahren per Zufall aufklären können.«

»Oder niemals«, ergänzte Jacques.

»Oder niemals«, wiederholte ich. »Wirst du deine Experimente wieder aufnehmen?«

Der Erfinder schüttelte resigniert den Kopf. »In der nächsten Zeit auf keinen Fall.«

Ich stand auf und ging die Treppe hinunter, Jacques

folgte mir. Sie endete an einer kleinen Bühne direkt am Ufer des Sees, dort, wo tagsüber die Profi-Sportler zu ihren Kunststücken bei den Wassershows starteten. Eine frische Brise wehte uns ins Gesicht. Nach der Anspannung der letzten Tage tat uns diese Abkühlung gut. Ich war heilfroh, dass Jacques noch am Leben war.

Ein kaum hörbares Knacken ließ uns aufhorchen. Langsam drehten wir uns um. In nicht mal ganz zehn Metern Entfernung stand Hannah Kluwer. Sie hielt eine Waffe in der Hand.

»Zwei auf einen Streich!«, schrie sie fast hysterisch auf. »Palzki und der Erfinder! Nach so viel Pech habe ich jetzt endlich einmal Glück, hahaha!«

Wir waren wie versteinert.

»Ihretwegen, Palzki, habe ich sogar meinen eigenen Mann umbringen müssen. Aber egal, vergessen Sie es, Berti war sowieso ein verweichlichter Nichtsnutz! Er wollte tatsächlich mit dem Solarverein weitermachen, obwohl wir mit der Erfindung Ihres Freundes einen außerordentlichen Gewinn erzielt hätten! Wir hätten ein neues Unternehmen, ja sogar ein Weltmonopol aufbauen können!« Sie lachte verbittert auf. »Wenigstens hat mir Berti geholfen, diesen Ballast von Parkgärtner auf die Achterbahn zu schleppen. Zum Schießen war er ja immer schon zu feige. Die ganze Drecksarbeit musste ich selbst machen.« Mit verächtlicher Miene fuhr sie fort: »Es war alles genau durchdacht. Wenn die Achterbahn am nächsten Tag diesen Gärtner überrollt hätte, hätte man den Park für mindestens ein paar Tage geschlossen.«

»Sie haben sich Zeit gelassen, Frau Kluwer«, entgegnete ich, ohne auf ihr Geständnis einzugehen. »Ich hatte schon früher mit Ihnen gerechnet.« Jacques starrte mich verständnislos an.

Die wahnsinnige Mörderin richtete nun die Waffe direkt auf mein Herz. »Das ist mir egal, womit Sie gerechnet haben. Es wird nicht wehtun, Palzki. Ich bin Präzisionsschütze. Das könnte Ihnen dieser Liliputaner bestätigen. Dieser Schweinehund hat es tatsächlich gewagt, mich zu erpressen, nachdem er uns in der Nacht, als ich den Gärtner erschoss, beobachtet hatte. Und auch Sie, Palzki, hätte ich fast erwischt, wenn nicht im letzten Moment dieser Nachtwächter mit seinem blöden Köter dazwischengefunkt hätte.«

»Ich werde mich bei Gelegenheit bei dem Nachtwächter bedanken«, antwortete ich möglichst gelassen. »So schlau waren Sie übrigens nicht, Frau Kluwer. Ich hatte Sie schon länger ein wenig in Verdacht. Es war für mich leicht, herauszufinden, dass das Nebenzimmer Ihrer Küche direkten Zugang zu der Scheune hat. Und von dort haben Sie Ihren Mann erschossen, stimmts?« Ohne ihr die Möglichkeit einer Antwort zu lassen, fuhr ich fort. »Zugegeben, sicher war ich mir nicht. Aber nachdem Sie heute Abend nicht im Labor aufgetaucht sind, war ich mir ganz sicher.«

Sie lachte wie eine Irre. Jetzt schwenkte sie die Waffe zu Jacques hinüber. »In Sie habe ich meine Hoffnungen gesetzt. Fast wäre es mir gelungen, Ihr Labor aufzuspüren. Ich wusste, dass es irgendwo in der Burg sein musste. Jetzt ist alles vorbei. Sie haben Ihre Erfindung zerstört, dafür werde ich nun *Sie* zerstören. Niemand wird mich, wenn man sie beide tot im See findet, verdächtigen. Ich werde auch in Zukunft meine Geschäfte mit dem Verein machen, das ist besser als gar nichts. Ich drücke jetzt ab, ich lasse Ihnen nicht mal mehr Zeit für ein Gebet.«

Jetzt konnte ich nur hoffen, dass Jutta gemäß meinen Instruktionen, die ich ihr vorhin im Pfalzgraf gab, handelte. Tatsächlich vernahm ich in dieser Sekunde das erlösende helle Pfeifen. Blut spritzte aus der rechten Hand von Hannah Kluwer, während sie um eine viertel Umdrehung nach links herumwirbelte, was wahrscheinlich an dem Impuls des Schusses lag, der sie soeben getroffen hatte.

Mehrere bewaffnete Beamte kamen auf uns zugerannt. Ihre Waffe war längst zu Boden gefallen. Zwei Beamte legten der Mörderin trotz ihrer Verletzung Handschellen an.

Jacques erholte sich langsam von dem Schreck. Zugegebenerweise hatte mich die Sache auch stark mitgenommen, ich versuchte, mir aber nichts anmerken zu lassen.

»Na, ist alles so gelaufen, wie du es dir gedacht hast, Reiner?«, sprach mich die herbeieilende Jutta an.

»War ein aufregendes Spiel«, sagte ich in Richtung Jacques. »Das wolltest du doch so, oder? Alles in Ordnung mit dir?«

Er nickte. »Danke, Reiner, das war knapp. Heißt das, dass du die ganze Zeit alles gewusst hast?«

»Nicht die Bohne. Erst heute Abend im Labor ist mir

die Erleuchtung gekommen. Deswegen bat ich vorhin Jutta, uns heimlich zu folgen.«

Herr Schleicher trat zu uns. »Mein lieber Schwan, Herr Palzki. Mit Ihrem Job möchte ich wirklich nicht tauschen. Ich muss zugeben, wir hätten Sie gleich von Anfang an informieren sollen, dann wäre uns viel erspart geblieben.«

Während Hannah Kluwer abgeführt wurde, stand ich am Seeufer und dachte über die Ereignisse der letzten Stunden nach. Welch ein Glück hatte ich wieder einmal gehabt.

Allmählich bemerkte ich, wie die vielen Lichter der Parkbeleuchtung in Zeitlupentempo hochgefahren wurden. Auch die Gleise der GeForce wurden zusehends heller beleuchtet. Herr Schleicher kam auf mich zu, zeigte mit seiner Hand auf die Achterbahn und meinte nur: »Gehen wir?«

ENDE

Epilog

Zwei Wochen sind seit diesem Abenteuer vergangen. Zeit für ein kleines Resümee.

Hannah Kluwers Pistole konnte zweifelsfrei als die Tatwaffe aller drei Morde identifiziert werden. Wolf Berhardus hatte sie erschossen, weil er sich geweigert hatte, ihr und dem Verein bei der Suche nach dem geheimen Labor zu helfen. Seine Bemerkung, die Angelegenheit Herrn Schleicher mitteilen zu wollen, wurde ihm zum tödlichen Verhängnis.

Das Bundeskriminalamt prüft derzeit, ob Hannah Kluwer auch bei zwei weiteren ungeklärten Morden in Norddeutschland als Täterin infrage kommt. Vor ein paar Jahren, in unmittelbarer Nähe zu ihrer damaligen Wohnung, wurden dort mit derselben Waffe zwei Menschen erschossen. Gottfried Müller lebt in der Psychiatrie. Mittelfristig soll er an ein selbstständiges Leben ohne Einflussnahme seiner Mutter gewöhnt werden.

Der Verein ›Solarenergie forever‹ wurde von Amts wegen aufgelöst. Die dazugehörige GmbH befindet sich momentan unter Zwangsverwaltung. Da die Mehrheit der Gesellschaftsanteile der Umwelt-Partei Deutschland gehören, wird es noch einige Zeit dauern, bis über die endgültige Zukunft der Gesellschaft entschieden wird.

Al-Morany und sein Kollege wurden ausgewiesen. Petrow und Pawlow wurden zwei Tage später auf

Kaution freigelassen. Seitdem sind sie spurlos verschwunden.

Der Parkchef, Herr Schleicher, tüftelt zusammen mit Jacques an neuen Attraktionen für den Park. Es würde mich nicht wundern, wenn die beiden spätestens zum Jubiläum des 40-jährigen Bestehens des Parks eine neue Weltsensation vorstellen.

Jacques' Werkstatt soll im nächsten Frühjahr wieder aufgebaut werden. Bis dahin verlegt er seine Experimente in die Küche seines Wohnhauses. Wenn das mal gut geht.

An Dr. Hingstenberg, den Gerichtsmediziner, ging der Kelch der Kündigung vorüber. Das lag vor allem daran, dass er trotz seines jungen Alters bereits ein Meister seines Fachs war und sein Vorgesetzter in Zukunft nur ungern auf seine Dienste verzichten will.

KPD wird uns leider weiterhin erhalten bleiben. Er war zwar für die Einstellung unseres Hausmeisters Mertens zuständig. Doch stellte sich die Überprüfung von dessen Personalien als äußerst schwierig heraus, da Mertens als Kind adoptiert und im Einwohnermeldeamt sein Geburtsname falsch vermerkt worden war. Dadurch kamen seine Vorstrafen nicht ans Tageslicht und KPD wurde von Amts wegen rehabilitiert.

Nach der Festnahme Mertens' stieß man auf immense Fehlkilometer in den Fahrtenbüchern der Dienstfahrzeuge, da der Hausmeister sein Saatgut wegen des gewünschten hohen THC-Gehaltes außerhalb Deutschlands hatte besorgen müssen.

Wegen der Häufung dieser unerfreulichen Vorkommnisse findet in unserer Dienststelle seit heute eine unangekündigte, eine Woche dauernde ›Fiskalrevision des Landesrechnungshofes‹ statt. Ich bin gespannt, ob dadurch unsere exklusive Weihnachtsfeier in Gefahr gerät.

Gestern Abend fand der erste Teil unseres Koch- und Kniggekurses für Polizeibeamte statt. Die Berge an Lebensmitteln, die KPD auffahren ließ, waren beeindruckend. KPD schien mit unserer Leistung einigermaßen zufrieden gewesen zu sein. Jedenfalls bis zu dem Zeitpunkt, als wir begannen, unser selbst gebasteltes Menü zu verzehren. Während KPD im Nebenraum noch die Temperatur der Weine kontrollierte, hatten wir bereits unsere Bierflaschen auf dem Tisch stehen. Zugegeben, die zwei Flaschen Export störten dabei kaum.

Gerhard ist wieder gesund und munter. Eine neue Lebensabschnittsgefährtin gibt es auch seit Kurzem. Jutta spöttelte bereits, dass sich das Wort ›Lebensgefährte‹ von ›Lebensgefahr‹ ableitet.

Dietmar Becker schreibt, wie sollte es anders sein, an einem neuen Regionalkrimi. Dafür hat er sich extra die Erlaubnis von Herrn Schleicher eingeholt. Eine einzige Einschränkung gibt es: Er darf auf keinen Fall etwas über die Geheimschublade mit den Keksriegeln schreiben. Ansonsten hat er freie Hand beim Erstellen des Manuskriptes bekommen. Als kleinen Dank für seine Hilfe habe ich ihn mit dem einen oder anderen Hinweis aus unserer Polizeiarbeit gefüttert.

Stefanie hat mir, wie jedes Mal, alles verziehen. Trotzdem wohnt sie mit Paul und Melanie wieder in Ludwigshafen. Ihrer Meinung nach wäre es für das ungeborene Kind zu stressig, ständig meine Eskapaden mitzuerleben. An Weihnachten wird sie wieder ein paar Tage zu mir kommen. Außerdem steht es mir frei, sie, so oft ich will, in Ludwigshafen zu besuchen. Sie hat für mich sogar extra ein Namensbuch aus der Bücherei ausgeliehen und ein weiteres gekauft.

Danksagung

Dieser Roman ist nur durch die Mithilfe von Freunden und Bekannten zustande gekommen, denen ich dafür sehr dankbar bin.

An erster Stelle möchte ich mich beim Geschäftsführer des Holiday Parks, Herrn Wolfgang Schneider, und seiner Frau bedanken, die meinen Wunsch, Palzki im Park ermitteln zu lassen, überaus freundlich und entgegenkommend unterstützten. Es hat mir sehr viel Spaß gemacht, die beiden kennenzulernen und im Park recherchieren zu dürfen.

Die Tour durch den Park zusammen mit dem Pressesprecher, Herrn Björn Woytaszewski, werde ich nie mehr vergessen. Er zeigte mir die Geheimnisse des Parks, Orte, die für die Öffentlichkeit nicht zugänglich sind. Allein die vielen Gänge und Räume in der Burg Falkenstein ließen meine Fantasie Blüten treiben.

Auch Rudi Mallasch, dem Marketingleiter des Holiday Parks, gebührt mein Dank. Er hat mich mit unzähligen Informationen über den Park versorgt und dabei sehr inspiriert.

Ich hoffe, dass alle Mitarbeiter des Holiday Parks beim Lesen des vorliegenden Romans so viel Freude empfinden, wie ich beim Recherchieren und Schreiben hatte.

Genauso dankbar bin ich der Polizeiinspektion Schifferstadt, insbesondere dem Stellvertretenden Dienststellenleiter, Herrn Kriminalhauptkommissar Kai

›PalzKai‹ Giertzsch, der das Manuskript aus polizeilicher Sicht begutachtete und mich dadurch vor so manchem Fehler bewahrte. Auch gewisse Anekdoten, die in der Inspektion spielen, sind auf seinem ›Mist‹ gewachsen. Ich hoffe auch, dass der mir überaus sympathische Dienststellenleiter, der Erste Polizeihauptkommissar Uwe ›Pierre‹ Stein, nicht allzu oft von seinen Mitarbeitern mit seinem fiktiven Pendant KPD verglichen wird. Aber nicht umsonst arbeitet in der Dienststelle auch Palzkis Kollege Gerhard Steinbeißer. Also einer, der seinen Chef beißt …

Zum Schluss danke ich noch meinen beiden Frauen. Meiner Ehefrau Bianca für die vielen aufopfernden Stunden der Erstbearbeitung, auch wenn es des Öfteren zwischen uns beiden heiße Diskussionen gab. Letztendlich konnten wir uns fast immer auf ihre Meinung einigen. Meiner Tochter Larissa für ihre weitere Bearbeitung.

Und hier noch ein Hinweis in eigener Sache: Ja, auch ich habe es nach anfänglichem Zögern getan. Sogar mehrfach. Und ich werde es wieder tun. Die GeForce ist einfach g…

Personen

Reiner Palzki – Kriminalhauptkommissar

Gebürtiger Ludwigshafener, 45 Jahre alt, lebt von Frau und Kindern getrennt. Palzki wohnt in einer Doppelhaushälfte im Schifferstadter Neubaugebiet. Im Kochen ist er absolut talentfrei, seine Nahrungsaufnahme beschränkt sich auf Fast Food und Kalorienhaltiges aus Discountereinkäufen.

Gerhard Steinbeißer – Lieblingskollege von Reiner Palzki

34 Jahre alt, seit Jahren unter den ersten 100 beim Mannheimer Marathon. Trotz seines zurückweichenden Haaransatzes lebt er als bekennender Single mit häufig wechselnden Partnerinnen. Gerhard leidet zurzeit an einer Grippe und fällt für die weitere Ermittlungsarbeit aus.

Jutta Wagner – Kollegin von Reiner Palzki

Die 40-Jährige mit den rot gefärbten Haaren organisiert interne Angelegenheiten, führt Protokoll und leitet Sitzungen autoritär, sachlich und wiederholungsfrei. Dafür ist sie bei ihren Kollegen sehr beliebt.

Stefanie Palzki – Ehefrau von Reiner Palzki

39 Jahre, wohnt mit ihren Kindern in Ludwigshafen. Jeder Versuch, zu ihrem Mann zurückzukehren, wird

durch die Unzuverlässigkeit Reiner Palzkis im Ansatz konterkariert.

Stefanie und Reiner erwarten ihr drittes Kind.

Melanie und Paul Palzki – Kinder von Reiner und Stefanie Palzki

Melanie geht in die fünfte Klasse der Realschule, ihr Bruder Paul in die zweite Klasse der Grundschule. Beide lieben sie die variantenreiche Gourmetküche ihres Vaters, die sich hauptsächlich aus Imbissbudenbesuchen sowie gelieferter Pizza und Pommes mit viel Mayo zusammensetzt.

Dietmar Becker – Student der Archäologie

Der 25-Jährige wohnt in einer WG in Mutterstadt. Becker wirkt unbeholfen und ungeschickt. Durch seine kleine Stupsnase, das glatt rasierte Gesicht und das gescheitelte Haar erscheint er überaus knabenhaft. Becker ist wieder einmal dabei, einen Regionalkrimi zu schreiben und kommt Palzki dadurch ständig unverhofft in die Quere.

Dr. Matthias Metzger – freier medizinischer Berater

Der stämmige und groß gewachsene Humanmediziner hat bereits vor Jahren seine Kassenzulassung zurückgegeben. Markant sind seine langen feuerroten Haare und sein nervöser Tick. Hin und wieder fährt er aus Langeweile Notarzteinsätze. Metzger bietet seine ärztlichen Dienstleistungen auch privat an. Kleinere Dinge wie Blinddarmentfernung oder Bypasslegung führt er auf

Wunsch gerne beim Kunden ambulant durch. Der Autor garantiert an dieser Stelle, dass er keine Provisionen für etwaige Vermittlungen erhält.

Jacques Bosco – Erfinder

Genialer Tüftler, der sich aus dem öffentlichen Leben zurückgezogen hat. Mit seinen 1,60 Metern und einem Alter von über 70 Jahren wirkt er wie Albert Einstein. Palzki kennt Jacques schon von Kindesbeinen an. Leider passiert Jacques dieses Mal ein Missgeschick von größter Tragweite.

Der Elektrofuzzi aus der Verwaltung

Um der Kriminalinspektion in Schifferstadt kostenbewusstes Handeln beizubringen, wurde von der Polizeiverwaltung ein Prüfer abgeordnet, der den exorbitanten Stromverbrauch der Inspektion untersucht und Verbesserungsvorschläge einbringt und umsetzt. Leider hat dieser Beamte, dessen Name sich niemand merken will, von den tatsächlichen Abläufen innerhalb der Dienststelle keinerlei Ahnung.

Heribert Mertens – Hausmeister der Kriminalinspektion

Er ist der direkt Leidtragende des Elektrofuzzis und muss ihm bei der Umsetzung der Energiesparmaßnahmen tatkräftig zur Seite stehen.

Klaus P. Diefenbach – neuer Dienststellenleiter der Kriminalinspektion

Der von allen nur ›KPD‹ genannte neue Chef wurde

wegen seiner Verfehlungen vom Präsidium in Ludwigshafen nach Schifferstadt ›aufs Land‹ strafversetzt. Im Dienstgrad eines Kriminaloberrats ist er ab sofort der neue Dienststellenleiter und somit Reiner Palzkis direkter Vorgesetzter. Er trägt die teuersten Anzüge und duldet absolut keinen Widerspruch. Sein Leitspruch ist ›Ein Chef, der bewundert wird, ist ein guter Chef‹.

Berti Kluwer – Vorsitzender des Vereins ›Solarenergie forever e. V.‹

Sein Orientierungssinn ist offenbar nicht sehr ausgeprägt und seine Sterblichkeit wird ihm zum Verhängnis.

Hannah Kluwer – Kassenführerin des Vereins ›Solarenergie forever e. V.‹

Berti Kluwers Frau. Ihr Lebenswerk besteht in der Erhaltung der Erde für die nachfolgenden Generationen.

Gottfried Müller – Zweiter Vorsitzender des Vereins ›Solarenergie forever e. V.‹

Seine Mutter würde ihn gerne als Ersten Vorsitzenden des Vereins sehen und geht für ihn auf Werbetour.

Werner Schleicher – Direktor Holiday Park

Seine Frau hilft ihm gerade, seine Midlife-Crisis zu überwinden. Dazu hat sie ihrem Mann das Rauchen abgewöhnt und ihn auf gesunde Ernährung umgestellt.

Wolf Bernhardus – Gärtnermeister des Holiday Park

Über den Gärtnermeister gibt es nicht allzu viel zu sagen, außer, dass er zu den Todesopfern dieses Romans gehört.

Anna Bernhardus – Frau des Gärtnermeisters

Frau Bernhardus wollte mit ihrem Mann in ein paar Jahren nach Brasilien auswandern. Anna hat für Reiner Palzki ein paar wertvolle Informationen.

Der Pressesprecher des Holiday Park

Reiner Palzki kann sich selbst nach mehrfacher Wiederholung den Namen dieses Pressesprechers nicht merken. Insgesamt erscheint er Palzki wenig verdächtig, trotzdem erweckt er den Anschein, etwas verbergen zu wollen.

Tim Wochner – Nachtwächter im Park

Ein imposanter Kleiderschrank. Nachts geht er mit seinem Schäferhund Apollo auf Streife.

Stefano Brezano – Liliputaner

Stefano Brezano ist der Künstlername eines kleinwüchsigen Mannes, der im Holiday Park angestellt ist und in Haßloch in einem Mehrfamilienhaus wohnt.

Igor Pawlow – Mitarbeiter des Parkbetriebs

Er arbeitet während der Parksaison als Leasingarbeiter.

Fjodor Michailowitsch Petrow – Papieraufleser im Holiday Park

Über diese Reinigungskraft, die in Teilzeit beschäftigt ist, gibt es nichts weiter zu sagen.

Amal Al-Morany – GID

Al-Morany und sein stummer namenloser Kollege sind vom saudi-arabischen Geheimdienst GID.

Harald Schneider – Autor

Einer muss diese Geschichte geschrieben haben. Es handelt sich dabei aber weder um eine gespaltene Persönlichkeit von Reiner Palzki noch um das Alter Ego von Dietmar Becker. Wenn Sie sich vergewissern wollen, hier finden Sie alles Weitere über den Autor:

www.palzki.de

Orte

Schifferstadt

Kleinstadt im Städtedreieck Wiesbaden, Saarbrücken und Stuttgart. Bis vor wenigen Jahren war die hiesige Sparkasse, damals eine Gesellschaft der Stadt Schifferstadt, für ihre günstigen Darlehen ohne Rückzahlungsverpflichtungen bekannt.

Hier gibt es die einzige Polizeiinspektion weit und breit, in der noch Zucht und Ordnung herrschen.

Die offizielle Bürgerseite: www.schifferstadt.de

Oggersheim

Es handelt sich um den Stadtteil einer etwas größeren Industriestadt in der Nähe von Mannheim. Oggersheim wurde erstmalig vermutlich bei der Krönung des Bundeskanzlers Helmut Kohl erwähnt. Dieser Ortsteil wirbt damit, dass er schon von Friedrich Hölderlin und Friedrich Schiller besichtigt wurde. Der Autor dieses Romans weilte ebenfalls schon mehrfach in Oggersheim.

Speyer

Seit Jahrzehnten sind die archäologischen Ausgrabungen der vergangenen Jahrhunderte in Speyer Dauergespräch. Neuerdings sind die Funde sogar noch ein paar Jahrmillionen älter: In Speyer und der nahen Umgebung wird nach Erdöl gebohrt. Schifferstadter Schüler wollen in einem freiwilligen Projekt festgestellt haben, dass die Erfolgswahrscheinlichkeit einer Bohrung direkt unter dem Schifferstadter Schulzentrum am größten sein soll. Gerne würden die Schüler für das Gemeinwohl das eine oder andere Jahr auf ihre Schule verzichten.

Haßloch

Nur richtig mit dem scharfen ›S‹. Über 20.000 Dorfbewohner verweigern sich seit Jahrzehnten den Stadtrechten. Haßloch dient der Gesellschaft für Konsumforschung als Testmarkt für neue Markenartikel. Im Haßlocher Einzelhandel sind deshalb Produkte erhältlich, die bei Erfolg in Zukunft in Deutschland eingeführt werden sollen.

Nur richtig mit Doppel-S: www. hassloch.de

Holiday Park

Auf 40 Hektar wird den Besuchern beileibe kein Rummelplatz geboten, bei dem sich eine Attraktion lückenlos an die nächste reiht. Der Park wird seinem Namen eher als Ort der Sinne gerecht. Der gigantische Baum- und Pflanzenbestand dürfte für einen Freizeitpark weltweit einmalig sein. Die Fahrgeschäfte und die vielen Liveshows sprechen alle Altersgruppen gleichermaßen an und sind in die natürliche Umgebung eingebettet. Auch für Besucher, die nicht auf Achterbahnfahrten oder rasante Fahrgeschäfte aus sind, wird in dem Park einiges geboten.

www.holidaypark.de

Weitere Krimis finden Sie auf den folgenden Seiten und im Internet: www.gmeiner-verlag.de

HARALD SCHNEIDER
Räuberbier

324 Seiten, Paperback.
ISBN 978-3-8392-1129-8.

BRAUEREISTERBEN Hauptkommissar Reiner Palzki aus Schifferstadt wird von seinem Freund Ferdinand Jäger, der für die Eichbaum-Brauerei tätig ist, um Hilfe gebeten: Mehrfach mussten in den letzten Wochen große Mengen Bier wegen unerklärlicher Geschmacksveränderungen vernichtet werden.

Kurz darauf kommt es zu einem Todesfall in der Brauerei. Als auch noch ein Arzt ermordet wird, in dessen Wohnung mehrere Dosen Hopfenextrakt gefunden werden, schwant Palzki langsam, dass die Mannheimer Traditionsbrauerei in ernsthaften Schwierigkeiten steckt …

HARALD SCHNEIDER
Wassergeld

324 Seiten, Paperback.
ISBN 978-3-8392-1062-8.

LAND UNTER Weihnachtszeit in der Vorderpfalz. Ausgerechnet während der Weihnachtsfeier der Kriminalinspektion Schifferstadt wird Katastrophenalarm ausgelöst: Bei Altrip wurde der schmale Deich durch eine Explosion beschädigt. Teile des riesigen, direkt am Rhein gelegenen Campingplatzes »Auf der Au« sind überflutet. Glücklicherweise gibt es nur wenige Verletzte, da sich kurz vor Weihnachten kaum noch Menschen auf dem Platz befinden.

Doch dann kündigt ein Erpresserbrief mit einer Forderung in Millionenhöhe weitere Attentate an. Und als Kommissar Reiner Palzki auch noch ein toter Schiffsführer auf dem Gelände der Schifffahrtsgesellschaft Rheingüter GmbH im Ludwigshafener Kaiserwörthhafen gemeldet wird, droht die Lage zu eskalieren. Ein Wettlauf gegen die Zeit beginnt …

GMEINER

Wir machen's spannend

Alle Gmeiner-Autoren und ihre Romane auf einen Blick

Alle Gmeiner-Autoren und ihre Romane auf einen Blick

GARDENER, EVA B.: Lebenshunger **GEISLER, KURT**: Friesenschnee • Bädersterben **GERWIEN, MICHAEL**: Alpengrollen **GIBERT, MATTHIAS P.**: Zeitbombe • Rechtsdruck • Schmuddelkinder • Bullenhitze • Eiszeit • Zirkusluft • Kammerflimmern • Nervenflattern **GORA, AXEL**: Das Duell der Astronomen **GRAF, EDI**: Bombenspiel • Leopardenjagd • Elefantengold • Löwenriss • Nashornfieber **GUDE, CHRISTIAN**: Kontrollverlust • Homunculus • Binärcode • Mosquito **HAENNI, STEFAN**: Scherbenhaufen • Brahmsrösi • Narrentod **HAUG, GUNTER**: Gössenjagd • Hüttenzauber • Tauberschwarz • Höllenfahrt • Sturmwarnung • Riffhaie • Tiefenrausch **HEIM, UTA-MARIA**: Feierabend • Totenkuss • Wespennest • Das Rattenprinzip • Totschweigen • Dreckskind **HENSCHEL, REGINE C.**: Fünf sind keiner zu viel **HERELD, PETER**: Das Geheimnis des Goldmachers **HOHLFELD, KERSTIN**: Glückskekssommer **HUNOLD-REIME, SIGRID**: Janssenhaus • Schattenmorellen • Frühstückspension **IMBSWEILER, MARCUS**: Die Erstürmung des Himmels • Butenschön • Altstadtfest • Schlussakt • Bergfriedhof **JOSWIG, VOLKMAR / MELLE, HENNING VON**: Stahlhart **KARNANI, FRITJOF**: Notlandung • Turnaround • Takeover **KAST-RIEDLINGER, ANNETTE**: Liebling, ich kann auch anders **KEISER, GABRIELE**: Engelskraut • Gartenschläfer • Apollofalter **KEISER, GABRIELE / POLIFKA, WOLFGANG**: Puppenjäger **KELLER, STEFAN**: Totenkarneval • Kölner Kreuzigung **KINSKOFER, LOTTE / BAHR, ANKE**: Hermann für Frau Mann **KLAUSNER, UWE**: Kennedy-Syndrom • Bernstein-Connection • Die Bräute des Satans • Odessa-Komplott • Pilger des Zorns • Walhalla-Code • Die Kiliansverschwörung • Die Pforten der Hölle **KLEWE, SABINE**: Die schwarzseidene Dame • Blutsonne • Wintermärchen • Kinderspiel • Schattenriss **KLÖSEL, MATTHIAS**: Tourneekoller **KLUGMANN, NORBERT**: Die Adler von Lübeck • Die Nacht des Narren • Die Tochter des Salzhändlers • Kabinettstück • Schlüsselgewalt • Rebenblut **KÖHLER, MANFRED**: Tiefpunkt • Schreckensgletscher **KÖSTERING, BERND**: Goetheglut • Goetheruh **KOHL, ERWIN**: Flatline • Grabtanz • Zugzwang **KOPPITZ, RAINER C.**: Machtrausch **KRAMER, VERONIKA**: Todesgeheimnis • Rachesommer **KRONENBERG, SUSANNE**: Kunstgriff • Rheingrund • Weinrache • Kultopfer • Flammenpferd **KRUG, MICHAEL**: Bahnhofsmission **KRUSE, MARGIT**: Eisaugen **KURELLA, FRANK**: Der Kodex des Bösen • Das Pergament des Todes **LASCAUX, PAUL**: Mordswein • Gnadenbrot • Feuerwasser • Wursthimmel • Salztränen **LEBEK, HANS**: Karteileichen • Todesschläger **LEHMKUHL, KURT**: Dreiländermord • Nürburghölle • Raffgier **LEIMBACH, ALIDA**: Wintergruft **LEIX, BERND**: Fächergrün • Fächertraum • Waldstadt • Hackschnitzel • Zuckerblut • Bucheckern **LETSCHE, JULIAN**: Auf der Walz **LICHT, EMILIA**: Hotel Blaues Wunder **LIEBSCH, SONJA / MESTROVIC, NIVES**: Muttertier @n Rabenmutter **LIFKA, RICHARD**: Sonnenkönig **LOIBELSBERGER, GERHARD**: Mord und Brand • Reigen des Todes • Die Naschmarkt-Morde **MADER, RAIMUND A.**: Schindlerjüdin • Glasberg

Alle Gmeiner-Autoren und ihre Romane auf einen Blick